외롭거든 산으로 가라

외롭거든
산으로 가라

산, 사람
그리고 인생을 만나는
행복한 산책山冊

김선미 지음

해냄

높고 깊은 인생의 학교,
산을 읽으며

　여자에게 신발을 선물하면 도망간다고들 하는데 20대에 만난 사내는 내게 생일 선물로 빨간색 가죽 등산화를 사주었다. 처음 신어본 등산화는 혹시 쇠로 만든 게 아닐까 싶게 무거웠다. 이런 걸 신고 힘들게 산에 오르자고? 나는 속으로 기겁했지만 차마 내색은 못 했다. 그다음 선물은 배낭이었다. 아마 가난한 자취생이 그것들을 사대느라 밥깨나 굶었을 것이다.

　나에게 산은 그렇게 왔다. 결혼을 결심하는 이벤트도 지리산 종주로 대신했고 신혼여행도 설악산 천불동 계곡으로 대청봉에 올라 지금은 사라진 대청봉 대피소에서 첫날밤을 보냈다. 하지만 산은 여전히 멀리 있었다.

남녀가 같이 살게 되면 몸만 아니라 책도 합쳐지게 된다. 대부분 겹치는 책이 많아 결혼 전에 골라내 후배들에게 나누어주었다. 그런데 내게는 없고 그에게만 있는 책이 바로 산책(山冊)이었다. 나는 그 남자의 딸을 둘이나 낳아 함께 아이들을 업고 안고 산으로 다니면서도 한동안 책장에 꽂혀 있는 산책들에 눈길조차 주지 않았다. 산도 힘든데 책까지?

그런 내가 제발로 산을 찾아가게 되었다. 서른두 살 되던 해, 2001년 가을이었다. 새로운 천 년이 시작되었다고 세상이 떠들썩한데도 딸 둘을 돌보느라 옴짝달싹 못하고 있는 게 견디기 힘들었다. 사랑하는 가족과 따스한 보금자리가 있었는데도 외로웠던 모양이다.

나는 빠듯한 생활비에서 돈을 떼여내 등산학교 입학금부터 덜컥 내버리고는 집 떠날 꿈을 꾸었다. 결혼하고 난 뒤 처음으로 온전히 나만을 위해 일을 벌인 것이었다. 그리고 드디어 주말마다 딸들을 남편에게 떠맡기고, 일상을 잠시 내려놓은 채 인수봉으로 달려갔다. 책꽂이에서 산책들을 한 권 한 권 꺼내 읽기 시작한 것도 그 무렵부터였다. 끌려 다니던 산을 제 발로 찾아가게 되면서 비로소 눈에 들어온 책이었다.

나는 몸치에 가깝도록 굼뜨고 겁도 많다. 그런 내가 산에 간다니까 친구들은 하나같이 놀랍다는 반응이었다. 등산학교에서는 바위에 붙어서 등반을 했다기보다 오들오들 떤 기억밖에는 없다. 그러나 그 두려움 때문에 산이 더 좋아졌다. 오만하기만 하던 내가 한없이 작아지는 것을 느낄수록 산은 더 높고 크게 다가왔다.

한동안 내가 오른 바위의 결을 손끝에서 떠올리는 것만으로도 심장이 두근거렸다. 그 뛰는 가슴에 풀무질을 하며 뜨겁게 불을 지펴준 것도 산책들이다. 산책은 산을 새롭게 만나게 한다. 산을 모르던 사람은 산으로 이끌고, 이미 산에 빠져 있는 사람들은 보다 높고 깊고 곤란한 세계를 꿈꾸게 한다.

여기 모아둔 지난 10여 년 동안의 글들은 산과 산책을 통해 만난 인연들이 내 가슴을 흔들었던 순간에 대한 기록이다. '산, 사람 그리고 인생을 만나는 행복한 산책山冊'이란 그들의 내면 깊은 곳으로 여행을 떠났던 산책(散策)의 추억이기도 하다.

좋은 곳에 가거나 좋은 책을 읽으면 남들과 나누고 싶듯이 가슴 떨 일이 드문 시대에 산에 감전돼 가슴이 찌르르 울렸던 그 기억을 누군가와 나눌 수 있다면, 그동안 산에서 받은 축복에 대한 작은 보답이 될 수 있을 것 같다. '외롭거든 산으로 가라'는 말은 어느 날 내 영혼의 귓전에 울렸던 풍경소리기도 했으니까.

책을 묶느라 예전에 월간 《MOUNTAIN》에 연재했던 '山冊산책'과 '김선미의 Essay Mountain'의 글들을 다시 읽으며 밤에 쓴 연애편지처럼 치기만만한 내용들 때문에 얼굴이 붉어진 순간이 한두 번이 아니다. 그러나 새롭게 글을 정리하면서 인용한 책들을 다시 읽고 행복에 빠지는 것은 이번에도 변함이 없었다. 다만, 분명한 것은 같은 산을 똑같은 코스로 올라가도 매번 새로운 만남이 기다리고 있듯이 산책도 읽을 때마다 새로운 곳에 밑줄을 긋게 된다는 점이다.

큰 산에 다녀올 때면 묵직한 책 한 권을 읽고 책장을 덮는 것처럼 긴

여운이 남는다. 산책을 읽고 난 뒤에도 내가 직접 다다를 수 없는 높고 험난한 세계의 서늘하고 '희박한 공기'와 눈이 아프도록 명징한 별빛이 손에 만져질 듯 생생하게 전해진다. 산책은 대부분 사실에 대한 기록이기 때문이다. 누군가 실제로 걸어간 만큼 몸의 역사다. 그래서 정직하다. 산(山)책이 '산(生) 책'이기도 한 이유다.

그래서 산에 가는 일은 '살러' 가는 일이고 산책을 읽는 것은 살아가는 지혜를 얻는 일이라는 생각이 들었다. 그런 책을 덮고 나면 높고 큰 산에서 무사히 하산한 이가 느끼는 생에 대한 벅찬 희열 때문에 가슴이 뜨거워졌다.

이제 나는 더 이상 높은 곳만 바라보지는 않는다. 작고 낮은 산을 걸어도 전에는 보이지 않던 사소한 것들이 눈에 들어오는 일이 즐겁다. 가령 발밑에 이미 죽어 넘어진 나무라든가 그늘에 떨어진 씨앗이 필사적으로 볕을 향해 몸을 뻗고 있는 모습 같은 것 말이다.

내 삶도 산 앞에서는 그렇게 애처로워 보였지만 산정 높은 곳에 서 보면 우리가 정말 사랑하는 것들은 모두, 저 아래 작고 보잘것없어 보이는 낮은 자리에 있다는 것을 깨달았기 때문이다.

앞으로도 그렇게 한 걸음 한 걸음씩 더디지만 꾸준히, 내면의 고도를 높여갈 수 있었으면 좋겠다.

창문 너머 북한산의 가을이 깊어진다
김선미

3장 그래도 다시 인생을 오른다 산과 인생 그리고 세상

1장

다행이다,
우리 곁에 산이 있어서……

... 산과 사람

산이 자꾸
내 앞의 산을 가린다

... 한왕용과 우에무라 나오미의 『내 청춘 산에 걸고』

진부하기 짝이 없는 제목 이야기부터 해야겠다. '내 청춘 산에 걸고'라니. '청춘'이나 '산', '건다'라는 말 모두 신파 영화에나 어울릴 단어들이다. 어떤 은유나 상징도 없이 제목 하나로 모든 걸 말해 주려는 저돌성, 책을 쓴 사람을 꼭 닮았다. 자신의 맨몸뚱이 하나만 믿고서 5대륙 최고봉 등정과 남극과 북극 대륙 횡단의 꿈을 이뤄낸 일본의 알피니스트 우에무라 나오미. 그가 서른한 살 때 쓴 책이니, 아직 삶의 격정을 지그시 누를 수 있는 나이는 아니었을 것 같다.

그런데 나는 이 제목이 마치 '대체 요즘 같은 때 어떤 젊은이가 산 따위에 청춘을 건다는 거야' 하고 되묻는 것 같다. 또 살인적인 등록금과 취업 걱정에 청춘을 저당잡힌 요즘 20대들에게는 얼마나 배부른 소리로 들릴까. 어쩌면 그래서 역설적이게도 더욱 사람들을 끌어당기고 있는지도 모르겠다.

『내 청춘 산에 걸고』는 국내에서 판매된 산악문학 가운데 베스트셀러 축에 들었다. 일본에서 1971년에 나온 이 책을 번역해 펴낸 평화출판사가 처음 양장본으로 3,000부를 내고 1994년 새로 펴낸 포켓북을 1,000부 정도 팔았을 즈음의 이야기다. 나는 한 손바닥 안에 딱 잡히는 그 포켓북으로 읽었다. 겨우 4,000부 가지고 베스트셀러 운운하는 산악 도서 시장의 현실이 눈물겨울 때였다.

아무튼 신파는 힘이 센 모양이다. 아니, 누구도 처음부터 돈과 명예에만 청춘이란 찬란한 시절을 걸고 싶진 않았을 테니까. 이 책이 오랫동안 절판되었다가 2008년 『청춘을 산에 걸고』라는 제목으로 다시 태어날 수 있던 힘도 그 때문은 아닐까?

어릴 때는 청춘을 '산 따위'에 걸었다는 사람들의 말이 와 닿지 않았다. 아니 솔직히 관심도 없었다. 알았다면 부러워했을 것이다. 화염병이 난무하는 아스팔트 위에서 청춘을 보낸 세대들에게 산은 너무 높고 고고해서 이 세상 사람들의 것이 아닌 신기루처럼 보였으니까. 역사에서 패한 자, 거리에서 쫓겨 마지막으로 숨어들어 가는 곳이 산의 전부인 줄로만 알았다.

물론 나도 20대에 처음 산에 가기 시작했다. 하지만 산 좋아하는 애인에게 어쩔 수 없이 끌려 다녔기 때문에 진짜 등산이라고 할 수도 없다. 그때는 좋은 줄 몰랐다. 숨을 헐떡거리며 땅만 보고 올라갔다. 겨우 고개를 들면 남자의 엉덩이만 보이고 풍경도 눈에 들어오지 않았다. 끝까지 올라가야만 내려올 수 있다고 믿었기 때문이다. 못 간다, 안 간다고 말할 줄도 몰랐고 가다가 지치면 돌아 내려와 다시 갈 수 있다는 요령도 알지 못했다. 청춘에는 세월의 약도 필요했다.

『내 청춘 산에 걸고』를 처음 만난 것은 그런 청춘을 다 보낸 뒤였다. 산 좋아하는 애인이 내 아이의 아버지가 된 다음, 책꽂이에서 산악 도서들이 점점 세를 불려가고 있을 때였다. 하지만 이 책은 유독 제목이 마음에 들지 않아 선뜻 손이 가지 않았다. 정작 책을 제대로 읽은 것은 한왕용 때문이었다. 내가 산악 잡지 기자로 일할 때, 한왕용이 이 책을 건네줬다.

"산악부실에 꽂혀 있던 건데 아직도 돌려주질 못했네요."

책이 자기 주머니 속으로 들어온 지 10여 년이 넘었다는 소리였다. 못 한 게 아니라 분명 안 했을 거야. 요즘 대학산악부가 '3D 동아리'라는데 과연 이 책을 돌려받을 후배들이 있기나 할까. 나는 그렇게 생각했다.

"이 사람 저랑 많이 비슷한 것 같아요. 엉겁결에 산악부에 들어간 것도 그렇고……."

이렇게 말한 한왕용은 우석대학교 식품영양학과 85학번이었다. 세계에서 열한 번째로 히말라야 14좌를 완등한 산악인의 명함과는 왠지 어울려 보이지 않는 전공이었다. 우에무라 나오미는 메이지 대학교 농산제조학과 60학번이다. 25년 차이, 우리와 일본 산악계의 흐름도 다른 분야와 비슷한 격차가 있었다.

둘 다 공부에는 관심이 없었고 전공과 관련해 무슨 뚜렷한 목표가 있지도 않았다. 어영부영 선배들한테 이끌려 산악부에 발을 들여놓은 것도 같았다. 한번 산에 발을 들여놓은 뒤로는 그 이상 매력적인 일을 찾지 못했다는 점도 두 사람이 같았다. 청춘을 확 뒤집어지게 만들 연애 사건도 산보다 늦게 찾아왔다.

나오미는 홀로 개썰매를 타고서 3,000킬로미터에 이르는 남극 여행에서 돌아와 동네 분식집에서 만난 노사키 기미코에게 마음을 빼앗겼다. 한왕용은 1998년 안나푸르나에 갔을 때 네팔에서 의료봉사활동 중이던 아내를 처음 만났다. 나오미가 서른두 살 한왕용이 서른세 살, 둘 다 이미 청춘의 절정을 산에서 불사른 뒤였다.

산을 향해 오로지 '돌격 앞으로!' 나아가는 대책 없는 열정, 크레바스가 숨어 있는 빙하 위를 대나무 깃대 하나만 믿고서 혼자 걸어가는 사람, 고지식할 정도로 무모해 보이는 게 우에무라 나오미의 방식이었다. 깃대는 그가 혼자 산에 가기 위해 궁리해 낸 아이디어였다. 처음 알프스에 갔을 때 빙하가 무엇인지도 모르고 오르던 몽블랑에서 눈에 덮여 보이지 않는 히든 크레바스에 빠졌다. 그 뒤로 혼자 추락하게 되면 어디에든 막대가 걸리게 만들려고 허리춤에 깃대를 묶고 다니기 시작한 것이다.

보통은 빙하 위를 건널 때 파트너와 로프로 몸을 묶는 안자일렌을 한 채 서로 멀찌감치 떨어져서 걷는다. 누군가 크레바스에 빠지더라도 다른 한 사람이 제동을 해서 추락을 멈추고 구조할 수 있도록 하기 위해서다. 물론 이 때문에 둘 다 위험해질 수도 있다.

하지만 나오미는 1970년 일본인 최초로 에베레스트에 올랐을 때를 제외하고는 늘 혼자였다. 그가 세계 최초 5대륙 최고봉 등정 기록을 세우는 데 마지막 목표였던, 매킨리 등반에서는 혼자 힘으로 그 산에 오른 최초의 사람이기도 했다. 당시로는 무시무시한 일이었다.

내가 만나는 남자들은 자신이 가 닿지 못하는 세계에 대한 동경 때문인지, 나오미의 이런 대책 없는 면을 사랑하는 것 같았다. 그러나 한왕용은 나오미란 사내를 좀 다르게 읽고 있었다. 오히려 그를 자극한 것은 나오미가 추구한 극한의 모험보다는 산행 경비를 마련하기 위해 일본의 공사판, 캘리포니아의 포도 농장, 알프스의 스키장 잡부로 전전긍긍하던 인간적인 모습이라고 했다.

> 다음 목표에 오르기 위해서는 단 1프랑이라도 더 벌어야했다. 그래서 술과 커피는 여전히 멀리하고 있었다. 커피 한 잔 값으로 케냐에서는 두 끼를 해결할 수 있었다. 나는 돈, 돈 하며 산행 자금 만들기에만 골몰해 기인 같은 생활을 하고 있었다. —『내 청춘 산에 걸고』133쪽

나오미는 나중에 이런 자신의 스타일을 "단기간에 효율적으로 일해 장기간 산에 오른다. 이것이 나의 경제학이다"라고 깔끔하게 정리하기도 했다. 한왕용도 전주에서 서울로 올라오기 전 지리산 뱀사골 산장에서 킬로그램당 1,000원씩 받고 등짐을 져 날라 하루에 7~8만 원씩 장기 산행 자금을 모았다고 했다. 그때 그가 꿈꾸던 장기 산행이란 게 고작 설악산 원정이었으니 나중에 히말라야로 가는 여비를 마련하는 데는 어떤 고초가 따랐을지······.

한왕용은 당시 자신의 원정 비용 상당 부분을 스스로 충당했다는데 자부심을 느끼고 있었다. 어쩔 수 없이 도움이 필요한 부분에만 최소한으로 손을 벌렸기 때문이다.

오래전 술자리에서 장비 업체를 운영하는 산악인에게 들은 이야기가 떠올랐다. 주위에 필요 이상으로 지원을 요구하는 원정대들이 너무 많다는 하소연이었는데, "왕용이는 좀 달라. '형, 망치 한 자루만 주세요.' 늘 이런 식이지"라고 했었다.

히말라야 원정에는 통상 몇천만 원씩 돈이 드는데, 한왕용은 1998년 낭가파르바트에 갈 때 나관주와 둘이서 단돈 700만 원으로 등반을 해 냈다.

우리나라에서 처음 히말라야에 도전한 원정대는 1962년 경희대 산악반의 다울라기리 2봉 등반대였는데, 당시 1인당 국민소득이 70달러일 때인데 원정 경비가 100만 원이었다. 원정을 책임진 박철암 씨는 집을 팔고 빚까지 져서 돈을 마련했다고 한다.

지금은 당시와 비교할 수 없을 정도로 국민소득도 늘었고 등산 장비 업체도 성장한 까닭에 유명 산악인들을 지원하는 자금은 전보다 많이 넉넉해졌다.

한왕용도 2003년 14좌를 완등한 뒤에는 유명 장비 업체에서 안정된 후원을 받을 수 있게 되었다. 내게 책을 빌려줄 때는 '클린마운틴'이란 이름으로 새로운 방식의 히말라야 원정에 나서고 있었다. 히말라야 14좌의 베이스캠프마다 널브러져 있는 고소 쓰레기들을 치우겠다는 것이 그의 목표였다.

그런데 소속사의 후원으로 자금이 넉넉해졌을 법도 한데, 그는 여전히 한 푼도 헤프게 쓰는 법이 없었다. 나는 그가 원정을 다녀온 뒤에 비싼 위성 인터넷 요금이 쓸데없이 많이 나왔다고 후배를 야단치던 모습을 보고 놀랐다.

우에무라 나오미가 단독자의 길을 가게 된 것도 결국 돈에 대한 강박증 때문이었다. 책에는 그가 몽블랑 스키장에서 일하다가 메이지 대학 원정대의 초청으로 고줌바캉(7,646미터) 등정에 성공했을 때 이야기가 나온다. 축하를 받으면서도 정작 그는 기뻐할 수 없었던 이유에 대해 이렇게 썼다.

> 내가 정상에 올랐다고는 하지만 원정대의 본대원이 아니었고 다른 대원들처럼 원정을 위해 금전적으로 애를 쓰지도 않았었기 때문이다.
>
> —『내 청춘 산에 걸고』 74쪽

그는 산에서도 인생에서도 무임승차를 인정할 수 없는 사람이었기 때문이다.

> 내가 단독 등정에 몹시 끌리기 시작한 것도 바로 이 때문이었다. 아무리 작은 등산이라도 스스로 계획하고 준비하여 혼자서 행동한다면 그야말로 진정 흐뭇한 등산이 아니겠는가. —『내 청춘 산에 걸고』 74쪽

그러나 '진정 흐뭇한' 혼자만의 여정도 스물일곱 살, 아콩카구아 단

독 등정을 앞둔 시점에서는 이렇게 되묻게 된다.

> 돌아가면 무엇을 하며, 어떻게 살아갈 것인가. 장래를 결정할 중요한 문제들이 그냥 남아 있지 않은가. 지나간 일만 이것저것 끄집어내어 감상에 빠져서는 안 된다. 나는 현재에, 그리고 미래에 살아가지 않으면 안 된다.
> ─『내 청춘 산에 걸고』142쪽

아무리 위대한 모험가라고 해도 일상이 산보다 더 두려운 법이다. 어떤 험준한 산봉우리라도 그 산의 높이가 변하지는 않는다. 그러나 누가 자기 생 앞에 놓인 변화무쌍한 인생의 높이를 짐작이나 할 수 있을까.

나오미는 나중에 「모험의 경제학」이란 글에서 그의 일상을 이렇게 설명하기도 했다. "번 돈을 몽땅 걸어서─이것이 등산가 시대부터의 경제학이며 내게 있어서 돈이란 모으기 위한 것이 아니라 쓰기 위한 것, 써서 나 자신에게 정신적인 강박을 더하게 하는 자극인 것이다"라고.

그러니 하숙집에서 신혼방으로 옮겨 갈 짐이 리어카도 필요 없이 "세 번 들어 나르니까 이사가 끝났다"라고 말할 정도였다. 나는 이런 사내와 가정을 꾸린 여자의 선택이 더 큰 모험처럼 보였다.

아내 기미코의 인생엔 혹시 나오미란 남자가 크레바스 아니었을까. 사랑이라는 대나무 장대 하나만 믿고서 미지의 험로 속으로 걸어 들어간 여자로 보였으니 말이다. 그런데 기미코는 사람들이 생각하는 것처럼 나오미의 '사나이'다움에 끌리지 않았다. 오히려 "무슨 일에든 온 정신을 쏟아가며 달려드는 사람이 애처롭고 가여웠다"라고 했다.

나도 이 사내의 청춘 고백을 읽는 내내 외로움이 먼저 밟혔다. 이 외로운 사내가 정작 가장 애처롭고 가엾게 만든 사람은 아내였다. 나오미는 마흔네 살이던 1984년 매킨리 동계 단독 등정에 성공한 뒤 실종됐기 때문이다. 그때 기미코는 이렇게 흐느꼈다. "모험이란 살아서 돌아오는 것이라고 늘 큰소리쳤어요. 그런데 당신 이게 뭐예요. 창피하지도 않아요?"

한왕용의 청춘 속으로 나오미의 책이 들어왔을 때, 대책 없는 일본 사내는 이미 이 세상 사람이 아니었다. 나오미와 자신이 많이 비슷하다고 했던 한왕용, 하지만 그는 나오미와는 다른 남편이 되었다. 14좌 등반의 마지막 목표였던 브로드피크로 떠나기 전, 성공 여부에 상관없이 다시는 정상을 목표로는 고산에 오르지 않겠다고 아내와 약속한 것이다. 히말라야의 청소부를 자처하면서 고산지대에 버려진 원정대들의 쓰레기 줍는 일을 계획한 것도, 그 약속의 힘이었다.

한왕용이 나오미의 책을 내게 주었을 때 그의 나이는 마흔이었다. 어린 두 아들 앞에 놓인 산봉우리가 점점 커져서 자기 앞의 산을 가리고 있을 때였다. 간호사인 아내는 공부를 계속하고 싶어 했는데, 이제는 아내 인생의 산을 위해 자신이 돕고 싶다는 말도 했다.

남자들은 이 대목에서 한숨을 쉴지도 모르겠다. 산 사나이의 청춘은 그렇게 끝이 나는 걸까 하고. 전도유망한 산악계의 기대주였던 사내와 결혼하면서 한동안 남편 앞길을 막는 여자가 되지 말라는 무언의 압박을 받으며 괴로워하던 여자 후배를 본 일도 있었다. 그래서 한왕용의 산이 더욱 남달라 보였다.

　나는 어쩔 수 없이 아내들 편이다. 자신의 은밀한 이야기가 『아내여 나는 죽으러 간다』라는 선정적인 제목으로 세상 사람들에게 읽히고 있는 줄도 모르는 바보 나오미보다는 아내와 약속을 지킨 한왕용 편을 들겠다. 자신에게 가장 소중한 것을 양보할 줄도 아는 게 사랑이니까.

　그날 한왕용에게 『내 청춘 산에 걸고』를 건네받던 광화문의 어느 지하 찻집 벽에는 이런 낙서가 있었다.

　늙는다는 것은 신의 축복이고 젊음을 유지한다는 것은 삶의 기술이다.

　나오미에게 산은 청춘을 유지하는 명쾌한 '기술'이었다. 그러나 그는 마흔네 살에서 더 이상의 '축복'을 받을 수 없었다. 나오미의 청춘을 읽고서 산으로 가는 사람들에게 산과 함께 늙어가는, 축복과 기술이 함께 있을 수 없을까, 나는 계속 그런 생각을 한다.

보이지 않는 벽이
보이는 벽을 넘는다

... 정승권과 『창가방 그 빛나는 벽』

한 사내가 대여섯 살 난 여자아이를 업고 있는 사진을 본 적이 있다. 아이는 아빠의 등에 얼굴을 묻은 채 잠이 들었고, 사내는 사진 밖먼 곳을 응시하고 있었다. 1990년대 초 선운산에서 사진가 손재식이찍은 정승권이었다. 깜짝 놀랐다. 그는 주로 무시무시한 수직의 벽에매달려 있는 매서우면서도 고요한 눈빛이거나, 피켈로 얼음을 찍어내며 입술을 앙다문 옹골진 모습들로 잡지 속에 나왔기 때문이다. 정승권도 아빠구나, 너무 당연한 사실이 오히려 낯설어 보이기까지 했던그 사진.

정승권은 자신의 이름을 내건 최초의 개인 등산학교를 세운 클라이머다. 그곳에서 '정승권 신도'만 수천 명 이상 길러냈다. 신도들은 그가 남다르다고 믿는다. 분명 달랐다. 히말라야에 집착하는 우리 산악계에서 그는 유독 요세미테의 엘캐피탄이나 알래스카의 매킨리, 파타고니아의 세로토레 등에서 새로운 도전을 하며 등반의 지평을 넓히는 일들을 계속해 왔기 때문이다.

사진 속에서 그는 선운산 등반 경기 대회 심판을 보는 중이었다. 낯선 곳에서 엄마와 떨어져 있는 아이를 달래느라 애를 먹으면서 말이다. 사진가 손재식이 찍은 어떤 클라이머의 역동적인 모습보다 강렬하게 내 뇌리에 남아 있는 사진이었다. 그런데 정작 주인공은 자기 사진을 본 적이 없다고 했다. 카메라의 렌즈는 클라이머 이전에 인간 정승권이 지고 있는 삶의 무게를 잘 알고 있는 듯했다.

내가 아는 정승권은 자신이 즐기면서 할 수 있는 등반과 등산 교육만으로 오롯이 생활을 꾸려가는 모습으로도 귀감이 되는 사람이다. 하지만 그 역시 남편이고 아버지란 사실에 초점을 맞춘 것일까. 렌즈는 그의 마음을 비추는 듯했다.

꽃샘추위가 기승을 부릴 때 수유리에 있는 정승권등산학교 실내암장으로 사진 속 그 사내를 찾아갔다. 그때 정승권이 내게 물은 첫마디는 "이번 달은 누구한테 산책을 받았나요?"였다. 새로 시작한 '山冊산책'이라는 기사에 대해 묻는 것이었다. 그가 내 기사에 관심을 가져준다니, 설레는 일이었다.

평소 학구적인 클라이머로도 이름난 정승권, 나는 기자였지만 사실 그가 쓰는 등반기의 애독자였다. 그는 좋은 글은 훌륭한 등반에서 나온다는 모범을 보여주는 필자였기 때문이다.

만일 산악인들에게 과거시험이 있다면 설악산 토왕성 빙폭을 완등하는 것이 장원급제처럼 자랑스런 일이다. 그런데 정승권은 1993년 로프도 없이 아이스바일만 찍으며 얼어붙은 320미터 높이 폭포를 혼자 올라갔다가 다시 얼음벽을 찍으며 거꾸로 내려왔다. 그것도 한밤중에. 모두가 미쳤다고 혀를 내두른 전설 같은 기록이다. 그는 이 등반으로 '토왕의 환상'이라는 수기를 써서 산악문학상을 받기도 했다.

나는 주저하지 않고 '창가방 팀 중의 한 사람'이라고 대답했다. 그는 깜짝 놀라는 표정으로 물었다.

"어, 그게 누구지?"

하지만 내 대답은 사실이 아니었다. 나는 『창가방 그 빛나는 벽』이란 책에 대해 오직 정승권의 목소리로 이야기를 듣고 싶었다. 그러나 이미 그에게 거절당한 뒤였다.

"제가 이번엔 정말 온전히 창가방 자체에만 몰입하고 싶거든요. 그러니까 우리 이야기는 돌아온 다음에 하기로 하지요."

정승권의 목소리는 부드럽고 섬세하다. 그가 즐기는 거벽 등반의 세계에는 꼭 그런 목소리가 어울릴 것 같다. 대암벽에서 미세한 홀드와 크랙을 하나하나 세심하게 읽고서, 중력에 대항해 온몸을 수직으로 끌어올려야 하는 일에는 잡념이 끼어들 틈이 없어 보이기 때문이다.

하지만 청력이 약한 나는 그의 작은 목소리를 들으려면 예민하게 귀를 쫑긋 세워야 했다. 그래서 이야기에 빨려 들어가는 맛도 있지만, 부드러운 목소리로 하는 거절은 훨씬 단호하게 들렸다. 2005년 봄, 그가 '자누, 시블링과 함께 히말라야의 오벨리스크라 불리는 3대 괴벽의 하나'인 창가방으로 떠날 준비를 하고 있을 때였다.

인도 가르왈 히말라야에 있는 창가방은 6,846미터로 높지는 않지만 험난한 봉우리로 악명 높았다. 1974년 크리스 보닝턴이 이끈 영국과 인도의 합동 원정대가 처음 산에 오른 뒤로 정상으로 가는 길이 7개나 있었다.

그가 오르려는 북벽에도 1998년 미국과 러시아 합동팀이 처음 올라간 기록이 있었다. 정승권은 그곳에 새 길을 준비하고 있었다. 하루 중단 두어 시간도 볕이 들지 않는 곳, 발을 뻗고 누워 등을 기댈 땅이 한 뙈기도 없는 창가방의 북쪽 벽에 직등 루트를 만든다고 했다. 그러니 등반에 집중하기 위한 동안거 결제 중이니 아무것도 묻지 말라는 소리였다.

그와 동행할 대원들 가운데는 평소 '언니! 언니!' 하며 살갑게 나를 따르던 친구가 있었다. 빼어난 미모에 음식 솜씨도 좋고 성격도 시원시원한 그녀가 창가방 대원으로 선발되었다는 소식을 듣고는 어찌나 놀랐던지. 그의 산 앞에 비하면 나는 어린애에 불과한데 언니라고 부르니 상당히 부담스러웠다.

또 평범한 직장 여성을 창가방 원정대원으로까지 끌어올린 '선생님 정승권'이 남다르게 느껴졌다. 제자들을 거벽에 데리고 가는 선생님은 아버지의 마음일까. 정승권은 그날도 손재식의 사진 속에서 봤던 꼭 그런 눈빛을 하고 있었다. 그래서 나는 더 이상 그를 조를 수 없었다.

처음 산을 오르는 사람은 가장 빨리 정상에 도달할 수 있는 쉬운 길을 찾아 걷는다. 그러나 더는 걸어서 올라갈 수 있는 새로운 길이 없다고 느낄 즈음이면 새로운 사람들이 나타난다. 이런 거 말고 우리 제대로 한번 붙어보자고! 이렇게 외치는 것 같은 거벽 등반가들. 그들은 자연이 내어 준 평범한 길을 따라 그 산의 머리 꼭대기에 올라서는 것은 비겁하다며 수많은 구도자들이 일상의 안온함을 거부하면서부터 길을 나서는 것 같기도 했다. 그들을 보면 '사람이 곧 길이다'는 생각이 들었다.

산악계의 원로 김영도 선생은 "정승권 씨는 단순한 피크 헌터가 아니라 허세가 없는 익스트림 클라이머"라고 했다. 익스트림 클라이머에게는 눈에 보이는 길은 없다. 하늘을 향해 곧추선 거대한 벽만 있을 뿐이다. 그곳에선 직립보행이라는, 인간을 인간이게 하는 근본적인 행위가 무의미해져 버린다. 매달리고 끌어 올리고 순간순간 허공을 향해 몸부림칠 뿐이다. 도대체 왜들 저러는 걸까. 정말 이해할 수 없는 사람들이란 생각이 든다.

『창가방 그 빛나는 벽』은 그들의 내면을 이해할 수 있는 실마리를 줄 수도 있는 책이다. 1976년 '조 태스커와 피터 보드맨'이 창가방 서벽을 처음 오른 이야기가 쓰여있다. 그런데 이 책을 우리나라에 소개하는 것 자체가 극적이었다.

피터와 조의 이 등반기를 번역한 산악인 허긍열은 1986년 카트만두의 책방에서 책을 사고는 귀국하자마자 대학 노트 다섯 권에 손으로 옮겨 적었다. 그리고 첫 직장에서 받은 월급을 거의 1년 가까이 쏟아부으면서 출판 제작비를 갚아나갔다. 오로지 새로운 등반 세계를 소개하고 싶다는 열망으로 겁도 없이 뛰어든 일이었다.

그렇다고 이 책이 창가방에서 펼쳐진 모험적인 등반 기록만은 아니다. 오히려 적나라한 인간 내면의 기록이라고 할 수 있다. 나는 두 사람이 빙하 위로 솟구친 깎아지른 벽을 오르며 히말라야 등반사에 남긴 발자취보다, 동일한 목표를 향해 의기투합한 사내들이 순간순간 어떻게 서로를 의심하고 미워하고 또 질투했는가가 더 흥미진진했다.

줄을 한데 묶은 사람들 사이의 강한 신뢰와 끈끈한 연대감만 상상하고 책을 펼쳤지만 책 속의 광경은 뜻밖에도 당혹스러운 일들이 이어지고 있었다. 조는 냉혹하게 빛나던 창가방에서 오로지 단 두 사람뿐이던 허공에서의 생활을 이렇게 말했다.

오직 한 사람만이라도 우리가 만났으면, 우리의 좁은 세계에는 더 많은 평온이 있었을 것이다.　　　　　　　　—『창가방 그 빛나는 벽』263쪽

그들이 서로의 신경을 날카롭게 만드는 일은 아주 작고 사소한 것이었다. 차를 끓이는 당번이 누구 차례인가 혹은 허공에 매달린 잠자리에서 누가 낭떠러지 쪽으로 잘 것인가, 내가 어렵게 올라선 길을 상대가 쉽게 올라서 버리면 나를 비웃지나 않을까. 어쩌면 이런 갈등은 당연한 것이다. 그들은 한 치의 발 디딜 틈이 아쉬운 수직의 세계 위에 있었다.

가파른 벽일수록 아주 작고 사소한 것들에 의지해 몸을 끌어 올리게 된다. 손톱만 한 바위 돌기 하나가 큰 힘이 되고 바위틈의 작은 균열이 목숨을 위협하기도 한다. 그래서 매 순간마다 위험에 직면하고, 그걸

충분히 예견하고 심사숙고할 여유 따위는 없다. 작고 사소한 행위가 지루하게 반복되면서 그날그날 미미한 전진과 후퇴가 있을 뿐이다. 그래서 벽 등반은 수직거리로는 산을 오르는 최단 경로일지는 몰라도 길은 너무 멀다. 두 사람 사이도 마찬가지였다.

책장을 넘길수록, 조와 피터가 창가방 정상에 가까워질수록 '아, 이건 연애구나' 하는 생각이 들었다. 두 사람 사이의 팽팽한 신경전과 긴장은 오히려 벽 아래 세상에서 쉽게 볼 수 없던 자아를 만나기 위해 한 꺼풀씩 서로의 껍질을 벗겨주었다. 조금씩 서로의 속살이 드러날수록 그들은 끈끈하게 밀착했고, 도저히 틈이 보일 것 같지 않던 벽에도 드디어 길이 생겨났다.

결국 그들이 오른 벽은 창가방에만 있지 않았다. 피터와 조는 사랑하는 두 남녀도 쉽게 깨뜨리기 힘든 내면의 벽을 넘어선 것이다. 창가방의 무시무시한 벽은 눈에 보이지만 사람들 사이에 벽은 보이지가 않는다. '내가 너의 손을 잡으려 해도 잡을 수가 없고, 보이지 않는 그 무엇이 나를 슬프게 만들고, 아무도 깨뜨리지 않고 모두가 모른 척하는' 그런 벽, 유리벽. 그 벽에서 내려와 조는 이렇게 고백한다.

> 피터와 나는 한 사람으로 합쳐졌고, 6주일간의 고립에서 우리는 말이 필요 없는 우정을 가지고 돌아왔다.　　　　─『창가방 그 빛나는 벽』290쪽

심지어 그의 여자 친구마저 피터를 부러워하면서 종종 불평을 쏟아내게 만든다. 그리고 창가방 이후 1982년, 당시 아무도 오르지 못했던

에베레스트 북동릉을 등반하다 두 사람은 영원히 하나가 된다. 태어날 때는 서로 달랐지만 세상을 떠날 때는 분명 하나였다. 몸도 마음도 그리고 못다 이룬 꿈도 함께한 하나의 사람.

창가방으로 떠나는 정승권과 대원들은 이 책을 몇 번이나 읽었을까 궁금했다. 나는 그들이 북벽에서 겪게 될 곤란과 위험은 가늠할 재간이 없었다. 아무것도 묻지 않았다. 물을 깜냥이 못 되었다. 하지만 그들의 보이지 않는 벽은 어렴풋이 짐작할 수 있다. 어린 딸을 등에 업고서 정승권이 응시하던 선운산 바위 벽 너머에 엄연히 존재하던 그런 유리벽! 말이다

정승권이 오래도록 행복하게 자신이 원하는 등반을 계속하면서, 눈에 보이는 벽들을 차례로 넘어설 수 있었던 힘은 무엇일까. 고도의 기술과 첨단 장비, 지난한 훈련과 유능한 파트너들 때문만은 아닐 것이다. 보이지 않는 벽을 넘어 그와 닿아 있는 아내의 손길, 그들을 통해 세상에 태어난 아이……. 세상의 모든 존재는 보이지 않는 벽을 넘은 보이지 않는 관계에 의해 지탱되는 것은 아닐까. 선운산 바위 벽 앞에 아이를 안고 서 있던 그처럼.

봄날 황사가 사라질 무렵 떠났던 정승권과 대원들은 초여름 더위와 함께 일상으로 돌아왔다. 창가방에는 내내 눈보라가 휘몰아쳤다고 했다. '무시무시한 그러나 찬란하게 빛나는 벽'에 매달렸다가 무사히 집으로 돌아온 것이다.

꼬박 1년 동안 인수봉 북벽에 포타레지(암벽 등반에서 공중에 매달려 있을 수 있도록 바위에 맨 윗부분만 연결하여 고정시키는 텐트)를 설치해

올라가는 캡슐 스타일 등반을 위해 훈련을 거듭하며 그곳에 '창가방 가는 길'이란 루트를 내기도 했던 이들. 그렇지만 창가방 북벽에 수직으로 서 있는 구간을 거의 다 오른 6,100미터까지 전진했지만 계속되는 악천후 때문에 그들은 등반을 접고 내려와야 했다.

그래도 떠날 때처럼 유쾌하게 돌아왔다. "안전하고 재미있는 등반을 마치고 돌아오겠다"라던 약속을 지키고, 다음 등반을 위한 새로운 공부를 하고 왔다는 자신감도 내비쳤다. 정상에 올랐느냐, 처음부터 그것은 중요하지 않았다. 어차피 거벽 등반이란 결과가 아닌 면벽(面壁) 수련이라는 구도의 과정 같은 것이다.

그 무시무시한 창가방에 다녀온 후에도 후배는 지금도 종종 "언니!" 하면서 내게 이것저것 묻는다. "미모의 힘으로 창가방을 오르겠습니다!"라는 말로 원정대 발대식에 모인 사람들을 웃게 했던 넉살 좋은 그녀는 창가방에서 돌아와 바로 결혼도 하고, 두 딸의 엄마가 되었다. 그녀도 역시 창가방보다 험난한 엄마의 벽을 넘고 있는 모양이다. 그 모습마저 '정승권 선생님'의 제자다웠다.

나의 본상을 마주하기 위하여
높고 외로운 생의 북쪽으로 가다

... 故 고미영과 『산문기행』

　여름이 뜨거워질수록 북녘의 산이 그리웠다. '그리운 금강산', 아주 잠깐이었지만 그 서늘한 산을 오르는 것뿐만 아니라 산자락에서 야영과 해수욕까지 즐길 수 있던 시절이 있었다. 2006년 고성항의 금강산해수욕장이 개장했을 때였다. 수정봉에서 천불산으로 이어지는 금강산의 기암 능선들이 병풍을 두르고 있는 곳이었다.

　당시 금강산에는 관광객들을 위한 북측 산악구조대원들이 상주했는데 서울시 산악구조대와 활발한 교류를 하고 있었다. 나는 그해 여름 남과 북측 구조대원들의 산악구조와 응급처치 합동 연수 시기에 꾸려진 시범야영단에 끼어 북에 다녀왔다.

　'북에 다녀왔다'라는 말이 또다시 이렇게 각별하게 느껴지는 순간이

올 줄 그때는 미처 몰랐다. 북녘 산자락에서 보낸 가슴 벅찬 3박 4일이 지나고 군사분계선을 넘어 집으로 돌아오면서, 나는 아이들을 데리고 해마다 북으로 가서 금강산과 우리 몸 사이에 얇은 텐트 천 하나만 두르고 잠을 잘 수 있기를 고대했다. 그러나 그 꿈을 이루어보기도 전에 북으로 가는 길이 다시 꽉 막혀버렸다. 우리에게 가장 먼 산은 히말라야나 극지가 아니라 바로 지척에 있는 북녘이라는 것을 새삼 실감하게 되었다.

이제 금강산에서 잠시 만났던 운무와 구룡폭포의 우렁찬 낙수 소리, 고성항 앞바다의 맑은 물빛마저도 꿈결처럼 아득해졌다. 금강산 가는 길이 다시 막힌 지 1년쯤 지났을 때, 아쉬운 대로 아이들과 오대산 자락에 텐트를 치고 소금강 계곡을 따라 구룡폭포까지 산길을 걸었다. 남녘의 작은 금강산이라 이름 붙인 곳을 돌아보니 진짜 금강산에 대한 그리움이 깊어졌다.

결국 텐트를 걷고 집에 돌아와서는 원조 금강산 구룡폭포의 서늘한 물보라를 그리며 선인들의 유산기(遊山記)를 읽는 것으로 아쉬움을 달래야 했다.

북쪽 금강산보다 아득히 높고 먼 산에서 비보가 날아든 것은 그 무렵이었다. 낭가파르바트에서 고미영이 죽은 것이다. 2009년 7월 11일 정상 등정을 마치고 캠프 3에서 캠프 2로 하산하다가 추락했다고 뉴스는 전했다. 책을 덮고 한동안 글을 읽을 수 없었다. 『산문기행: 조선의 선비, 산길을 가다』에서 홍인우의 「관동록(關東錄)」 중 금강산 이야기를 막 읽고 난 다음이었다.

천석(泉石)을 즐기는 것은 만폭동에서 다하였고, 높이 올라 조망하는 것은 비로봉이 홀로 가장 뛰어나다. 하물며 지세에는 높고 낮음의 차이가 있고 경치에는 크고 작음의 차이가 있다. 그런데 높은 것은 낮음의 누적이고 큰 것은 작음의 극치이다. 높고 큰 것을 이미 내 눈으로 다 보았거늘 작고 낮은 것을 보려고 하필 내 다리를 수고롭게 하랴.

— 『산문기행』 189쪽, 홍인우의 「관동록」

금강산의 내산을 두루 돌아본 홍인우에게 그곳에서 만난 승려가 외산의 유점사도 둘러볼 것을 권하자 그가 한 말이다. 고작 1,639미터 금강산 비로봉을 오르고서 이런 말을 했다는 데 요즘 사람들은 코웃음을 칠지도 모르겠다. 8,000미터가 넘는 히말라야의 고봉 열네 개를 오른 사내들이 세 명이나 있는 나라에서 다시금 여성 산악인 두 명이 그 대열에 동참하려고 세간을 떠들썩하게 한 즈음이었다.

나는 창밖으로 북한산 너머 먼 곳을 바라보았다. 낭가파르바트는 얼마나 멀고 높고 추운 산인가. 그런데 '높은 것은 낮음의 누적이고 큰 것은 작음의 극치'라는 홍인우의 말이 자꾸 머릿속을 맴돌았다. 높은 것으로 따지면 에베레스트는 지구 위 모든 낮은 것들의 누적이고 극치다. 그렇다면 세계 최고봉을 오른 사람은 세상의 '높고 큰 것'을 이미 다 본 것이다. 그런데도 왜 다시 그보다 '작고 낮은 것을 보려고' 인생을 수고롭게 하는 이들이 많은 것일까.

고미영이 지구에서 가장 높은 곳에 오른 것은 2007년 5월이었다. 그이는 왜 거기서 멈추지 않았을까. 그곳에서 내려온 뒤에도 쉬지 않고 에베레스트보다 낮은 산들을 섭렵했고, 급기야 세계에서 가장 짧은 기간에 8,000미터 봉 열한 개를 오르는 기염을 토하며 무서운 속도로 전진하고 있었다.

그의 죽음을 둘러싸고 세간에는 무책임한 말들이 넘쳐났다. 나는 귀를 막고 다시 책을 펼쳤다. 홍인우가 굳이 유점사를 가지 않는 이유를 장황하게 설명한 데는 다른 뜻이 있었다.

> 높고 낮음과 크고 작음은 물(物)이다. 만수(萬殊)의 관점에서 보면 나(我)의 동정(動靜)이지 물(物)의 동정이 아니다. 일본(一本)의 관점에서 보면 물(物)도 또한 나(我)이다. 그것을 둘로 보면 산의 푸름과 물의 아스라함을 마주하여 나는 형과 색이 나의 귀와 눈을 어지럽힘을 알 뿐이다. 하지만 하나로 회동시키면 푸름과 아스라함은 모두 나의 성정 속 물(物)이다. 도(道)는 물(物)과 아(我)의 구별이 없고, 이(理)는 피(彼)와 차(此)의 차이가 없다. ─『산문기행』 189쪽, 홍인우의 「관동록」

산과 나의 구별이 없어지는 경지에 이르면 이 산과 저 산의 차이도 없어질 것이라는 말로 읽힌다. 그래서 홍인우는 "큰 것을 보고서 작은 것도 관령(管領)하고, 높은 것을 들어 보여 작은 것까지 깨친다고 하면, 정말로 역시 도(道)에 해롭지 않다"라고 했다.

비로봉 정상에 올라가 "사방을 둘러보니, 호호만만(浩浩漫漫)하여 그 끝까지 나아간 곳이 어디인 줄 알지 못할 정도이다. 표표(飄飄)하기가 마치 학을 타고 하늘 위로 오른 듯하여 아무리 날아가는 새라고 하여도 나보다 위로 솟구치지는 못할 듯하다'라고 감탄했던 그이다. 그럼에도 도를 깨치는 것보다 높은 경지는 세상에 없다고 느낀 것이다.

그렇다면 고미영은 홍인우보다 다섯 배 더 높은 세계 최고봉을 오른 것만으로는 낮은 산들을 '관령하고, 깨치기'에 부족하다고 느낀 것일까. 조선의 선비는 1953년 금강산을 유람하고, 이듬해 스물아홉의 나이로 요절했다. 그로부터 400여 년 뒤의 여성이 조상들이 상상도 못 할 높이의 산들을 거듭 올라가면서도 진정으로 만나기 힘들었던 것은 무엇일까.

홍인우가 쓴 「관동록」뿐만 아니라 여러 선비들의 유산기를 한데 엮어놓은 책 『산문기행』의 저자는 "조선 지식인에게 금강산 유람은 범속한 것과의 결별을 뜻하였다"라고 했다.

조선 후기에 접어들어서는 찾는 이가 많아 티끌과 먼지가 쌓여가는 금강산에 '8월의 하늘이 크게 비를 내려 한바탕 씻어내 버리자, 비로소 본상(本相)을 드러낸 금강산을 보고자 표표하게' 떠나는 사람이 있었는데, 마침 선비들이 대과에 응시하러 가는 날이었다고 한다.

저자는 범속한 선비들이 과거를 보러 서울로 몰려갈 때, 금강산으로 떠나는 사람을 가리켜 이렇게 기린다. "본상을 드러낸 금강산으로 향하는 길은 각자의 본상을 마중하러 가는 행위요, 현실을 초월하고자 하는 단독자의 고독한 행동"이라고. 그리고 바로 "그렇게 진정한 결단의 산행이 홍인우 때부터 시작되었다"라고.

2,000미터도 안 되는 금강산을 향해 떠난 조선의 선비들이나 세속의 물욕을 뒤로한 채 자신만의 산을 향해 끊임없이 새로운 길을 떠나는

알피니스트의 생각이 다르지 않아 보인다. 물론 그 알피니스트는 국가주의 깃발 아래 지구상의 높은 꼭짓점마다 몰려가던 '19세기 정복을 위한 등반'의 세계와는 거리가 먼 사람을 말한다. 그런데 21세기를 사는 우리는 여전히 구시대의 등반에 매달려 있는 것일까. '히말라야 14좌 레이스'에 열광하는 모습을 보면 그런 생각이 든다.

물론 산을 오르는 당사자들은 가장 높은 곳으로 '각자의 본상을 마중하러' 누구보다 치열하게 대자연의 곤란한 문제들 앞에 목숨을 걸고 나아간다. 그것이 과거 선비들만큼 유려한 말과 글로 표현되지 못할 뿐이지 그들의 몸뚱이만큼은 높은 곳에서 '물(物)과 아(我)의 구별이 없고, 피(彼)와 차(此)의 차이가 없다'는 이치를 온전히 체득할 것이다. 다만 산 아래서 그를 높이 치켜세워 장사를 해야 하는 자본과 언론과 국가로부터 자유롭지 못하다는 것이 문제일 뿐이다.

나는 금강산의 운무와 바람은 맛보았지만 히말라야의 희박한 공기를 가르는 절대고독의 바람, 그 거친 숨과 결은 알지 못한다. 하지만 고미영은 나처럼 대지에 발이 묶인 여자들이 쉽게 다다를 수 없는 세계에 도달한 존재로서 강렬한 상징이었다.

그가 14좌 중 여덟 번째 산을 등정했을 때 여고에 다니는 딸아이 등굣길 횡단보도 앞에 '축 상명의 딸 고미영 히말라야 마칼루 등반 성공! 종로구민과 기쁨을 함께 나누고 싶다'라는 플래카드가 내걸렸던 것도 떠올랐다. 그가 상명대학교 체육학과 석사 과정을 밟고 있다는 사실도 그때 알았다. 산에서 인생을 배운 그는 산 밖의 배움에서도 욕심이 많았다.

그런 그가 생에 가장 높고 춥고 외로운 바람 앞에서 죽었다. 고미영의 얼어붙은 몸뚱이는 낭가파르바트 캠프 1 오른쪽, 메스너 루트 100미터 위쪽에서 발견됐는데 정상을 바라본 채로 누워 있었다고 한다. 메스너 루트에서 생을 마감했다는 것 때문인지, 그이의 식어버린 몸뚱이가 세상을 향해 물음표를 던지는 게 아닐까 하는 생각이 들었다.

라인홀트 메스너는 "19세기식 '정복을 위한 등반'에서 21세기의 '존재를 위한 등반'으로 가기 위해서는 알피니즘이 어떻게 달라져야 하는가?"에 대해 끊임없이 문제 제기를 하고 있기 때문이다. 홍인우가 금강산으로 떠나던, '각자의 본상을 마중하러 가는 행위'가 바로 존재를 위한 등반 아니었을까.

고미영이 떠난 뒤에도, '정상의 노예'가 되기를 강요하는 세상에는 쉽게 마침표가 찍히지 않았다. 사실 그것은 등산의 세계에서만 벌어지는 문제는 아니다. 최고가 되어야만 살아남을 수 있다고 우리는 어린 아이들에게까지 부채질하고 있으니까.

그래도 고미영이 낭가파르바트 정상을 바라보고 누운 채로 숨이 끊어지던 그 순간만큼은 어떤 수도자보다도 충만한 영혼의 고양을 느꼈으리라 믿고 싶다. 세상이 아무리 조급하게 등 떠밀었다 해도 그 여자는 진정 자신이 원하는 것을 알고 있었을 테니까. 그의 부고는 가장 높은 산이란 높이와 상관없이 못다 오른 산이라는 이야기를 들려주는 것이라 생각하고 싶었다.

나는 고미영이 다른 어떤 여성 산악인들보다도 각별하게 느껴졌다. 단지 그가 같은 등산학교 출신 선배라는 이유 때문만은 아니다. 사실

동문이라 해도 그와 내가 향유했던 등산의 세계는 하늘을 나는 새와 자벌레의 그것만큼이나 격차가 크다. 나는 암벽 등반을 겨우 배우고 전문가만 오를 수 있는 난이도 5.10의 암벽을 우러러보며 '파이브텐(5.10)'이라는 브랜드의 암벽화를 신는 것으로 만족할 뿐이다. 하지만 그는 난이도 5.14까지 등반한 몇 안 되는 클라이머 아닌가.

고미영은 여고를 졸업하고 공무원으로 안정된 직장 생활을 하다가 암벽 등반을 배우면서 인생이 송두리째 달라졌다고 한다. 산을 통해 삶의 방식을 다이어트하기 시작한 것이다. 내가 그를 좋아하는 이유였다. 그는 작은 키에 72킬로그램이던 체중을 20킬로그램이나 감량하고 세계적인 스포츠 클라이밍 선수로 거듭 났다는 점에서만 탁월한 게 아니었다.

사실 초창기 스포츠 클라이밍은 산악계 주류로부터 홀대를 받았다. 더구나 그는 전통 있는 유명 산악회나 대학 산악부 출신의 이른바 산악계의 엘리트 그룹도 아니었다. 그저 늦깎이로 산을 만난 자유인으로 남들 눈치 보지 않고 자신만의 길을 뚜벅뚜벅 걸어간 용감한 여자였을 뿐이다.

소중한 것만 남기고 불필요한 것은 버릴 수 있는 간결함, 과감한 선택과 집중. 나는 그를 보면서 인생 다이어트에 필요한 핵심은 바로 그것이라고 생각했다.

고미영이 모교인 코오롱 등산학교 암벽반 강사로 처음 섰을 때, 설악산 비선대 산장 지붕에 마주 앉아 그와 짧은 인터뷰를 한 일이 있다. 설악의 적벽처럼 검붉게 그을린 서른여섯 살 처녀의 얼굴빛이, 노랗게 물들인 그의 머리카락보다 눈부셨다. 그 강렬함에 압도되어 쭈뼛쭈뼛 말도 제대로 못 건네는 내게 그는 유쾌한 이야기들을 쏟아냈다.

"제가 군기반장이에요. 아침에 일어나 학생들과 함께 체조하고 밤에 산장에서 교육할 때 조는 학생들 깨우며 괴롭히거든요."

또 떨어지지 않고 올라가는 학생들에게는 '뽀뽀해 주겠다'는 약속까지 했다며 환하게 웃었다. 그러면서 자신이 학생일 때는 몸도 무겁고 힘이 없어서 남들보다 고생을 많이 했다는 이야기도 들려주었다. 그랬던 학생이 인생의 새로운 길을 열어준 학교로 돌아와 스승들과 나란히 강사가 된 것이다.

당차고 아름다웠다. 출발은 나와 비슷했는데 이미 아득히 높고 먼 곳에 있던 여자. 이 매력적인 사람과 언제고 인생 다이어트라는 주제로 이야기를 나누며 술잔을 부딪혀보고 싶었다. 하지만 나는 그가 황망히 떠나버린 뒤에야 한 번도 살갑게 '언니!' 하고 불러보지도 못한 것을 후회하고 있다.

그는 직장을 그만두고 본격적인 클라이밍 선수가 된 뒤, 세계선수권대회에서 우수한 성적을 차지하며 승승장구했지만 굳이 뒤늦게 대학에도 진학했다. 스포츠 클라이밍에서 시작했지만 뒤에는 고산 등반에까지 무대를 넓혔다. 모교의 스승이고 선배인 등산학교 강사들과 함께 2005년 파키스탄의 드리피카(6,447미터)를 등정하면서 처음 고산 등반을 경험한 뒤부터였다.

이미 스포츠 클라이밍 스타였던 그가 인공 암장을 벗어나 다시 걸음마를 시작하듯 미지의 세계로 나아갔다. 순위를 매겨야 하는 스포츠 클라이밍으로부터 대자연과 고독하게 맞서는 알피니즘의 장으로 새롭게 걸어 들어간 것이다. 그러나 결과적으로는 14좌에서 세계 최초의 여성이 되려는 경쟁의 장에 서고 말았다.

나는 그이가 히말라야 14좌를 오르려다 몇 번째 봉우리에서 죽음을 맞았는지, 그 이전 스포츠 클라이밍 선수 시절에는 얼마나 많은 대회에서 우승을 했는지 하는 것들에는 별 관심이 없다. 사고가 난 뒤에야 의례적으로 언론사와 스폰서 장비회사들의 과도한 경쟁이 그를 죽음으로 몰아갔다는 식의 상투적인 분석에도 눈길이 가지 않았다.

결국 어떤 삶을 살다 갈 것인지, 누구에게나 선택은 스스로의 몫이기 때문이다. 내게는 그가 미래가 보장된 안정된 일상을 버리고 불확실한 미래를 향해 성큼성큼 나아간 용감한 사람으로만 기억될 것이다.

다만 그 매력적인 여자가 높은 곳에서 체득한 정신의 힘으로 낮은 곳에서 육신이 살아내는 평범한 삶을 이어갈 수 없게 되었다는 사실이 서글프다. 십자수를 좋아했다는 그가 청춘의 산에서 만나던 고운 꽃들을 수놓으며 이웃들과 함께 늙어갈 수는 없었을까. 머나먼 생의 북쪽을 향해 걸어간 그의 이름을, 낭가파르바트의 만년설 위에서 핀 높고(高) 아름다운(美) 꽃(英)이라고 적는 게 고작 내가 할 수 있는 위로의 전부라니.

어느새 나는 그보다 더 나이를 먹었다.

일상의 위도로 돌아오기 위하여
정상을 향하다

...故 박영석과 로버트 팰컨 스콧의『남극일기』

"엄마, 저 아저씨도 알아?"

안나푸르나 남벽을 오르려던 박영석 원정대의 사고 소식을 접한 딸애가 내게 물었다. 엄마가 뉴스에 등장하는 산사람들의 장례식장에 다녀오는 것을 여러 번 보아왔기 때문이다. 어릴 때 박영석의 남극 원정 보고회에 데리고 가서 그와 함께 사진도 찍어주었는데 딸은 전혀 기억하지 못했다.

박영석은 "정말 예쁘네. 아저씬, 아들만 둘 있는데" 하면서 어린 딸들의 키에 맞추려고 엉거주춤 서서 웃었다. 그때 그이도 어린 것들을 남겨놓고 산으로 가는 아버지구나 생각하니 가슴이 뭉클했던 기억이 되살아났다. 오래전 딸들과 함께 찍은 사진 속 미소가 그의 영정 속에 그대로 있었다. 잔인한 가을이었다.

지난 2004년 박영석의 탐험대는 남극대륙의 전진기지인 푼타아레나스까지 비행기를 타고 가서 거금을 내야 하는 극지 탐험 대행사의 안내를 받으며 탐험을 시작했다. 위성 항법 장치가 있고, 태양열 집전판으로 충전해 실시간 인터넷 중계를 할 수도 있고, 탐험대의 요청만 있으면 구조도 신속하게 이루어질 수 있다.

1910년 11월 26일에는 뉴질랜드를 떠난 테라노바호가 폭풍우를 뚫고 남극해에 들어섰다. 떠다니는 얼음 더미들 때문에 가다 서기를 반복한 끝에 이듬해 1월 4일에야 가까스로 흰 대륙 위에 상륙할 수 있었다. 그로부터 남극의 첫 번째 여름 내내 저장소 설치 작업을 마쳤다. 통나무 기지에서 물개 기름 램프를 켜고 순록 털로 만든 슬리핑백 속에서 생활하며 길고 혹독한 겨울을 보냈다. 그리고 이듬해 여름이 되어서야 본격적인 탐험을 시작할 수 있었다. 로버트 팰컨 스콧의 탐험대 이야기다.

94년 전의 스콧 일행과 비교하면 박영석은 풍족하고 안전해 보였다. 하지만 광막한 남극의 눈 벌판 위를 걸어가는 이들에게 닥쳐온 혹한과 블리자드, 화이트아웃은 변함없었다. 그렇기 때문에 아문센은 살아 돌아오고, 스콧의 탐험대는 전멸한, 지구상의 한 점을 향해서 지금도 누군가는 새롭게 다시 또 걸어가는 것이다.

"이제 세상에 신대륙은 없습니다. 하지만 자신의 분야에서 아무도 가지 않은 길을 가게 된다면 그게 탐험이고 도전입니다. 그래서 지금 이 시대에도 우리 같은 탐험가가 필요하다고 생각합니다."

박영석이 히말라야 14좌 완등에서 멈추지 않고 남극과 북극을 향해, 그리고 다시 히말라야의 거벽들을 향해 계속 나아가는 자신에 대해 설명했던 말이다.

무시무시한 남극의 눈벌판 위에 세운 박영석의 텐트 안에서는, 원정대의 막내 이현조가 자기가 오줌을 눈 수통을 얼굴에 비비면서 "아! 따뜻해"라며 행복하게 웃고 있었다. 천막 안에서 얼어붙은 펜촉을 입김으로 녹여가며 일기를 쓰던 스콧의 시대와 달리 오늘날 탐험대는 카메라로 영상일기를 남긴다. 그래서 우리는 텐트를 갈기갈기 찢어놓을 듯 울부짖는 남극의 바람 소리까지 안방에서 고스란히 들을 수 있었다. 그러나 카메라가 대원들 하나하나의 속마음까지 읽어내기는 어려울 것이다.

나는 해병대 장교 출신인 이현조에게 남극 탐험의 전설인 스콧도 해군 대령이었다는 사실이 남다르게 다가오지 않았을까 궁금했다. 그에게 스콧의 『남극일기』를 읽어보았는지도 묻고 싶었다. 그러나 내가 책을 뒤적이고 있을 때 그는 이미 다른 세상을 탐험하고 있었다.

이현조는 남극에서 돌아온 뒤로 메스너 이후 30년 만에 처음으로 낭가파르바트의 루팔 벽에 오르기도 했던 산악계의 기대주였다. 하지만 2007년 다시 박영석의 에베레스트 남서벽 등반대에 참여했다가 오희준과 함께 시신으로 돌아왔다. 등반 도중 눈사태에 휩쓸려 죽은 것이다. 두 사람 모두, 요리를 좋아하는 박영석이 남극의 텐트 속에서 김치말이국수나 닭백숙 같은 것을 손수 해먹이던 그의 식구들이었다.

그때 혈육보다 끈끈한 정으로 동고동락하던 후배를 관에 얼린 채로 데려와야 했던 박영석은 삭발을 하고 죄인처럼 고개를 떨구며 공항에 나타났다. 시커멓게 그을린 얼굴에 눈동자만 움푹 파여 해골 같았던 모습을 보니 그가 미치광이가 되지나 않을까 염려스러웠다. 그가 감당하고 있을 슬픔을 차마 똑바로 쳐다보기도 힘들 지경이었다. 그때 나는 딸아이와 함께 장례식장에 다녀왔다. 아이는 그때 만난 산사람들의 슬픈 얼굴빛만 오래 기억하고 있었다.

그런데 2011년, 꼭 그런 낯빛을 다시 마주해야 했다. 눈사태에 파묻힌 시신은 찾지도 못한 채 유품만 겨우 수습해 돌아온 박영석 원정대의 살아남은 대원들이 4년 전 그들 대장과 똑같았다. 그간 많은 친구와 후배들을 산에서 잃었던 박영석 대장이 신동민, 강기석 대원과 함께 안나푸르나 남벽 아래 끝을 알 수 없는 크레바스 속으로 사라져버린 것이다.

사고 수습을 위해 네팔로 떠났다가 활짝 웃는 아버지의 영정 사진만 안고 돌아오던 그의 아들은 죽음의 의미를 충분히 실감하지 못하는 표정이라 더 가슴이 아팠다.

아버지 박영석은 아들에게 무엇을 남겼을까. 산악 그랜드슬램을 마치기 전에 썼던 그의 책 『산악인 박영석 대장의 끝없는 도전』에서 "첫째를 낳았을 때만 해도 몰랐는데 둘째가 생긴 후부터는 산이 두려워졌다. 내 목숨이 내 것이 아니었다. 여러 사람의 것이기에 더 소중한 나의 목숨이었다. 죽더라도 아이들이 클 때까지는 아버지 노릇을 더 하고 죽고 싶었다"라고 했는데. 이제 그의 아들들은 겨우 열다섯과 스무 살이 되었을 뿐이다.

스콧의 일기는 지구상에서 가장 간절하게 '발견되고 또 읽혀지길' 바라던 것이었다. 날짜는 1912년 3월 29일에 멈추었다. 남극대륙 얼음 벌판 위 거대한 눈 더미에 파묻힌 텐트 안에서 슬리핑백 속에 누운 채로 얼어붙은 시신 세 구와 함께 일기장이 발견되었다. 마지막 일기를 쓴 날로부터 8개월이 지난 1912년 11월 12일이었다.

남극은 11월부터 3월까지가 여름이다. 그의 동료들은 여름이 끝나도록 돌아오지 않는 대원들을 위해 기지에 남아 남극의 혹독한 겨울을 견뎠다. 다시 여름이 찾아온 뒤에야 수색에 나설 수 있었다. 그들이 찾은 스콧의 일기장 표지에는 "발견한 사람이 그것을 읽고 집으로 보내 달라"고 적혀 있었다.

> …… 쉴 새 없이 강풍이 몰아쳤다. 우리에겐 이틀 분의 식량과 두 컵의 차를 만들 수 있는 연료가 있었다. 매일 우리는 17.7킬로미터 떨어진 저장소로 출발할 준비를 했지만 텐트 밖은 눈보라가 사납게 몰아치고 있다. 더 이상 희망이 보이지 않는다. 우리는 끝까지 싸울 것이지만 몸은 점점 쇠약해지고 있다. 끝이 멀지 않은 것 같다.
>
> 안타깝게도 더 이상 글을 쓸 수가 없다. 제발 우리 대원들을 살펴주시기를.
>
> —『남극일기』329쪽

스콧의 일기는 이렇게 끝이 난다. 다섯 명이던 대원 가운데 윌슨과 보우어만 남은 텐트에서 "우리는 자연스럽게 죽기로 결정했다. 효과가 있거나 없거나 다음 저장소로 출발할 것이고 가다가 죽을 것이다"라고 적은 지 일주일 만이었다.

그보다 일주일 전에는 썰매를 끌기는커녕 자신의 손과 발조차 제대로 쓸 수 없게 된 오츠 대원이 더 이상 가망 없는 자신을 두고 떠나달라고 동료들에게 간청했다. 하지만 끝내 그 뜻이 받아들여지지 않자 오츠는 눈보라 치는 텐트 밖으로 나가버렸다. "밖에 좀 나가 볼게요. 시간이 좀 걸릴지 몰라요"라는 말을 마지막으로 남기고 그는 돌아오지 않았다.

> 우리는 불쌍한 오츠가 죽음을 향해 걸어가고 있음을 알았다. 그를 단념시키려고 애를 썼지만, 우리는 그것이 용감한 영국 신사의 행동임을 알았다. 우리는 바로 그런 정신으로 죽음과 마주하기를 바라고 있다. 그리고 끝이 머지않은 것 같다.
> ─『남극일기』 324쪽

1912년 1월 17일, 스콧과 오츠, 에반스, 윌슨, 보우어 다섯 명의 영국 탐험대 대원들은 남극점에 도달했다. 극점은 아무것도 없는, 누구의 발자국도 없는 광막한 무의 공간이어야 했다. 그러나 어지러운 개썰매 발자국이 흩어져 있는 눈 벌판 위에 아문센이 꽂아놓은 기세등등한 깃발이 그들을 기다리고 있었다.

노르웨이 탐험대는 스콧 일행보다 한 달이나 앞섰다. "하느님! 이곳은 정말 지독한 곳입니다. 최초의 정복이라는 보답을 받지 않고는 감히 발을 들일 엄두가 나지 않는 지독한 곳입니다." 슬픔과 절망의 탄식도 잠깐, 이들에겐 '귀환을 위한 필사적인 투쟁만 남았다.'

모든 산의 정상이 반환점인 것처럼 극점도 마찬가지다. 눈에 보이지 않는 자전축의 정점으로부터 일상의 위도를 향해 그들은 하산하듯 돌아와야 했다. 스콧과 대원들은 1,287킬로미터에 이르는 고난의 행군을 앞에 두고 있었다. 동상에 걸린 에반스가 두 번이나 크레바스에 빠졌다가 뇌를 다친 뒤로 제일 먼저 숨을 거두었다. 극점으로부터 귀환을 시작한 지 한 달 만이었다.

인류 최초의 남극점 도달이라는 꿈마저 깨진 것을 확인한 뒤부터 그들에게 남극의 혹한은 더욱 절망적이었다. 행군을 계속했지만 걸음이 더뎌지는 만큼 계절은 성큼성큼 앞질러 왔다. 비정상적인 기온 저하와 악천후까지 이어졌다. 연료와 식량이 있는 저장소까지 서둘러 가는 것밖에는 살아남을 방법이 없었다. 그러나 첫 번째 저장소에서부터 연료가 부족했다. 대원들의 부상도 줄을 이었다.

스콧은 에반스의 죽음 이후 부상당한 오츠의 발이 악화되는 것을 지켜보면서 자신들에게 끝이 다가온 것을 직감했다. 그때부터 그는 대원들과 함께 진정제 30알과 몰핀 튜브 하나를 '고난을 끝내는 수단'으로 가슴에 품고 지냈다. 그러나 오츠의 희생적인 죽음을 본 사람들은 끝까지 포기하지 않고 '가다가 죽을 것'을 결심한다. 이들이 식량이나 연료보다 무거운, 14킬로그램이나 되는 지질학 표본들을 죽음과 직면한 순간까지 버리지 않은 이유도 그것이다.

이 숨 막히는 최후를 읽으면서 히말라야를 넘다 눈보라에 휩쓸려 죽는다는 도요새 이야기가 떠올랐다. 소설가 김훈은 『자전거 여행』에서 '낭가파르바트 북벽에 부딪히는 새들은 화살처럼, 총알처럼, 바람처

럼' 죽는데, 그 주검은 '죽어서도 기어코 날아가려는 목숨의 꿈을 단념하지 않은 유선형'이라고 했다.

스콧과 대원들의 꿈도 남극대륙의 눈보라 속에서 유선형으로 얼어붙었을 것이다. 그는 영국 탐험대의 꿈이 아문센으로 인해 백일몽으로 끝이 났다고 말했지만, 처음부터 아문센과의 경쟁은 무의미하다고 생각했다. 기지에서 극점으로 출발하기 직전에 쓴 일기에는 이렇게 적혀 있었다.

아문센의 기회에 대해서는 어떻게 생각해야 될지 모르겠다. 그가 극점에 도달한다면 우리보다 훨씬 앞설 것이다. 개들을 이용한다면 일찍 출발해서 빨리 갈 수 있기 때문이다. 그러나 나는 이미 초기에 그의 방법을 무시하고, 애초의 계획대로 정확히 실행에 옮기기로 결정했다. 그와 경주하려는 무리한 시도는 내 계획을 난파시킬 것이 분명하다. 우리가 지향하는 것은 임무 그 자체이지 뒤따르는 갈채가 아니다.

—『남극일기』 211쪽

그의 계획은 단순히 남극점을 먼저 밟는 데 있지 않았다. 남극의 자연과 지질, 기후, 그리고 생명에 대한 과학적인 연구로 인간 인식의 한계를 확장시키는 데 더 큰 의미를 부여했다. 그래서 겨울을 보낸 기지에서 탐사 활동을 벌이는 동안 함께 생활한 개와 말들까지도 가족처럼 지극 정성으로 보살폈다.

심지어 크레바스에 빠진 개를 구하기 위해 스스로 로프를 묶고 눈구덩이 아래로 내려가기도 했다. 그가 얼마나 따스한 마음으로 생명을 보살피고, 함께 생활하는 대원들을 자랑스러워했는지, 속 깊은 사내의 성정이 일기 곳곳에 드러나 있다. 스콧은 테라노바호를 타고 함께 집을 떠나온 모두를 하나의 생명 공동체로 생각했다. 남극의 공동체는 '극도의 단순한 생활이 곧 극도의 건강한 생활임을 보여준다'는 것을 깨달은 구도의 길이기도 했다.

그는 자신들의 꿈이 헛되지 않기를 바랐기에 죽음에 직면한 순간까지 얼어붙은 펜을 부여잡고 일기를 쓴 것이다. 일기와 함께 발견된 대원들의 가족 하나하나, 후원자들, 그리고 아내와 친구, 마지막으로 영국 국민들에게 쓴 스콧의 마지막 편지를 읽고 있으면 소름이 돋으며 숙연해진다. 그는 한 치의 흐트러짐도 없이 마지막 생명의 불씨를 태워가며 혼신의 힘으로 일기를 써 내려갔다.

이제 우리는 하나의 좋은 본보기가 될 것입니다. 험한 곳으로 갔기 때문이 아니라 사나이답게 그것을 마주했기 때문입니다. 아픈 동료들을 외면했더라면 우리는 이곳에서 벗어날 수 있었을 것입니다.

—『남극일기』 11쪽

'남극의 비극적 영웅, 로버트 팰컨 스콧'이란 부제를 단 『남극일기』가 국내에 책으로 소개된 것은 2005년 1월이었다. 유지태와 송강호 주연, 동명의 영화 〈남극일기〉가 개봉을 앞두고 있을 때였다. 영화는 박영석이 슈퍼바이저라는 이름으로 배우들에게 남극 탐험의 경험을 조언한 것을 적극 홍보했고, 그가 같은 해 5월 북극점에 도달해 산악 그랜드슬램이라는 목표를 이룬 다음 개봉했다.

하지만 후원사의 로고가 〈남극일기〉의 스크린 위에 아낌없이 도배되었다는 것 말고는 크게 주목받지 못했다. '남극 탐험을 소재로 한 미스터리 공포물'을 표방하며 송광호의 광기 어린 눈빛 아래 "그곳이 우리를 미치게 만들었다"라고 홍보하다니.

남극점을 향해 나아가는 원정대가 80년 전 실종된 영국 탐험대의 일기장을 발견하면서부터 저주에 휩싸이듯 무너져 내리며 파국을 맞는다는 설정이었다. 탐험은 실패했지만 극한의 상황에서도 포기하지 않은 고결한 인간애를 기록한 위대한 일기를 떠올리면 조금은 당혹스런 영화였다.

세기의 대결로 불린 아문센과의 남극점 도달 경쟁에서 패배한 스콧의 탐험대. 역사가 기억하지 않는 2등임에도 불구하고 그들을 영웅으로 다시 태어나게 만든 것은 일기에 담긴 그들의 꿈 아니었을까. 박영석의 장례식장을 찾은 조문객으로 송강호와 유지태의 사진이 인터넷에 떴을 때, 문득 그들은 스콧의 일기를 읽어보았을까 궁금했다.

남극점에 도달한 최초의 탐험대라는 훈장 대신 꽁꽁 언 일기장을 남긴 스콧은 평소 "내가 생각하는 가장 좋은 죽음은 자신이 원하던 일을 추구하는 과정에서 죽는 것"이라고 말했다.

박영석도 다르지 않았을 것이다. 박영석과 대원들, 또 그들보다 먼저 산에서 죽은 이들의 가족에게 스콧이 아내에게 한 마지막 말이 작은 위로라도 되었으면.

아이를 강인하게 키워요. 내가 강해지기 위해 얼마나 나 자신을 단련시켰는지 누구보다 당신이 더 잘 알거요. …… 이 탐험에 대해 당신에게 하고 싶은 말은 끝이 없소. 집에서 안락하게 지내는 것보다 이렇게 온 것이 얼마나 좋은지, 또 당신이 아이들에게 해줄 이야깃거리가 얼마나 많은지. 하지만 무슨 일이나 지불해야 될 대가가 있는 법이오.

—『남극일기』 14~15쪽

우리는 걸으면서
비로소 자유로웠다

... 정광식과 『얼어붙은 눈물』

"이거 좀 진동으로 바꿔줘."

정광식은 내게 불쑥 스마트폰을 내밀었다. 2011년 가을, 김영도 선생의 미수를 축하하기 위해 산악계 인사들이 모인 출판기념회 자리였다. 행사 시작하기 전 50~60대 어르신들이 새로 장만한 휴대전화 때문에 쩔쩔매면서 세 명이나 똑같은 부탁을 해왔다. 그중 유일하게 반말을 하면서, "근데 너 할 줄 아냐?"라고 되묻기까지 한 사람.

나는 주머니 속에서 골동품 수준인 2G 슬라이드폰을 꺼내서 보여주며 웃었다. 정광식은 너 그럴 줄 알았다는 듯 웃었다. 참 오랜만이었다. 물론 나는 옆자리에 앉은 '스마트한' 다른 여인의 손길로 '산악인 정광식'의 휴대전화 수신음을 대신 꺼주었다.

그와 나는 김영도 선생께 헌정하는 『77인에게 묻다』라는 문집에 글을 쓴 일흔일곱 명에 속해 있었다. 그에게는 당연히 참석해야 할 자리였겠지만 내게는 몹시 부끄럽고 부담스런 곳이었다. 아마도 그 77명중에 히말라야 근처에도 못 가본 사람은 나 하나뿐이었을 것이고, 행여 누군가 내게 그 자리에 참석했으니 당연히 산악인일 것이라고 오해라도 한다면 손사래를 치면서 도망이라도 갈 태세로 불편한 자리를 견디고 있었다. 그런데 그가 내 뒷자리에 앉아 있으니 어쩐지 편안한 마음이 되었다.

정광식은 내가 다니던 산악 잡지사의 대표였던 남선우의 절친이었다. 그냥 친구가 아니라 아이거의 북벽을 함께 오른 자일파티다. 3,970미터 아이거에는 해가 오래 머물지 않는 북쪽 사면에 빙하 침식으로 깎인 가파른 벽이 정상에서 밑동까지 1,800미터나 이어져 있다. 알프스 전체를 통틀어 가장 거대한 벽으로 '아무리 탁월한 등반가일지라도 그의 행동이 자유로워지기 위해 한 번은 치러내야 할 마지막 시험 무대'로 불리며 클라이머의 공동묘지가 된 곳.

정광식과 남선우, 그리고 김정원 세 사람이 그 벽을 올라간 것은 1982년이었다. 그 한 해 전 아이거 북벽 정찰을 위해 서쪽 능선을 오르던 두 친구가 낙뢰에 맞아 목숨을 잃었고, 정광식은 그때 살아남은 친구 남선우와 다시 아이거로 달려갔다. '정광술'이라 불리던 그가 술도 끊고, 이를 갈면서 '손바닥에 굳은살이 박이고 그 살이 다시 터지도록 철봉에 매달려' 훈련을 했고, 이듬해에는 기어이 아이거 정상에 올라 먼저 죽은 친구의 사진을 묻고 내려왔다. 그는 그때의 일을 서른세 살이 되던 해에 『영광의 북벽』이라는 책으로 써냈다. 검은 벽과 맞섰던 20대 서슬 퍼런 시간의 기록이었다.

오래전 박인식은 『사람의 산』에서 '젊은 알피니스트의 초상'이라는 이름으로 내로라하는 산악인들의 짝에 대해 이야기했었는데, 이때 정광식과 남선우를 두고 '깊이와 높이'라고 표현했다. 정광식은 뜨겁고 남선우는 차갑다고.

젊은 날의 두 사람이 깊어서 뜨거워진 건지, 차가워서 높이 올라갈 수 있었는지 사실 나는 잘 모른다. 다만 활자화된 말들이 두고두고 두 사내에게 꼬리표처럼 따라다녔으리라고 짐작만 할 뿐이다. 나 역시 처음 남선우로부터 함께 일하자는 제안을 받았을 때, 사장을 면접하는 기분으로 『사람의 산』과 『영광의 북벽』을 먼저 읽었다.

아무튼 내가 '차가운' 사내가 대표로 있는 잡지사 기자로 일하고 있을 때, 주로 외국에서 지내던 '뜨거운' 사내 정광식은 한국에 들어올 때마다 종종 우리 회사 회식 자리에 나타나곤 했다. 두 사람 다 산악계의 살아 있는 전설이었지만, 매일 한 사무실에서 얼굴을 맞대는 사람보다야 잊을 만하면 한 번씩 안개 저편에서 모습을 드러내는 정광식이 내겐 신비로울 수밖에 없었다.

내가 알프스에 대해서는 '소녀 하이디'밖에 모르던 열네 살 때, 정광식은 피가 뜨거운 스물여섯 살의 알피니스트였다. 그런 사람이 몇 년 만에 만나 불쑥 스마트폰을 내민 일은 조금 엉뚱하기까지 했다. 나와 이미 페이스북 친구가 된 남선우와 달리, 정광식은 여전히 필담을 주고받는 게 어울릴 사람처럼 여겨졌기 때문이다. 따뜻한 방 안에 누워서도 아이거 북벽의 위치와 기상 상태까지 구글 위성으로 실시간 검색이 되는 스마트한 세상이 그에게는 영 재미가 없을 것도 같았다.

하지만 세상의 속도 앞에 왠지 어설퍼 보이는 그가 내게는 따스하고 여전히 정광식답다고 느껴졌다.

"〈웨이 백〉 보셨어요? 그 영화 소식 듣고 선배님 생각했는데……."

내가 그에게 스마트폰을 돌려주며 건넨 첫인사였다. 오랜만이었지만 통상적인 안부 따위는 묻지 않았다. 어차피 서로 금방 잊어버릴 테고 다시 또 몇 년 후에 만나더라도 그냥 어제 봤던 것처럼 그대로일 것 같았다.

"재미없더라고. 역시 책만 못해."

나는 그의 대답만 듣고 아직도 영화를 보지 않았다.

〈죽은 시인의 사회〉, 〈트루먼 쇼〉 등으로 유명한 피터 위어 감독이 만든 〈웨이 백〉은 1953년 영국에서 처음 나와 열여덟 나라로 번역된 세계적인 베스트셀러 『The Long Walk』라는 실화가 원작이었다. 내가 영화 소개에서 슬라보미르 라비치(Slavomir Rawicz)라는, 발음도 생소한 폴란드 작가 이름을 똑똑히 기억해 낸 것은 정광식 때문이었다.

내가 유명 산악인들의 인생을 바꾼 산책이 궁금하다고 했을 때, 남선우가 제일 먼저 추천한 사람이 친구 정광식이었다.

"나는 꿔준 돈은 안 받아도 책은 꼭 돌려받는 사람이에요."

정광식은 한국어판 『얼어붙은 눈물』만 주면 될 것을 굳이 영문판 『The Long Walk』까지 함께 내주면서 이렇게 말했다. 그는 까마득한 후배인 내게도 한동안 쉽게 말을 놓지 않았는데, 나는 그런 면이 좋았다.

"저는 돈도 주고 책도 꼭 주는 사람이니까 걱정 마세요!"

나는 냉큼 책을 받았다. 집에 와서 책을 뒤적여보니 영문판 첫 장에 "사랑하는 아들 찬이에게. 아빠가 지금의 네 나이에 무척 감명 깊게 읽은 책이란다. 아빠는 찬이가 아무리 힘든 역경도 꿋꿋하게 헤쳐나가는 사람이 되길 소망한다'라고 적혀 있었다. 그걸 꼭 보여주고 싶었나 보다. 그때 나는 큰딸이 곧 중학생이 될 나이였다.

서점에는 '걷기'에 대한 다양한 예찬과 실천서들이 쏟아져 나오고 있었다. 늘 무엇인가를 타고 가야만 하는 현실 속에서, 걷기는 새로운 도전이자 세상에 대한 일종의 저항으로 보였다.

나는 매일 왕복 네 시간 거리를 고속버스와 지하철을 갈아타며 경기도 광주의 외진 산속에서 서울 남영동에 있는 잡지사로 출퇴근을 했다. 걷지 않고 탈 것에 실려만 다니는 삶에도 염증이 나 있었다. 걷기 예찬론자의 대부 격인 루소가 "나는 걸을 때만 명상에 잠길 수 있다. 걸음을 멈추면 생각도 멈춘다. 나의 마음은 언제나 나의 다리와 함께 작동한다'라고 했던 말을 산에서나마 겨우 실천한다는 데 안도하던 때였다. 그런데 정광식이 준 책은 이런 말들을 모두 사치스럽게 만들었다.

> 걷는 것은 고통 그 자체였다. 생각을 할 수 있을 만큼 여유 있는 일이 아니었다. 한 시간 한 시간 종일토록 내리쬐는 태양이 우리의 머리를 이상하게 만들었는지 제대로 생각도 할 수 없었다. ─『얼어붙은 눈물』257쪽

『얼어붙은 눈물』은 나침반도 없이 시베리아의 눈밭을 지나고 고비

사막의 열기를 건너 히말라야 너머 인도까지 7,000킬로미터를 쉼 없이 걸어간 사람들, 그렇게 걸어서 겨우 살아남은 사람들의 이야기다. 원 제가 『The Long Walk』 아닌가.

2차 대전 당시 폴란드군 장교였던 슬라보미르 라비치는 간첩의 누명을 쓰고 갖은 고문을 받은 끝에 시베리아 수용소에서 25년 강제노동형을 선고받았다. 화물열차에 실려 가는 동안 밤사이 벽 쪽에 서 있던 사람들 절반이 얼어 죽었다. 그리고 살아남은 사람들은 쇠사슬에 묶인 채, 눈 덮인 시베리아 벌판을 두 달 동안 1,600킬로미터를 걸어 수용소에 도착한다. 여기까지는 폭력에 의해 강요된 걷기다.

그러나 그는 그곳에서 자발적인 걷기를 선택한다. 탈출! 이 책은 그와 일곱 명의 죄수들이 자유를 찾아 나선 고통스런 행진의 기록이다. 정광식이 내 손에 쥐여주지 않았다면 절대 그 책을 읽을 수 없었을 것이다. 자칫 반공 이데올로기 선전용 교과서처럼 보이기에 딱 좋은 그런 책이었다.

"중학교 때 처음 읽으면서 눈물을 흘렸어요."

뜨거운 산 사나이의 마음을 움직인 책이 시베리아 수용소 탈출기라, 처음엔 좀 당혹스러웠다. 그는 산악문학이라면 황무지나 다름없는 우리 산악계에 독보적인 베스트셀러 작가였다. 단 한 권의 저서 『영광의 북벽』과 단 한 권의 번역서 조 심슨의 『친구의 자일을 끊어라』로 당당히 그 자리를 지키고 있었다.

나는 그에게 큰소리쳤지만, 정작 『얼어붙은 눈물』을 빌려놓고는 한 계절을 훌쩍 넘기도록 돌려주지 못했다. 한동안 책장이 잘 넘어가지 않았기 때문이다. 어쩐 일인지 그는 한 번도 빨리 돌려달라고 독촉도 하지 않았다.

사실 주인공 라비치가 시베리아로 끌려가기까지 갇혀 있는 동안의 이야기에 크게 마음이 움직이지 않았다. 그는 소련의 간첩이었다는 거짓 자백을 받아내려는 사람들로부터 갖은 고문을 당하고 결국 약물 마취 끝에 억지로 서명한 진술서 때문에 25년형을 선고받는다. 가슴 아픈 이야기였지만, 일제 치하나 독재 정권에 항거하던 선배들의 감옥 생활보다 시베리아에서 벌어진 일들에는 아무래도 현실감이 느껴지지 않았던 때문이다. 수용소 생활의 참상도 이청준의 『당신들의 천국』에 나오던 소록도 한센병 환자들의 고통이 더 가슴 미어진다는 식으로, 책을 읽다가 자꾸 딴생각이 들곤 했다.

그런 건방진 생각 때문인지 먼 길을 갈 때마다 『얼어붙은 눈물』을 배낭 속에 고이 넣어가지고만 다녔을 뿐 책장은 앞으로 나아가지 않았다. 폴란드 사내의 수기는 내 배낭 속에서 이 산 저 산을 주유만 하며 시간이 꽤 흘렀다.

그러던 어느 날, 서울에서 월출산으로 내려가는 고속버스 안에서 단번에 그 책을 읽었다. 한동안 넘어가지 않던 책장이 순식간에 눈물과 함께 가속도가 붙었다. 수용소를 탈출해 살이 타는 듯한 8월의 고비 사막 속으로 걸어갈 때부터였다. 뱀을 잡아먹기 전까지는 물 한 방울도 입에 대지 못하고 굶주려 있던 라비치 일행이 결국 첫 번째 죽음을 맞았다. 더는 걸어갈 수 없게 된 동료를 품에 안고 힘겨운 행진을 계속하고 있었다.

"내려놔 주세요. 땅에 눕혀주세요."

열일곱 살 난 소녀 크리스티나는 이 말을 마지막으로 뜨거운 모래 위에 누웠다. 소녀는 걷기를 멈추자 비로소 편안하게 미소도 지었다. 살기 위해 걸었는데 결국 걷다가 죽은 것이다. 나는 눈물을 훔치며, 문득 이 책의 주인은 어느 대목에서 눈물을 흘렸을까 궁금했다.

정광식은 주위 사람들로부터 왜 산에 다니기 시작했냐는 질문을 받을 때마다, 강의실을 찾다가 정말 아무 생각 없이 한국외국어대학교 산악부실 문을 열고 들어갔던 스무 살의 봄을 생각한다고 했다. 그때부터 운명처럼 산에 빠져 헤어 나오질 못했다고.

"도대체 무엇 때문에 그 투박한 '산악'이란 글자가 나를 홀렸을까. 종종 물어보지만 모르겠더라고. 그러다 2004년인가 홍콩에 있을 때 이 책을 다시 만난 거야."

그는 밤새 뜨거운 눈물과 함께 『얼어붙은 눈물』을 읽어 내려가면서 깨달았다고 했다. 스무 살의 자신을 '모험과 탈출을 향해 산악부실의 문을 밀고 들어가게 만들었던' 것이 바로 이 책이라는 것을 쉰 살이 넘어서야 알게 되었다. 그에게 책을 돌려주면서야 들을 수 있던, 말하자면 '산악인 정광식'의 출생의 비밀이었다. 마치 지천명에 이르러 알게 된 하늘의 뜻처럼 들렸다.

라비치 일행은 소녀를 모래에 묻고서 다시 또 걷는다. 죽음은 계속된다. 굶어서 죽고, 절벽에서 굴러떨어져서도 죽는다. 그럼에도 걷는다. 그들의 걷기는 무섭다. 네 발로 기어 다니기를 거부하고 난생 처음 둔탁한 앞발을 일으켜 세운 인류에게 가해진 충격만큼 위대했다. 그래서 아름답다. 인간이 걷기로부터 진화한 것처럼, 그들은 걸으면서부터 자유로졌기 때문이다.

죽기를 각오하고 시작한 일이었지만 고비 사막에서 또 히말라야 설산의 절벽에서 정말로 친구가 죽었을 때, 다음 차례는 누구일까 하는 두려움에 떨다가 나중에는 무덤덤하게 죽음과 어깨동무를 하면서 걸어간다. 설산의 혹한과 사막의 폭염 속에서도 어디서든 해가 지면 잠을 자고 해가 뜨면 다시 걷기만 반복했다. 그렇게 열두 달 동안 7,000킬로미터를 오로지 걸어서 살아남았다.

늘 탈것에만 실려 다니는 사람들이 살을 빼기 위해 안간힘을 쓰며 걷는 시대에, 이 무섭고도 아름다운 '걷기'에 대한 책을 덮으면서 나는 소름이 돋았다. 평생 남이 뚫어놓은 길 위에 무임승차해 관성대로만 걷는 삶은 쇠사슬에 묶여 시베리아로 끌려가던 포로들의 그것과 무엇이 다를까.

서른두 살 가을에 암벽 등반을 처음 배우면서 인수봉 바위 벼랑에서 걸음마부터 다시 배운 경험이 있다. 새롭게 걷는 법을 배워야만 저 높은 곳, 새로운 길 위에서 자유로울 수 있다는 것을 깨달았다. 자유를 향해 걷는다는 사실에 온몸이 짜릿했던 기억이 되살아났다.

그래서 지금 이 순간 반복되는 일상에 발이 묶인 채 내가 진정 자유롭지 못한 이유도 잘 알고 있다. 라비치 일행이 시베리아 303수용소에서 탈출해 자유를 향해 걷기를 결심할 때, 가장 가슴을 울렸던 구절 속에 답이 있었다.

그는 우리들의 계획을 저울질해 보았다. 그러더니 무서운 계획이란 걸 알면서도 성공의 희망이 희박할수록 시도할 만한 가치가 있는 것이라고 결정을 내렸다. ─『얼어붙은 눈물』135쪽

높고 험한 산으로 가는 사람들도 똑같아 보였다. 정광식은 1981년 뉴욕에 있던 동산토건 사무실에서 아이거에서 죽은 친구의 부음을 텔렉스로 받아 들고는 '죽음의 합격자' 명단이라고 읽었다.

그리고 죽어서 돌아오지 못할 것을 대비해 책상까지 깨끗이 정돈하고서 북벽을 향해 떠났다. 그도 '무서운 계획이란 걸 알면서도 성공의 희망이 희박할수록 시도할 만한 가치가 있는 것이라' 믿었기 때문이다.

담담히 뚫고 나간
'죽음의 지대'

... 김영도와 『나는 이렇게 살아왔다』

책장을 펼치니 짙푸른 잉크의 굵고 힘 있는 글씨가 반가웠다. 김영도 선생이 『나는 이렇게 살아왔다』에 쓴 '著者 謹呈(저자 근정)'이란 글씨였다. 오래전 한 달에 한 번씩 누런 서류봉투에 담긴 원고지 위에서 편지처럼 만나던 글씨였다. 김영도 선생이 쓴 육필 원고를 컴퓨터에 옮기는 게 나의 첫 기자 수업이었다. 칸칸이 원고지를 채워나가던 선생의 속도를 떠올리며 나는 키보드를 두드렸다. 에베레스트보다 높은 정신의 고도에 대해 이야기하던 그 푸른 글자들을 하나도 빠짐없이.

선생은 글자 하나, 쉼표 하나도 허투루 쓰는 법이 없었다. 책이 나온 뒤에는 항상 손수 자신의 원고를 되찾으러 왔는데 문장부호 하나가 빠진 것도 찾아내 꼭 그 연유를 묻곤 했다. 권위를 내세워 호통을 치려는 게 아니라 특별한 이유가 있는지를 까마득한 후배에게 정중히 묻는 식이었다. 나는 그의 원고에 제목을 달고, 맞춤한 사진을 찾아 편집하는 일 외에는 원고에 거의 손을 대지 않았지만 그래도 간혹 단어 하나 쉼표 하나라도 고치려면 심사숙고하며 반드시 마땅한 이유를 준비해야했다. 놀라운 것은 그가 자식보다도 어린 풋내기 편집자의 이야기를 경청하며 토론하는 것을 즐겼다는 점이다.

또 젊은이들과 함께하는 자리도 즐겨서, 남산 자락 필동에 있는 사무실까지 올라오기보다는 대한극장 1층에 있는 왁자지껄한 카페의 창가 자리로 불러내길 좋아했다. 그는 커피를 무척 좋아했다. 수락산 자락에 있는 집에서부터 전철을 타고 나오는 동안, 분명 경로석 근처에는 얼씬도 하지 않고 남들에게 불편을 주지 않을 자리에 서서 책을 읽었을 것이다. 등산용 챙 모자를 눌러쓰고 있기 때문에 꼿꼿한 뒷모습만으로는 팔순 넘은 노인이라는 것을 알아차리기는 쉽지 않았다.

그는 몽블랑 만년필로만 글을 썼다. 선생의 고희를 기념해 한국산서회 후배들이 선물한 것으로, 몽블랑은 알피니즘의 상징이다. 유럽인들에게 용과 악마가 사는 무시무시한 곳으로 여겨지던 4,807미터의 알프스 최고봉. 1786년 자크 발마와 미셸 파카르가 그 봉우리를 오른 뒤부터 근대 알피니즘이 출발했다고 한다.

비록 소쉬르라는 사람이 상금을 내걸면서 시작된 도전이었지만 순수하게 등산만을 목적으로 산을 오르는 것이 이때부터 시작되었다. 이전까지는 땔감을 구하거나 광물 채취, 군사작전 같은 실용적인 목적 말고는 아무도 험준한 산으로 갈 엄두를 내지 않았던 것이다.

몽블랑 만년필 굵은 촉으로 써 내려간 김영도 선생의 글들은, 몽블랑에서 태어난 알피니즘이 '고도'가 아니라 산을 대하는 '태도'의 문제라는 것을 일관되게 이야기하고 있었다. 그런 손글씨는 내게 산악인 김영도의 남다른 빛깔을 보여주는 이미지로 강렬하게 남아 있었다.

그런데 이전에는 '나의 사랑하는 ○○○에게—김영도 드림'이라고 써주던 것과 달리 『나는 이렇게 살아왔다』에는 아무 것도 적혀 있지 않았다. '마지막 책에는 주는 사람도 받는 사람도 이름을 남기지 않을 거다. 죽은 뒤에 그 책을 버리고 싶어도 이름 때문에 부담스러울 것'이라고 선생은 주변 사람들에게 이야기하곤 했다.

하지만 막상 아무 글자도 적혀 있지 않은 책을 받으니 가슴이 먹먹했다. 여든셋에 자서전을 펴내면서 어쩌면 그는 생애에 가장 단출한 마지막 배낭을 꾸리고 있었는지도 모르겠다. 누구에게도 짐이 될 흔적 일랑 남기지 않겠다는 생각으로 말이다.

그래서인지, 책을 읽는 동안 나는 자꾸 헛것이 보였다. 책 제목은 분명 『나는 이렇게 살아왔다』인데, 계속해서 '나는 살아서 돌아왔다'로 읽고 있었다. 『나는 살아서 돌아왔다』는 라인홀트 메스너가 히말라야에서 8,000미터 이상 되는 열네 봉우리를 오른 이야기를 엮은 책이다.

1924년 평안북도 시골 마을에서 태어난 김영도와 1944년 이탈리아 남 티롤에서 태어난 메스너는 스무 살 차이다. 김영도가 1977년 쉰셋의 나이에 에베레스트 원정대의 대장으로 고상돈을 세계의 지붕 위로 올라서게 했다면, 메스너는 그 이듬해인 1978년 서른넷의 나이에 전혀 새로운 방식으로 에베레스트에 올랐다. 8,000미터 위 '죽음의 지대'를 처음으로 산소통 없이 올라갔다가 '살아서 돌아온' 것이다.

　어린 시절 알프스의 돌로미테 산자락을 놀이터 삼아 성장한 메스너는 높이가 2,000미터도 안 되는 한국의 산에 대해서 모른다. 그러나 우리나라에는 그의 책이 열 권 넘게 번역되어 있다. 김영도 선생은 1983년 『검은 고독 흰 고독』으로 메스너를 처음 소개했고, 이후 그의 책 네 권을 더 우리말로 옮겼다. 우리 산악계에 메스너를 살아 있게 만든 장본인이 바로 그인 셈이다.

　1994년 처음 번역한 메스너의 『죽음의 지대』는 그가 자서전을 낸 2007년에 다시 번역을 해서 새 책이 출간되기도 했다. 새로운 『죽음의 지대』는 인생이란 결국 하나의 종착역을 향해 뚜벅뚜벅 걸어가는 등반 같은 것임을 실감하고 있을 즈음에 다시 번역한 책이라서 그런지 더욱 의미심장하게 읽혔다.

　『죽음의 지대』를 처음 소개할 당시에 그는 "사람은 '생과 사'의 갈림길에서 짧은 시간이기는 하지만 참다운 자기를 인식하게 되며, 그리하여 삶에 대한 보편적이고도 근본적인 문제에 답을 얻는다는 것이 메스너의 이야기다"라고 했다. 또 "이 책은 등반기라는 차원을 넘어서, 인간의 의식을 탐구하는 보편적인 의미를 가지고 있다"라고 평하기도 했다. 나는 이 말을 선생의 자서전인 『나는 이렇게 살아왔다』에 달아도 전혀 어색하지 않다고 생각한다.

　내가 책의 제목을 잘못 읽은 게 아니었다. 김영도 역시 희박한 공기 속 죽음의 지대에서 "나는 살아서 돌아왔다"라고 말하던 메스너처럼 극적으로 산에서 살아 돌아왔다. 다만 배우가 다르듯 두 사람의 인생

극이 펼쳐진 무대가 다를 뿐이었다. 김영도는 "인생은 셰익스피어 말대로 역시 한 막의 극이었다"라는 말로 자서전의 끝을 맺었다. 그가 옮긴 『죽음의 지대』에서 메스너는 "나는 인생이란 무한 속에서 벌어지는 막간극이라고 생각한다"라고 했다.

김영도 선생의 인생에는 두 개의 큰 산이 있었다. 지도에조차 표기되지 않는 우리 땅의 야산 형제봉과 세계 최고봉 에베레스트. 형제봉은 쌍둥이 동생과 친구들을 잃은 이데올로기의 싸움터고 에베레스트는 대자연의 위대함과 맞선 알피니즘의 싸움터였다.

두 곳에서 모두 그는 대장이었다. 한국전쟁이 발발하자 그는 대학 기숙사 동기들끼리 학도병으로 자원입대한다. 비록 이등병인 학도병들끼리였지만 그는 분대장이었다. 1977년 대한민국 최고의 산악인들이 모인 최초의 에베레스트 원정대에서도 그는 대장이었다.

공교롭게도 그가 전쟁 중에 형제산에서 전투를 치른 날이 9월 14일이고, 에베레스트에 고상돈 대원이 올라간 날은 9월 15일이다. 둘 다 그에게는 평생 잊을 수 없는 날인데, 높이 285미터의 형제산에서는 생지옥을 체험했고 8,850미터 세계 최고봉 에베레스트에서는 인생 최고의 환희에 젖었다고 한다. '에베레스트에서는 석 달 동안 대원 한 사람도 희생되지 않았는데 형제산에서는 하루 사이에 분대원 아홉 명을 잃었다'고 한다.

형제봉에서 에베레스트까지 '살아서 돌아온' 이야기 『나는 이렇게 살아왔다』는 산에 대한 책은 아니다. 하지만 대자연을 사랑한 한 사내의 열정을 이해하기에 모자람이 없다. 또 전국 유명산에 산장과 대피소가 처음 세워지게 된 배경, 1971년 우리 산악인들이 히말라야 8,000미터 봉을 향해 첫발을 내딛던 로체샤르 원정 추진과 1977년 역사적인 에베레스트 원정, 그리고 1978년 북극 탐험까지 국내 산악운동에 획을 긋는 사건들의 이면을 이해할 수 있는 일화들도 흥미롭다.

그러나 무엇보다 이 책은 학구열 불타는 청년 학생이 맨몸으로 38선을 넘어온 뒤에 어떻게 전쟁에 뛰어들게 되었는지, 밤늦도록 대학교 기숙사에서 문학과 철학을 논하던 쌍둥이 동생과 친구들이 그의 눈앞에서 어떻게 죽어갔는지, 그리고 그 지옥 속에서 그는 어떻게 살아 돌아왔는지에 대해 치밀하게 기록해 놓았다.

그는 전쟁에 휘말렸던 "5년여 세월은 그 속에 압축된 시간으로 볼 때 80여 년의 생애보다 길었다"라고 회고했다. 그리고 국립묘지에 비석이 있는 군인들과 달리 전장에서 그대로 산야에 버려져야 했던 무명 용사들을 위해서라도 반드시 그 시대를 기록해야 할 책임을 안고 살아왔다고 했다.

자신과 함께 피난길에 학도병으로 자원한 친구들에 대해서는 이렇게 썼다.

적어도 우리는 자기 인생을 머리를 굴려가며 저울질하려고 하지 않았고 그런 재주도 없었다.　　　　　　　　　　　—『나는 이렇게 살아왔다』 120쪽

김영도는 당시 서울대 문리대 철학과, 동생 영식은 상과대 학생이었다. 그는 이데올로기나 권력자들의 패권 다툼에는 관심이 없었다. 다

만 부녀자나 노약자면 모르되 20대 젊은 대학생마저 전쟁을 피해 도망 갈 수 없다는 것이 그 앞에 놓인 현실이었다. 아니, 내로라하는 집안 자식들은 다 일본으로 미국으로 도망갔고, 훗날 다시 돌아와 이 나라를 대표하는 지성으로 얼굴을 내밀었다는 것을 그는 똑똑히 기억한다.

하지만 피란길 열차 하나 차이로 친구가 폭격에 죽었다는 소식을 들으며, 돌이킬 수 없는 갈림길로 접어들게 된 자신의 인생에 대해 담담하게 말할 뿐이다.

> 모든 것이 운명의 장난일까 싶었다. 니체는 '아모르 파티', 즉 '운명애'라는 말을 썼지만, 운명이란 우리가 긍정적으로 받아들이든 부정적으로 이에 대응하든 특히 돌발적인 사태에 부딪혔을 때 사람은 운명을 깊이 생각하게 된다. 그리고 운명에 자기가 휩쓸렸는가 아니면 이에 맞서 뚫고 나갔는가는 훗날에 가서야 비로소 알게 된다.
>
> —『나는 이렇게 살아왔다』 117쪽

그는 운명에 맞서 뚫고 나간 쪽이었다. 어쩌면 그것이 산악인의 길이었는지도 모르겠다.

나는 21세기의 산을 오르면서도 지난 세기의 전쟁이 남긴 흔적을 곳곳에서 만난다. 소백산 중턱 폐사지에서 포탄 껍데기로 만든 종을 두드려 보았을 때, 지리산이나 대둔산 또 신불산에서 만나는 빨치산들의 흔적들에서, 그리고 이름을 얻지 못한 낮은 야산에 'ㅇㅇ고지'라는 이름으로 남아 있는 숱한 전투의 흔적들……

그런 산자락을 밟을 때마다 머리로는 지나간 역사의 상처를 더듬어 보았지만 여전히 전쟁을 겪지 않은 내겐 전설처럼 아득한 일이었다. 그러나 선생에게는 이 산하가 온통 생존을 위해 발버둥 치던 격전지였다. 에베레스트 원정대 대장으로만 기억되는 산악계 원로의 인생에서 세계 최고봉보다 무섭고 고통스런 산이 이 땅의 야트막한 야산들인 셈이다.

우리 산의 나무들은 수많은 주검 사이로 뿌리를 뻗고 그 피를 머금은 채 나이테를 불리고, 철 따라 열매를 맺었다. 나의 세대가 전설처럼 느끼는 전쟁의 상처를 산들은 고스란히 제 몸속 살과 뼈로 품고 있을 것이다. 김영도 선생은 기회가 있을 때마다 "우리의 알피니즘은 높이가 2,000미터도 안 되는 낮은 산에서 꽃을 피웠기에 더욱 가치 있다"라고 했다.

1977년 고상돈 대원이 에베레스트에 올라갔을 때, 외국인들이 대장인 김영도를 찾아와 "한국의 산은 높은가?" 하고 묻자 "우리 산은 낮다. 높이가 2,000미터도 안 된다. 하지만 고도는 낮아도 자연은 준엄하다"라고 대장이 말한 것에 자부심을 느끼고 있다. 그 준엄한 자연은 가파른 산세와 한겨울의 혹독한 추위만을 가리키는 게 아니었다.

그가 산에서 '살아 돌아온' 이야기를 읽다 보니, 어디나 눈길을 주면 만날 수 있는 낮은 산들이 다시 보였다. 산에서 살아남은 한 세대를 제대로 이해할 수 있을 때 비로소 산도, 우리 자신도 똑바로 바라볼 수 있을 것 같다. 그것이 이 책이 내게 준 가장 큰 공부였다.

사실 산이 아니었다면 그와 나는 전혀 소통이 불가능한 사이였을지 모른다. 월남한 기독교인이자 철저한 반공주의자라고만 보았을 때는 그가 고집불통 노인일 거라 속단하고 피했을 수도 있다. 더구나 공화당 출신 국회의원이란 이력도 솔직히 내게는 불편했다. 또 내 나이보다 두 배나 많은 남자와 마치 친구처럼 대화할 수 있으리라고는 기대조차 하지 않았다. 그런 면에서 젊은 내가 여든이 넘은 그보다 더 보수적이다.

하지만 그는 산 이외에는 자신의 생각을 드러낸 적이 별로 없다. 자신의 신앙에 대해서도 그처럼 말을 아끼는 '장로님'을 본 적이 없어 나는 그의 종교는 당연히 산이라 믿었다. 물론 그 산에도 세속에 때 묻지 않은 신이 산다고 생각하지만.

『나는 이렇게 살아왔다』는 개인의 자서전을 넘어 전쟁이라는 '죽음의 지대'를 통과한 인간의 의식을 탐구하는 보편적인 의미가 있다. 그는 자신이 겪은 전쟁에 대해 어느 한쪽의 이데올로기를 대변하는 것이 아니라 '대자연의 시민권(Wilderness Citizenship)'을 가진 젊은이로서 기록하고 있다. 그래서 어디가 길인지도 모른 채 산을 넘고 물을 건너 쫓겨 다니던 학도병이 포연에 휩싸인 싸움터에서조차 대자연과 교감하는 대목은 신기하기까지 했다.

나는 싸움터가 아니고 꿈을 꾸고 있는 것만 같았다. 그리고 먼 훗날 만일 살아 있으면 다시 한 번 찾아오고 싶었다. 그토록 주위가 내 마음을 사로잡았다.
　　　　　　　　　　　　　　　　　　　　—『나는 이렇게 살아왔다』 137쪽

실제로 선생은 이 책이 나온 뒤 2007년 경주 북쪽에 있던 고전장(古戰場)을 찾아간 이야기를 「형제산을 다시 찾다」라는 수필로 발표하기도 했다. 나중에 이 글은 일본《문예춘추》가 선정하는 그해의 '베스트 에세이'에 뽑혔는데, 선생은 이를 몹시 자랑스러워했다.

김영도 선생은 늘 사람을 세 가지 기준으로 구분한다고 말하곤 했다. 첫째가 '산에 다니는 사람과 그렇지 않은 사람', 산에 다니는 사람은 다시 '산책을 읽는 사람과 그렇지 않은 사람'으로, 그리고 산에 다니며 산책을 읽는 사람은 다시 '자신의 산행을 글로 쓰는 사람과 그렇지 않은 사람'으로 나누어 본다는 것이다. 물론 그는 산에 다니며, 산에 관한 책을 읽으며 자신의 산행을 글로 기록하는 사람이다.

그리고 그는 생을 이렇게 정의한다.

　　나는 등산을 인생의 전공 과제로 여기고 등산가에게는 정년이 없다는 주장을 하게 됐다.　　　　　　　　　　—『나는 이렇게 살아왔다』316쪽

오롯이 나를
향해 걷다

... 남난희와 『하얀 능선에 서면』에서 『낮은 산이 낫다』까지

늘 똑같은 태양이 뜨고 지지만 새해에는 새로운 태양이 떠오를 것이라는 기대를 품는다. 해마다 가슴에 품는 그것은 내일에 대한 희망인가, 오늘에 대한 절망인가. 높은 산에 올랐다가 집으로 돌아가는 대신 첩첩이 이어지는 산줄기를 따라 계속 걷는 일은 내일을 향한 도전일까 일상으로부터 도피일까. '1983년이 서서히 저물어가는 12월의 마지막 날', '지금까지 살아온 업만큼이나 무거운 배낭을 메고 부산행 열차에 몸을 실었던' 스물일곱 살의 여자를 보며 문득 떠오른 생각이었다.

남난희, 그는 백두대간이라는 이름이 세상에 알려지기도 전에 이 땅의 등뼈 산줄기를 뚜벅뚜벅 걸어간 여자이다. 당시에는 금정산에서 출발해 진부령까지 이어진 산줄기가 태백산맥이라는 이름으로 불렸고

이를 국토의 근간이라고들 여겼다. 그도 그렇게 믿었다. 무모하다 싶은 산행의 모든 것은 성량수 씨가 만든 국토순례회 지원 아래 '국토의 맥과 얼을 찾는다'는 취지로 이루어졌다. 성량수는 훗날 오대산 노인봉 산장지기를 지낸 사람이다.

세상은 남난희에게 열광했다. 여자 혼자, 그것도 한겨울 눈 쌓인 태백산맥 주능선을 76일 만에 종주했다는 사실은 암울한 시대를 견디던 사람들에게 새로운 희망과 도전의 출구를 보여주었을지도 모른다. 그의 산행이 알려진 뒤 많은 사람들이 뒤를 이어 산맥을 걸었다.

남난희는 미처 백두대간을 알지 못한 채 길을 나섰지만 그는 본의 아니게 태백산맥이 아닌 백두대간이라는 산줄기의 실체를 알리는 중요한 사람이 되었다. 그 역시 먼 길을 떠나면서 자신이 장차 백두대간 그늘 아래 밥을 먹고 살게 될 줄은 몰랐을 것이다. 실제로 그는 한때 지리산 자락에 '백두대간'이란 찻집을 열기도 했다.

그로부터 오랜 세월이 흘렀다. 그의 종주 소식이 신문과 방송에 떠들썩하던 해에 태어났을 아기들이 혼자 배낭을 메고 백두대간 종주에 나설 수 있을 만큼 자란 시간이다. 그리고 이제는 제발 산이 쉴 수 있도록, 백두대간을 그냥 좀 내버려두라는 외침마저 곳곳에서 들려오고 있다. 그즈음의 세밑, 나는 남난희를 독보적인 여성 산악인으로 만들었던 책 『하얀 능선에 서면』을 다시 읽었다.

처음 읽은 것이 언제인지 정확히 기억나지 않는다. 다만 집에 있는 책이 1996년에 나온 9판본이니 어림잡아 그즈음 1만 명 전후의 독자 대열에 끼어서 읽었을 것이다. 그 뒤로도 이 책은 열악한 출판 시장에서도 유난히 빈곤한 산악 서적 가운데 베스트셀러이며 스테디셀러가 되었다. 그에게 태백산맥 동계 단독 종주라는 행위만 있고 만일 이 책이 없었다면, 남난희라는 이름은 지금처럼 빛나지 않았을 것이다.

또 그가 '최초의 여성'이란 타이틀을 지키며 줄곧 기록을 좇는 길로만 내달렸다면 어떻게 되었을까? 다시 남난희를 읽은 2009년은 이런 질문을 던지기에 충분했다.

낭가파르바트에서 하산하던 고미영이 죽었다. 그리고 오은선은 칸첸중가 등정 의혹에 휘말려 곤혹스런 연말을 보내고 있었다. 나에게 히말라야는커녕 백두대간도 너무 멀고 높은 존재인데도, 책을 읽는 내내 그 신성한 산들의 이야기가 텔레비전 예능 프로그램 후일담처럼 연일 쏟아져 나오고 있었다. 그냥 귀를 닫고 책을 읽었다.

같은 책을 다시 읽다 보면 익숙한 길에서 낯선 풍경을 만나거나, 지금껏 보이지 않던 새로운 길을 찾는 즐거움이 있다. 그런데 『하얀 능선에 서면』에서는 산에 찾아온 세월의 변화를 실감하는 아픔이 컸다. 산천은 의구하지도 않고 사람은 차고 넘치는 게 오늘 우리의 산이다. 그가 홀로 걸었던 산길은 이제 더 이상 적막하지 않다.

처음 읽었을 때는 나도 남난희의 '행위'와 '결과'에 가슴이 뛰었다. 하지만 이번에는 달랐다. 오히려 책장을 넘기는 내내 불편하기만 했다. 이런 식의 산행은 절대 하지 않으리라는 다짐마저 하게 되었다. 산에 서마저 자기 내면의 소리와 무관하게 세상의 속도에 등 떠밀려 앞으로 나아가는 방식 말이다.

그런 불편한 마음 때문이었을까, 나는 남난희를 밀쳐내고, 그보다

10년 뒤에 나온 『맹언니의 백두대간 푸른 일기』를 꺼내 다시 뒤적이기도 했다. 그 책은 맹명순이라는 평범한 직장 여성이 한여름 53일 동안 누구의 힘도 빌리지 않고 홀로 백두대간을 종주한 기록이다. 그는 남난희처럼 비장하지 않았다. 좌충우돌하는 산행기를 읽다 보면 키득키득 웃음이 터져 나오기도 했다. 하지만 나는 이내 남난희에게 돌아올 수밖에 없었다.

남난희는 20대의 끄트머리에서 자살해 버린 친구 때문에 충격을 받았다고 한다. 죽음과 존재에 대한 근원적인 물음을 품고 여자는 혼자서 겨울 태백산맥으로 들어갔다. 하지만 그의 실존적 고뇌에서 비롯된 외로운 산행은 '최초의 여자'가 필요했던 대의명분에 이끌리고 있었다. 그래서 산행하는 내내 비틀거릴 수밖에 없었다.

하지만 그에게 전혀 욕심이 없었던 것은 아니다. 남난희는 태백산맥이 자신을 멀리 있는 높고 큰 산으로 데려다 줄 수 있으리라는 사실을 부정하지 않았다.

오늘도 이 500고지를 오르며, 너무 힘들어서 '에베레스트다, 에베레스트' 하면서 올랐다. 에베레스트가 이 소리를 들을 수 있다면 그리고 이미 에베레스트를 등정했던 자들이 들으면 배꼽을 잡고 웃을 일이지만 내 마음 속의 에베레스트는 지금부터다. 아니 이미 오래전부터다.

—『하얀 능선에 서면』 67쪽

오롯이 자아를 향해 걸어 들어가고 싶었던 남난희와 태백산맥을 종주한 '최초의 여자'가 필요했던 국토순례회가 충돌하면서 산행은 사색과 즐거움이 사라져버렸다. 그는 이렇게 분열적인 상황에 대해 『하얀 능선에 서면』에서 솔직하게 기록해 놓고 있다.

그는 스폰서의 휘장을 빛내기 위해 '희망'과 '도전'의 언어로 자신을 부풀리지 않았다. 이 책이 오랫동안 사랑받은 것도 그 때문이다. 절망 때문에 산으로 도피했던 젊은 날을 세월이 흐른 뒤 차분하게 돌아보았기에 『하얀 능선에 서면』이 품은 고독은 깊이가 있다. 그가 책을 낸 것은 등반을 마치고 6년이 지난 뒤인 1990년이었다. 항아리에서 장이 익어가듯 혼자 오래 삭이고 가슴속에서 걸러내야 할 앙금이 많았을 것이다.

하지만 『하얀 능선에 서면』이 출간되고 오래지 않아 그는 대한산악연맹의 한국 여성 에베레스트 원정대의 대장이 된다. 전국의 내로라하는 여성 산악인들로부터 구성된 원정대였다. 그가 걸어간 겨울 백두대간의 하얀 능선은 1년 내내 만년설을 뒤집어쓰고 있는 히말라야 흰 산을 향한 간절한 그리움에서 비롯되었으니 당연한 귀결일 것이다. 백두대간의 산들이 모두 백두산을 향하듯, 지구 위에서 높이를 가진 모든 것들도 에베레스트를 흠모하지 않을까.

결국 1993년 남난희에게는 또다시 '한국 최초의 여성'이라는 타이틀이 붙었다. 물론 태백산맥에서 에베레스트로 가는 중간, 1986년 강가푸르나에서도 세계 최초 여성 등정자가 되기도 했다.

하긴 에베레스트의 8,848미터 고지를 오르며 그 숨막힘이 즐거움이라고 누가 감히 얘기할 수 있을까? 산은 절대 즐거움의 대상이 아니라 어쩌면 즐거움과 아주 무관한 것일지도 모른다. 대상에 따라 다르기는 하겠지만, 그 산행에 어떤 목적을 두었을 때 그리고 그 목적이 선명하면 할수록 산은 즐거움과 무관한 대상이 되는 것이 아닐까 생각한다.

—『하얀 능선에 서면』 178쪽

『하얀 능선에 서면』에서 이미 예견된 일이었을까. 그는 돌연 꿈에 그리던 에베레스트 원정을 포기하고 대장직도 내던진 채 산을 떠난다. 도망치듯 한 남자의 품으로 들어가 버린 것이다. 사내는 "부산 금정산에서 출발하여 내가 등반하였던 태백산맥 즉 낙동정맥을 거슬러 올라 진부령까지 갔다가, 다시 백두대간을 타고 지리산까지 가는 긴 등반에 성공"한 사람이었다. "그 산행을 하면서 몇 해 전 그 능선을 걸었다는 한 여자의 이야기를 듣고 몹시 놀랐다"는 사내가 무작정 그를 찾아왔다고 한다.

남난희는 "후배들이 에베레스트 정상을 향해 숨막히게 오르고 있던 그해 5월, 나는 산 능선이 아니라 결혼식장 단상 위로 올라갔다"라고 고백했다. 왜 그랬을까. 이 질문에 대한 대답 역시 오랜 세월이 지난 뒤에야 나왔다.

남난희의 두 번째 책 『낮은 산이 낫다』에는 목적을 앞세우는 높은 산에서 스스로 내려온 이야기들이 담겨 있다. 그는 1994년, 서울을 떠나 지리산 청학동에 들어가 아이를 낳고 키웠다. 2000년에는 강원도로 가서 '정선자연학교'를 운영하기도 했지만 2002년 태풍 루사 때문에 그곳이 폐허가 되자 다시 지리산으로 가 지금까지 그곳에 살고 있다. 『낮은 산이 낫다』는 '최초의 여자' 남난희가 산악인이 아니라 지리산 자락에서 생활인으로 거듭난 이야기다.

끝이 보이지 않던 '하얀 능선'에서 내려와 '낮은 산'에 안착한 그는 첫 번째 책처럼 겪은 일을 날 것 그대로 이야기하지는 않는다. 산과 자신의 운명 앞에 가슴을 치며 투정을 부리던 젊은 여자의 애절하고 뜨거운 목소리가 아니라 조용하고 또 차갑게 말을 아낄 줄 아는, 반승반속의 목소리로 책을 써 내려갔다. 당산나무 고목처럼 담대해졌다고나 할까. 그사이 사내는 떠났고 여자 곁에는 아들만 남았다. 여자는 화갯골에 살며 된장을 담그고 차를 덖고 장아찌를 만들며 살아간다. 그는 비로소 여자가 아닌 어머니가 되어 있었다.

언젠가 남난희가 출연한 다큐멘터리 〈인간극장〉을 보았다. 아들 앞에서 자신을 '엄마'가 아닌 '어머니'라 말하고 있는 모습이 인상적이었다. 나는 '어머니'란 말이 어쩐지 덜 친근한데 그는 자랑스럽고 참 좋은 모양이라고 생각하며 웃었다. 화면에서 만난 그는 산을 오르지 않고 그냥 산그늘에 살면서 그렇게 곰삭는 법을 배운 것 같았다. 편안하고 넉넉해 보였다.

그런데 남난희가 버린 산에는 여전히 '최초의 여자'가 되고 싶은 사람들이 많다. 그가 내던졌던 여성 에베레스트 원정대 대장은 지현옥이 맡았다. 나는 남난희를 더 잘 이해하고 싶다는 생각에 우리나라에서 에베레스트를 오른 최초의 여성 지현옥의 유고집 『안나푸르나의 꿈』까지 찾아 읽었다.

에베레스트에서 "캠프 2에 가까이 오니 사람들의 축하 인사가 계속됐다. 무엇을 축하한단 말인가. 그저 지치고 피곤할 따름이다"라고 기록을 남겼던 지현옥은 세계 최고봉에서 내려와 철저하게 외톨이가 되었다고 생각했다. 일기에는 죽고 싶다는 이야기마저 자주 등장한다. 그러다가 결국 1999년, 안나푸르나 정상에 올랐다가 끝내 그 산에서 내려오지 못했다.

지현옥이 죽음에 다다라 깨달은 것을 남난희는 겨울 백두대간을 혼자 걸으며 이미 느꼈을까. 여자들의 산은 남자의 그것보다 더 멀고 험난한 것일까.

그런데 남난희가 아들과 함께 다시 백두대간을 종주했다는 소식이 들려왔다. 그가 버린 흰 산으로 간 여성 산악인 후배의 조난 소식으로 산 아래 동네가 시끄럽던 때였다. 그는 귀를 막고 걸었을까, 아니 이미 그런 소란한 이야기들은 바람결에 흘려버릴 수 있었을까.

살아서 돌아온 것만으로도
고마울 뿐

... 오은선과 라인홀트 메스너의 『나는 살아서 돌아왔다』

오은선이 돌아왔다, 살아서. 나는 오직 그것이 기쁘고, 그것만 축하하고 싶다. 그의 14좌 완등을 둘러싼 세간의 잡음에 대해서는 별 관심이 없다. 텔레비전의 안나푸르나 현장 생중계도 보지 않았다. 유명 산악인들의 등반을 담은 방송을 즐겨 보지 않는 것은 집에 텔레비전이 없기도 하지만 '신들의 영역'이라고도 일컬어지는 고산지대가 스포츠 중계처럼 낱낱이 드러나는 게 어쩐지 싫기 때문이기도 했다.

그래도 역시 텔레비전의 위력은 대단했다. 평소 동네 뒷산에도 오를 엄두를 못 내는 이웃들마저도 오은선이라는 이름을 화제에 올려 조금 의외였다. 아이들 뒷바라지에 몸과 마음이 매여 있는 아줌마들에게, 목숨을 걸고 미지의 세계를 향해 걸어갔던 또래 여성의 족적은 경이로

움 그 자체였다. 산악계에서 그의 등반 방식에 대해 논쟁을 벌인 것과 텔레비전 앞에 앉은 사람들의 관심사는 별개였다.

그런데 오은선의 안나푸르나 등반을 생중계한 방송사는 협찬사로부터 10억을 받았다고 한다. 정작 그가 스폰서를 만나기 전, 한 번에 몇천만 원 하는 해외 원정 비용을 마련하기 위해 학습지 교사를 하는가 하면 스파게티 가게도 열었다는 것을 떠올려보면 달라진 위상이 실감 나기도 하고, 방송이나 광고의 메커니즘이 결합되면 오가는 돈의 규모도 완전히 달라지는구나 싶었다.

하지만 어쩐지 마음은 개운치 않았다. 오은선의 등반 성공으로 가장 큰 혜택을 입은 곳은 협찬사보다 방송사 아니었을까.

어찌 되었든 내게는 그가 살아서 돌아왔다는 사실만이 대견하고 또 다행스럽게 느껴질 뿐이었다. 그는 8,000미터 위에서 인간의 한계를 넘어서는 고통뿐만 아니라 지상에서부터 매달려 올라간 보이지 않는 덫으로부터도 충분히 자유롭지 못했을 것이다.

오은선이 방송을 뜨겁게 달구던 그 무렵 라인홀트 메스너의 『나는 살아서 돌아왔다』를 다시 펼쳐 들었다. 그가 카트만두에서 메스너와 포옹한 사진이 시쳇말로 '인증샷'처럼 언론사에 뿌려지던 날, 유독 책꽂이에 있는 그 책이 눈에 들어왔다.

국내 언론들은 메스너가 오은선을 축하해 주었다는 사실만으로도 그녀를 뒤쫓던 스페인의 에두르네 파사반에게 당당히 승리했다는 것을 인정받았다는 반응을 보였다. 파사반은 오은선이 14좌 가운데 열번째 산인 칸첸중가에서 제대로 정상을 밟지 않았다고 의혹을 제기한 사람이다. 진실이 무엇이든 간에 두 사람을 인간 한계에 도전하는 산악인보다는 '세계 최초의 여성'이라는 타이틀에 집착하는 경쟁자의 그것으로 전락시켜 버린 논란이었다.

> 단지 우리는 행운을 필요로 할 뿐, 티베트인들이 산이나 높은 고개 위에 설 때면 "라기엘로"라고 말하듯이, 나 또한 "신들이 승리했다"라고 말한다. 나는 이와 같은 기록을 자랑으로 여기지도 않으며 자랑할 마음도 없다. 또한 오랫동안 소망해 왔던 성공이었지만 자랑하지 않는다. 단 살아서 돌아왔다는 것만큼은 자랑하고 싶을 뿐이다.
>
> ─『나는 살아서 돌아왔다』 15쪽

메스너가 1986년 10월 17일 동료인 한스 카머란더와 14좌의 마지막 목표였던 로체의 베이스캠프로 돌아온 뒤에 한 말이다. 그는 그 이전 16년 동안 열여덟 번이나 8,000미터 봉의 정상에 올랐던 사람이다. 그러므로 그가 오은선이 '살아서 돌아온 것'을 가장 먼저 축하한 것은 당연한 일이다.

하지만 메스너와 로체 이전부터 가셔브룸 I·II의 종주 등반과 안나푸르나, 다올라기리, 마칼루 등을 함께 올랐던 카머란더는 오은선의 등반 방식을 두고 '사이클 경기에 오토바이를 타고 출전한 격'이라고 비난했다. 메스너가 오은선이 해발 8,000미터에서 산소를 사용한 것에 대해서도 '개인적인 선택의 문제'라고 평한 것과는 대조적이다. 왜 그럴까.

메스너는 세간의 비난과 질시라면 누구 못지않게 받아본 사람이다. 그는 늘 "무엇보다 살아남는다는 것이 올바른 일이며, 무사히 돌아온 다는 것이 전부이자 소중한 것"이며 등산의 참다운 기술 역시 '살아남 는 데 있다'고 강조했다. 그가 세상 누구보다 살아남은 자의 슬픔 때문 에 괴로워했던 사람이었기 때문이라고 생각한다.

메스너는 생애 첫 8,000미터 위를 오른 낭가파르바트에서부터 동생 인 귄터 메스너를 잃고 혼자 돌아왔다. 그도 두 손과 발 모두 동상에 걸린 채 죽기 일보 직전에 간신히 살아 돌아왔지만 동생을 버리고 왔 다는 비난을 피할 수 없었다. 결국 그는 "동생의 죽음을 극복하기 위하 여 그의 죽음을 나의 삶의 일부로 받아들이기까지 많은 세월이 필요했 다"라고 한다.

> 1978년, 비로소 나는 인생이란 혼자서도 견디어나갈 수 있다는 것을 배웠다. 인간은 각기 혼자서 살아가는 것이다. 둘이서 함께 생각하며 살 아가는 것이 아니라는 것을 안 후에 나는 등산가로서의 생애의 가장 큰 비약을 이룩하게 되었다. 마침내 단독으로 여러 기술적 보조 수단도 없 이 디아미르 측면에 올랐다. ─『나는 살아서 돌아왔다』 29~30쪽

그는 동생이 죽고 8년 만에 다시 디아미르 계곡을 찾아가 혼자서 낭 가파르바트 정상을 향해 출발한다. 그리고 '새로운 루트를 개척하며 정상에 오르고 또다른 루트를 경유하여 베이스캠프'에 돌아온다. 그는 동생을 잃은 첫 번째 등반에서는 지옥을, 두 번째는 홀로서기를 통해

천국을 체험했다고 말한다.

메스너가 단독 등반을 결심한 것은 1972년 마나슬루에서 동료인 안디 슐리크와 프란츠 예거를 7,500미터 지점의 폭풍설 속에서 잃어버린 다음부터라고 한다. 동생에 이어 친구까지 잃은 그는 살아 돌아온 것을 누구에게도 축하받지 못했다. 다른 사람들과 함께 원정하지 않기로 마음먹게 된 것이 용기나 결단보다 이런 고통스런 상처에서 비롯된 것이라니.

또한 낭가파르바트 단독 등반은 그가 본격적으로 돈을 벌기 위해 글을 쓰고 책을 펴내게 된 출발점이기도 했다. 우리나라에서 같은 제목으로 두 번이나 출간 된 『검은 고독 흰 고독』이 바로 이때의 기록이다. 메스너는 매스미디어를 통해 자신의 체험을 적극적으로 알려나가기 시작했다. 하지만 그럴수록 비난의 목소리도 함께 커졌다.

그가 8,000미터 봉을 가장 많이 오른 사람으로 유명해진 것은 1975년 히든피크 등반으로 세 개 봉우리를 등정하고 나서부터다. 그러나 유명해질수록 세상과의 마찰도 비례해 커졌다. "전보다도 높은 유명세로 나의 원정 자금을 조달하는 데 보다 좋은 기회를 갖게 된 반면 여유는 없어지고 친구들과 함께 보낼 시간도 많지 않게 되었다"라고 그는 책에 써놓았다.

가까운 이들은 그가 거만해졌다고 생각했고, 그의 등산이 돈벌이를 위한 사업에 지나지 않는다고 말하는 사람들도 많았다. 그 와중에 첫 번째 결혼에도 실패했고, 14좌의 마지막 등반 도중에는 또다른 동생 지그프리트 메스너마저 티베트의 산에서 죽고 만다. 지그프리트는 메스너가 세운 등산학교를 맡고 있었다.

　메스너가 산에서 겪은 우여곡절들을 읽는 사이사이 오은선이 오버랩 됐다. 오은선은 에베레스트에서 로프에 매달린 채로 죽은 박무택의 시신을 지나쳐서 끝내 등정에 성공했을 때, 또 후배 고미영이 낭가파르바트에서 죽었을 때도 세상이 쏟아내는 거친 말들을 피해갈 수 없었다. 14좌 등반에서 최초의 남자와 여자 모두가 세상의 비난과 질시 속에서 홀로 서야 했다는 것은 무슨 의미일까.

　메스너는 14좌를 완등하고서 스스로 '영웅이 되었다거나 특별한 등산가가 된 것'이라 느끼지 않았다고 했다. 승리했다는 생각보다는 '자신이 세웠던 목표, 한마디로 설명할 수 없는 복잡한 생각을 실현할 수 있다는 만족감을 느꼈을 뿐'이라고.

　하지만 그는 분명 인간의 한계를 확장시킨 영웅이었고, 가장 특별한 등산가로 대우를 받아왔다. 그것은 단지 '최초'라는 타이틀을 거머쥐었기 때문은 아니었다. 그는 매 순간 새로운 방식으로 8,000미터의 산들을 오르려고 했던 창조적인 도전으로 박수를 받았다.

　히말라야에 오르기 전 나는 알프스의 대암벽을 많이 등반했다. 나의 최대 관심사는 정상이 아니며, 될 수 있는 대로 짧은 시간에 가능한 인공적인 보조 수단을 적게 사용하고 가장 어려운 루트를 체험하는 것이었다. 그래서 여기저기에 루트를 개척하고 그때까지 등정이 불가능하던 루트를 기어올랐다. 이것은 지리적으로 일정한 장소를 정복하려는 것이 아니라 나의 한계를 시험하고 능력을 개발하려는 것이었다. 이러한 생각을 이번에는 히말라야에 옮기고 싶었다.

—『나는 살아서 돌아왔다』 12~13쪽

그래서 메스너는 히말라야에서 이전 시대의 고정관념들을 깨고 새로운 아이디어를 마음껏 펼쳤던 것이다. 마지막 도전지인 로체에서는 겨울에 8,000미터 봉을 오르는 것과 8,000미터에서 아내와 함께 등반하고 싶었던 것 등의 못다 이룬 꿈에 대해 이야기하기도 했다. 하지만 크게 아쉬워하지도 않았다. "8,000미터 봉에서 가끔 '지는 것'을 배웠다. 그러나 포기하지는 않았다. 이러한 마음가짐이 나의 생명을 구해주었던 것"이라 느꼈기 때문이다.

메스너는 14좌 등반을 모두 마치고 난 뒤, 앞으로 "8,000미터 봉과 진지하게 더 씨름할 필요가 없어졌을 때, 알피니스트뿐 아니라 수많은 보통 사람들까지도 이 8,000미터 봉을 오르기 시작할 것"이라 예견했다. 실제로 에베레스트 정상으로 가는 노멀 루트는 성수기인 5월 말이면 사람들이 '달라붙어 기어오르는 일종의 계단'처럼 되었다고 한다. 세계 최고봉을 오르는 일조차 고가의 여행 상품으로 팔리기 때문이다.

이런 현실을 솔직하게 인정하지 않고서 경쟁자들이 오은선에게만 등반 윤리를 따져 묻는 것 자체가 어불성설이라는 게 메스너의 생각이었다.

그는 나중에 '편견과 한계를 넘어 정상에 선 여성 산악인들'이라는 부제를 단 『정상에서』라는 책에서 "등반은 땅따먹기가 아니다. 그 어떤 등반 스타일도 윤리적인 비난의 대상이 될 수 없다"라고까지 잘라 말했다. 승자가 되리라 철석같이 믿었던 에두르네 파사반과 겔린데 칼텐브루너를 앞세운 유럽의 언론과 그 추종자들이 뜬금없이 나타난 한국 여성을 시기하며 흠집 낸 것이라고.

그러고 보면 이제껏 가슴 뛰게 했던 메스너의 책들이 자신에게 쏟아진 세상의 비난에 대한 변론일 수도 있겠다 싶었다. 죽은 자는 말이 없지만 살아남은 자는 설명해야 할 것이 너무도 많으니까!

산 아래서 만나본 오은선은 작은 체구에 손까지 조막만 했다. 악수를 하는데 손이 너무 작고 가녀려서 오히려 그가 더 커 보이기까지 했다. 이 작은 여자는 먼저 14좌를 완등한 스물한 명의 남자들과는 분명 다른 벽을 넘어서야만 했다. 또 우리나라가 오은선의 경쟁자들이 사는 스페인이나 오스트리아보다 여성에게 더 고루한 벽이 있는 사회가 아니라고 장담할 수 있을까.

이미 국내에 세 명의 남성 완등자가 있었음에도 불구하고, 여전히 산정에서 태극기를 펄럭이며 국가와 국민을 들먹여야 하는 현실도 내게는 어쩐지 안쓰러워 보였다. 국민들에게는 고미영이든 오은선이든 상관없었을 것이다.

세계 최초의 타이틀을 한국 여자가 거머쥐어야 한다는 열망은 터질 듯 부풀려져 있었고, 국가와 국민의 위대한 승리라고 환호할 만반의 준비를 하고 있었다. 열기가 팽창할수록 권력과 자본과 언론의 이해도 맞아떨어졌고 그럴수록 경쟁은 더 부추겨졌다. 그런데 만일 그 순간 오은선이 이렇게 말했다면 어땠을까.

우리들은 인류를 위해서, 텔레비전 방송국을 위해서, 혹은 어느 연구소를 위해서 다울라기리를 올랐던 것이 아니다. 또 나라를 위해서 올랐던 것도 아니며, 산악계를 위하여 올랐던 것도 아니었다. 오로지 자기 자신을 위하여 등산을 했던 것이다. 신문이나 텔레비전과 같은 매스미디어를 통해서 우리들이 시공을 초월하여 많은 관중의 기대에 부응한다 하여도 우리들이 영웅을 연출한다는 것은 생각할 수 없는 일이다. 영웅적인 용기로 우리를 희생시킬 수 없다. ─『나는 살아서 돌아왔다』 203쪽

메스너가 "반대급부를 기대하지 않고 나의 계획에 자금을 대주는 진짜 후원자를 나는 아직 발견하지 못했다"라고 말하던 때 한 이야기다. 물론 나중에 유럽연합 의원까지 지내면서 그의 처지는 많은 부분이 달라졌을 것이다. 하지만 나는 우리도 이제 산에서 '국민 여러분의 성원에 감사드립니다'라는 국가대표 스포츠 선수 같은 말은 하지 않아도 되는 세상이었으면 좋겠다.

어차피 스타 산악인과 협찬사가 공생할 수밖에 없는 것이 현실이다. 그 안에서 긴장의 끈을 놓지 않고 자신을 지켜나가는 일이 어쩌면 대자연의 곤란함을 이겨내는 것보다 어려운 일일지도 모른다. 그래도 여러 스폰서 로고와 태극기를 겉옷 위에 조각보처럼 덧붙이고 산을 올라야 하는 것은 좀 촌스럽지 않은가. 죽은 고미영이 정작 자신의 의지와 달리 산에서 자유롭지 못했던 것도 그런 문화 탓이라고 안타까워하는 이들도 있었다.

그래서 나는 오은선이 살아서 돌아온 것만으로도 고마울 뿐이다. 이

제 그는 산 아래서 '제대로' 살아남는 길을 찾으면 된다.

    우리들 중에 어느 누군가 최우수자라는 것이 문제일 수는 없다. 이 세상에서 제일 우수한 등산가는 없다. 가장 빠르고 가장 만족할 만한 등산가는 이 세상에 존재하지 않는다. 이러한 태도는 저널리스트나 출판업자가 생각해 낸 것이다. 어쩌면 사춘기의 젊은 클라이머가 대등반에서는 세계선수권이나 금메달이 없다는 것을 알고, 이를 대신하는 최상급의 장식품을 목에 거는 격이다. 오로지 인격이라는 것이 중요한 것이며, 더더욱 어려워지는 한계 영역에서 살아남는다는 것이 무엇보다도 중요한 것이다.　　　　　　　　　　　　　—『나는 살아서 돌아왔다』 222쪽

정말 거기
산이 있을까

... 에라르 로레탕과 『셰르파, 히말라야의 전설』

로레탕이 죽었다. 2011년 4월 알프스의 그룬호른(4,043미터)을 오르다가 3,800미터 부근에서 추락해 현장에서 사망했는데, 공교롭게도 그날이 그의 52번째 생일이었다고 한다. 나는 한참이 지난 뒤인 그해 12월에야 소식을 들었다.

산악인들이 아니고서는 로레탕을 아는 이는 많지 않을 것이다. '1등만 기억하는 더러운 세상'이라는 풍자가 유행한 것처럼 2등도 아니고 3등에 불과한 로레탕을 기억하는 사람이 얼마나 될까. 하지만 등산의 세계에서는 등수만이 중요한 것은 아니다. 산을 깊이 이해하는 사람들은 라인홀트 메스너와는 다른 모습으로 두 번째 14좌 완등자 예지 쿠크츠카를 기억한다. 세 번째 완등자 에라르 로레탕도 마찬가지다. 그는 히말라야에서 '빠르고 가볍게(go fast and light)' 또는 '벌거벗은 (naked)' 등반 스타일로 기억된다. 그의 젊은 시절 기록을 보면 눈 덮인 산기슭을 떠도는 배고픈 하이에나나 '맨땅에 헤딩하는' 겁 없는 아이들 같아 보였다.

2004년 10월, 그는 대한산악연맹에서 세계 14좌 완등자들을 초청했을 때, 폴란드의 크리스토프 비엘리스키와 이탈리아의 세르조 마르티니와 함께 한국에 왔다. 당시 우리나라에서는 엄홍길, 박영석, 한왕용 세 사람이 14좌를 완등한 상태였다(2011년에는 오은선, 김재수까지 다섯 명으로 늘었다). 나는 다른 이들보다 늦게 도착한 그를 공항으로 마중 나가 인터뷰해야 했다. 등반 사진으로만 보던 철인을 상상하며 그의 이름이 적힌 종이 한 장 달랑 들고 머쓱하게 입국장에 서 있던 기억이 난다.

'분명 한눈에 알아볼 수 있을 거야. 어디든 티가 날 거 아냐. 배낭이든 신발이든 뭐든…….' 하지만 울 스웨터에 청바지 차림으로 가볍게 걸어 나오던 모습에서 히말라야에서 초인적인 등반 기록을 세운 산사람을 알아보기는 쉽지 않았다.

로레탕의 첫인상은 몸집이 작아서인지 나보다 아홉 살이나 많은 그가 오히려 어린 동생 같은 느낌이었다. 사진으로 봤던 그는 극한의 등반을 끝낸 뒤의 심각한 모습들뿐이었다. 스물아홉의 헤르만 불이 낭가파르바트에서 살아서 내려왔을 때, 등반 전 청년의 얼굴이 하산 직후 80세 노인처럼 변해 있어서 사람들을 깜짝 놀라게 한 사진이 있다. 그처럼 극명한 대비는 아니더라도, 로레탕 역시 등반 사진으로 보던 이미지와는 전혀 다른 인상이었다. 어쩌면 일상의 공간과 8,000미터는 전혀 다른 속도로 시간이 흐르는 모양이라고 그를 보며 생각했다.

열두 시간 넘게 비행기를 타고 온 그는 인천에서 다시 김포와 광주 공항을 거쳐 본행사가 열리는 영암까지 이동해야 했는데, 그 정도쯤이야 하며 '쿨한' 반응을 보였던 것도 인상적이었다. 그가 산에서 보낸 여정을 상상해 보면 그런 일상의 분주함 정도야 쉽게 웃어넘길 수 있는 수준이라고 말해도 될까.

로레탕은 1985년 다울라기리에선 하루 종일 초콜릿 하나만 먹고는 영하 45도가 넘는 한밤중에 7,700미터 벽에 웅크린 채 슬리핑백도 없이 비박을 했고, 안나푸르나를 동봉에서 주봉으로 트래버스 할 때는 4일 동안 설동(雪洞) 속에서 비박을 하며 거의 아무것도 먹지 못했다. 또 1986년 에베레스트 북벽을 오를 때는 5,800미터에 세운 ABC(전진 캠프)에서 출발해 거의 잠을 자지 않고 39시간 만에 정상에 오르는 괴력을 발휘하기도 했던 그다.

이 무시무시한 기록을 세운 사내가 히말라야에 첫발을 디딘 것은 1982년, 스물세 살 때였다. 그가 낭가파르바트 정상에 오른 그해는 메스너가 한 해 동안 칸첸중가, 가셔브룸 2봉, 브로드피크를 모두 오르고 14좌 가운데 아홉 개를 마친 때였다. 나는 그가 메스너로부터 어떤 영향을 받았는지 궁금했다.

"영향을 전혀 받지 않았다고는 할 수 없다. 내가 젊었을 때 메스너는 나뿐만 아니라 젊은 등반가들의 표상이었다. 하지만 나는 낭가파르바트를 오를 때 단지 그 산에 오르는 데만 열중했을 뿐이다. 8,000미터 봉우리를 열두 개나 오를 때까지도 각각의 산들이 목표였지 메스너처럼 14좌 완등이 목적은 아니었다."

그런데 젊은 날의 표상이라던 메스너는 아직도 건재한데 로레탕은 쉰다섯에 죽었다. 너무 이른 것 아닌가. 하지만 그보다 어린 나이에 떠난 산악인들도 많은데 죽음 앞에 무슨 순서가 있을까 싶다. 더구나 자기 손으로 아들을 먼저 떠나보낸 기구한 사연의 아버지였던 사람에게는 더욱.

그는 한국에 오기 3년 전, 7개월 된 아들을 뇌손상으로 죽게 만든 일로 해외 토픽의 주인공이 되었다. 울음을 그치지 않는 아기를 달래다 세게 흔든 것이 사망 원인이었다. 유럽에서 종종 부모의 그런 실수로 영아 사망 사고가 많았는데, 로레탕은 자신과 같은 실수가 반복되지 않도록 하기 위해 언론에 신원을 공개하도록 했다고 들었다. 내가 아무것도 모르는 척 가족관계를 물었을 때 '싱글'이라고만 짧게 답했던 모습이 새삼 가슴 아프게 떠오른다.

자신에게는 언제나 새로운 길을 찾는 것이 중요했지 그것이 어느 산인지는, 8,000미터든 아니든 크게 중요하지 않았다고 말하던 사람. 실제로 로레탕은 1986년 14좌 가운데 아홉 번째 산이었던 초오유 서벽에 신루트를 개척하다 동료인 스타이너가 추락해 죽자, 한동안 8,000미터 무대에는 모습을 드러내지도 않았다. 단지 14좌 완등만이 목표였다면 도중에 쿠르티카와 트랑고 타워(6,251미터) 동벽에 새로운 길을 내는 등의 일로 시간을 '허비'하지도 않았을 것이다.

하지만 로레탕이 14좌를 마칠 때까지 분명 세인들의 이목은 히말라야에 집중되어 있었다. 누가 과연 세 번째 완등자가 될 것인지를 두고 언론은 촉각을 곤두세웠고, 그가 성공한 해에는 가장 유력한 경쟁자였던 프랑스의 브누아 샤무가 마지막 도전지 칸첸중가에서 사망하기까지 했다. 그래서 그는 1995년, 칸첸중가를 마지막으로 14좌 등반을 모두 마쳤을 때 이렇게 말했다.

"이 레이스는 본질에서 빗나간 것이다. 나는 클라이머들보다 오히려 언론들이 경쟁한 것이라 생각한다. 물론 내가 틀렸을지도 모른다. 그럼에도 만일 여기 도전하고 싶은 사람이 있다면 반드시 산소 없이 정상에 서야 한다. 당신이 산에서 최소한의 윤리 의식을 가지고 있다면 자신에게 물어야 한다. 나의 등반이 깨끗한가, 그렇지 못한가."

로레탕은 그런 기준 때문에 개인적으로 시샤팡마를 두 번 올랐다고 했다. 1990년 처음 올라갔을 때는 정상으로 가는 메인 루트가 위험해 스스로 깨끗하지 못한 등반을 했다고 느꼈기 때문이다. 자신에게 엄격한 사람의 강박증이 느껴지는 말이다. 그는 살아남는 게 우선이며 등반 방식에 대해서는 각자의 선택에 달린 문제라는 너그러운 태도를 보이는 메스너와는 또 달라 보였다.

물론 로레탕은 메스너처럼 1등을 위해 달려갈 필요가 없었기에 훨씬 자유로웠을 수도 있다. 그럼에도 이전 완등자들과는 무엇인가 달라야 한다는 점이 그를 고집스럽게 극한으로 밀어붙인 것은 아닐까.

그러나 메스너가 세계 등산가들의 제왕—군림한다기보다 실제로 성에서 살고 있고 유럽의회 의원까지 지낸 그를 초청하려면 수행원들에게까지 비행기 1등석을 제공해야 하는 VIP라니—이 된 것과 달리,

그는 14좌를 오른 뒤에도 예전과 다를 바 없는 생활을 했다. 산악 가이드로 활동하면서 산에 가지 않을 때는 콘솔이나 테이블 같은 작은 가구들을 만든다고 했다. 그는 스무 살 때 목조 가구 제조 기술 자격을 땄고, 스물두 살에 스위스 산악 가이드가 되었다.

기업이나 정부로부터 등반에 필요한 어떤 경제적인 도움을 받고 있는지 물었을 때도, 스폰서는 없다고 했다. "모든 걸 나 스스로 해결한다. 페츨에서 시험용으로 쓰라고 장비를 주기도 하지만 궁극적으로 경제적인 문제는 내 몫이다"라고.

죽는 순간에도 그는 고객을 동반한 가이드 산행을 하고 있었다. 자신만의 산에서 자유로워지기 위해, 산에서 계속 일을 해야 했지만 또 그것이 그에게 가장 좋은 일이었을 것이다.

『셰르파, 히말라야의 전설』을 다시 꺼내 읽은 것은 순전히 로레탕이 산악 가이드였다는 이유 때문이었다. '셰르파의 생각과 감정, 그들의 역사'에 대해 서술하고 있는 책, 저자 조너선 닐은 세계화에 반대하는 운동을 하는 사람으로서 가난하고 약한 이들의 눈으로 히말라야 등반사를 새롭게 조명했다고 한다. 그래서 책을 처음 읽었을 때 나는, 제국주의 정복자의 입장으로 일관되게 기록되어온 알피니즘의 역사에 대해 분노하기까지 했다.

특히 1922년, 우리에게 에베레스트의 전설로 기억되는 맬러리가 자신의 야망에 눈이 어두워 그릇된 판단을 함으로써 일곱 명의 포터를 눈사태로 죽게 만들어버린 상황이 그랬다. 당시 맬러리가 대학 강사로 1년에 500파운드를 벌던 때, 사망자 가족에게 지급된 1년치 임금은

17.5파운드였다고 한다. 반면 맬러리와 에베레스트 위원회는 사고 이후 더 많은 돈을 모금할 수 있었고, 이를 발판으로 다시 에베레스트로 향했다. 물론 두 번째에는 맬러리도 에베레스트에서 살아 돌아오지 못했지만.

이렇듯 이 책이 바라보는 히말라야 등반은 하인들의 손을 빌리지 않고는 스스로 아무것도 하지 않았던 영국 '신사'들이 만들어낸 스포츠라는 인식에서 출발한다. 그들의 습관은 산에서 조금도 달라지지 않았다. 그래서 히말라야로 갔을 때 짐꾼이 되고 가이드가 된 셰르파족이 필요했다. 그 이전 알프스에서는 산기슭에 살던 스위스의 농부와 목동들이 산을 안내했다. 하지만 알프스의 안내인과 달리 피부색이 다른 셰르파족의 처지는 가혹했다.

그런데 로레탕이 스위스의 산악 가이드였다는 것을 떠올리니 전혀 새로운 부분들이 눈에 들어왔다. 최초로 에베레스트에 오른 셰르파 텐징 노르가이가 어떻게 변해왔는가를 분석하는 부분이다. 그는 이전까지 '기술도 없고 경험도 부족한 일상 노동자였을 뿐'이던 셰르파들을 '설산의 호랑이'로 다시 태어나게 한 영웅이었다.

안내인들이 히말라야에 오게 되었다. 그리고 먹고살기 위해 보통 직업을 가지고 일을 해야 했던 헤르만 불과 에드먼드 힐러리 같은 사람들이 오게 되었다. 그들은 앞서 왔던 신사들보다 더 굶주려 있었다. 맬러리, 어빈, 에반스, 보어딜런은 옥스퍼드나 케임브리지를 다닌 사람들 가운데 가장 강한 사람에 속했다. 불, 힐러리, 그리고 텐징은 전 세계의 노

동자들 가운데에서 가장 강한 사람에 해당했고, 신사들보다 노동자들이
훨씬 더 많았다.　　　　　　　　　　　　　—『셰르파, 히말라야의 전설』398쪽

저자는 1950~1956년 사이에 거의 모든 히말라야의 거봉들이 등정
된 것은 장비가 개선된 때문이기도 하지만 가장 중요한 원인은 '사람'
이었다고 했다. 특히 1952년 에베레스트에 온 스위스 원정대가 이전까
지 신사들로 꾸려진 등반대와는 확연히 다른 사람들이었다는 것이다.

텐징은 주로 에베레스트를 자신들의 영토라 생각하는 영국인들('초
모룽마'나 '사가르마타'라는 현지명을 무시하고 그 산의 높이를 잰 측량기
사 조지 에베레스트의 이름을 산명으로 정한 오만함을 생각해 보라)과 등
반해 왔는데, "스위스 사람들이나 프랑스 사람들은 나를 동료 또는 동
등한 사람으로 대해주었으나, 영국인들에게는 결코 그런 것을 기대할
수 없었다"라고 회고했다.

그들 중 "텐징이 가장 이끌린 스위스 등반가는 레이몽 랑베르였다.
랑베르는 안나푸르나의 프랑스 등반가들처럼 산악 안내인이었다." 또
그해 텐징의 동료인 "셰르파인 포터들에게 정말 감명을 준 것은 스위
스 사람들이 가져온 의복과 장비의 질"이었다. 스위스 사람들은 이전
원정대와는 달리 자신이 사용했던 것과 똑같은 장비를 고소 포터(고소
캠프까지 짐을 나르는 사람)에게 지급했다고 한다.

텐징은 랑베르와 함께 네 명의 정상 공격조 가운데 한 명이 된다. 그
들은 주인과 고용자가 아니라 동등한 친구로 한 텐트를 썼다. 정상을
300여 미터 남겨놓고는 랑베르와 텐징 둘 만 남았고, 침낭도 없이 텐트

에서 서로의 몸을 비비고 두드려주며 혹한의 밤을 견뎠다. 랑베르는 이미 알프스에서 동상에 걸려 발가락이 하나도 없는 상태였지만 텐징은 멀쩡했다. 랑베르는 성한 텐징의 발가락을 조심하라고 진심으로 걱정했다. 텐징은 감동했다. 그러나 이튿날 두 사람은 정상 220미터 아래서 멈추었다. 이들이 계속 갔다면 분명 에베레스트에 오른 첫 번째 팀이 되었을 테지만 살아서 되돌아올 수는 없었을 것이라고 책은 말한다.

셰르파의 말을 배우고 그들과 함께 생활하며 수많은 사람들을 인터뷰한 저자는 텐징을 가장 잘 아는 조카 나왕 곰부에게 물었다. 왜 텐징이 가장 높은 봉우리의 정상에 오른 첫 번째 셰르파가 되었는지. 텐징은 다른 셰르파들과 달리 돈을 벌기 위한 목적 외에 스스로 정상에 오르고 싶어 했던 첫 번째 셰르파였기 때문이다.

> 나왕 곰부는 ……진짜 이유는 레이몽 랑베르 때문이라고 말했다. "당신이 새로운 종류의 사람과 일하고 그들과 친구가 될 때, 그것은 자신이 누구인가 하는 생각을 바꿉니다"라고 곰부는 말했다. "당신은 스스로에게 '나도 저렇게 될 수 있다'라고 말하게 됩니다. 그것이 텐징에게 일어난 변화입니다. 레이몽 랑베르는 그를 친구로, 동등한 인간으로 대했고, 텐징은 스스로에게 '나도 레이몽 랑베르처럼 될 수 있다'고 다짐한 거죠."
>
> ─『셰르파, 히말라야의 전설』357쪽

랑베르와 정상을 목전에 두고 산을 내려와야 했던 텐징은 이듬해, 영국 원정대의 셰르파로 다시 에베레스트를 오른다. 그는 에드먼드 힐

러리와 함께 정상으로 향하며 랑베르의 붉은 스카프를 목에 둘렀다. 친구를 끔찍이도 그리워하며 마지막 도전에 그와 함께하기를 바란 것이다. 결국 최초로 세계 최고봉에 오르도록 한 것이 권력이나 경제력보다 인간애의 힘이었다고 본다면, 역시 등산은 멋진 일 아닌가.

그러나 텐징이 정상에 오르려고 할 때, 다른 셰르파들은 미치광이라며 그를 욕했다. 죽을 것이고 만에 하나 성공한다면 더 이상 원정대들이 찾아오지 않아 자신들은 일자리를 잃을 것이라 걱정했기 때문이다. 그럼에도 텐징은 셰르파의 이름으로 정상에 올랐고, 결과적으로는 더 많은 원정대들이 찾아오게 해 동포들의 일자리를 늘렸다.

이제 에베레스트 베이스캠프는 더 이상 '고독의 무대'가 아니다. 전화와 인터넷이 들어오고 사람들이 몰려드는 번잡한 곳이 되었다. 그것이 셰르파와 그들의 고객 중 누구에게 더 좋은 일일까, 또 과연 좋기만한 일일까.

다시 로레탕을 생각한다. 산악 가이드였던 그가 히말라야에서 항상 '가볍고 빠른' 알파인 스타일을 고집했던 것은 돈 때문이기도 했다. 히말라야에서 알프스를 등반할 때처럼 장비와 시간을 단축하는 것은 늘 경제적인 문제와 직결된다. 그래서 방한 기간 중 가진 기자회견장에서는 이런 말을 하기도 했다.

"알피니스트는 두 그룹이 있다. 단지 산이 좋고 도전 정신 때문에 산에 가는 사람과 자기과시욕에 산소통과 좋은 장비로 무장하고 가는 사람이다. 나는 두 번째 부류에는 가치를 두지 않는다."

덧붙여 자기과시욕과 허영심이 히말라야를 상업화시켜 젊고 가난한 알피니스트들의 도전을 방해한다고도 했다. 그런 사람들 때문에 산에 가는 비용이 너무 비싸졌다고.

물론 로레탕의 탄식은 주말이면 인파가 몰려드는 집 근처에 있는 북한산에서도 똑같이 통한다. 그곳에는 히말라야를 오르기에도 부족함이 없는 첨단 소재의 옷과 최신 장비로 무장한 사람들이 적지 않다. 그래서 어느 순간엔가 산이 거대한 헬스클럽처럼 둔갑하고 값비싼 회원권을 요구하는 것처럼 보이기까지 한다.

그럼에도 불구하고 사람들이 가진 부와 권력과는 아무 상관없이 오직 자신의 두 다리로 걸어 올라가는 것이 등산의 본질이라는 점은 변함이 없다. 만일 지치지 않는 무쇠 로봇 다리로 갈아 끼우고 산정까지 한달음에 뛰어올라갈 수 있는 미래가 온다고 해도 지금처럼 산이 우리들 가슴을 뛰게 하지는 않을 테니까.

2장
——

느리고 깊게 산을 읽다

... 산과 책

우리 안의
'오래된 미래'

... 산사람의 집, 안치운과 강운구·김원의 『한국의 고건축: 내설악 너와집』

같은 책을 여러 번 사게 되는 경우가 있다. 그런 일이 잦다면 분명 행복한 사람이다. 선물하지 않고 배길 수 없는 좋은 책 한 권을 만나는 기쁨, 그리고 그 책을 주고 싶은 친구가 많다면 행복하지 않을까.

연극평론가 안치운 씨는 대학 1학년 때 『한국의 고건축』이라는 책을 처음 만났다고 했다. 제2차 석유파동 때문에 사는 게 더욱 고단했을 1978년에 처음 나온 사진집이었다. 당시 책값 4,500원은 만만치 않았을 금액이다. 국립대학 등록금이 11만 9,600원, 삼양라면 한 봉은 50원일 때였다.

그는 용돈을 모아서 한 권 한 권 어렵게 '한국의 고건축' 시리즈를 사 모았는데, 친구들에게 한 권 두 권 선물하다 보니 같은 책을 여러 권

사기도 했다. 그러나 헌책방에서조차 더는 책을 찾을 수 없게 된 지금은, 표지 귀퉁이가 닳고 찢어진 것을 투명 테이프로 붙인『한국의 고건축: 내설악 너와집』한 권만 고이 간직하고 있다. 대신 꼭 필요한 사람에게는 이 책의 복사본을 만들어 선물한다고 했다.

한국의 고건축 시리즈는 사진작가 임응식이 찍은 비원, 경복궁, 종묘, 칠궁, 소쇄원과 주명덕의 수원성과 함께 강운구가 찍은 너와집을 담은 사진집이다. 그중 내설악에서 찍은 너와집 사진들이 산을 높게만 바라보던 그에게 '넓게 또 깊이' 볼 수 있게 만들었다고 했다. 젊은 날의 안치운도 사물의 가치를 알아보는 눈빛이 예사롭지 않았을 터인데, 그가 아버지가 되고 대학에서 연극을 가르치는 교수가 된 이즈음까지 내설악 너와집이 담긴 책을 소중히 간직하고 있는 이유라고 했다.

내게는 안치운 역시『그리움으로 걷는 옛길』이라는 책에서 산길을 걷는다는 행위가 얼마나 깊은 사색과 성찰을 하게 해주는 일인지를 일러준 사람이었다. 책에서 먼저 만난 그는 지금은 사라진 오지 마을의 옛길들을 찾아다니고 있었다. 북한산의 바윗길까지 소개한 것을 읽고는 천상 산사람인 그가 반가우면서도 많이 궁금했었다. '서재의 등산학'이라는 제목으로 산과 자연에 대한 책읽기의 즐거움을 따로 적어 넣은 것도 예사롭지 않았다.

그런데 "산행은 입술로 말하는 것이 아니라 발로 걸으면서 경험하는 지성의 한 형태이다"라고까지 말했던 그에게 산에 대한 혜안을 열어준 책이라고 하니『내설악 너와집』앞에 눈이 번쩍 뜨일 수밖에 없었다.

"난 이 사진을 보면 집 뒤로 숲을 따라 산으로 이어지는 길들이 제일 먼저 눈에 들어와요."

그는 토요일 오후 대학로의 한 찻집에서 커다란 머그잔 가득 부은 커피를 계속 리필해 가면서 사진집의 책장 하나하나마다 얽힌 이야기를 들려주었다. 하지만 굳이 그가 말을 보태지 않더라도 책 속의 흑백 사진 스스로 참 많은 이야기를 하고 있었다.

"이 집에 찾아갈 때면 방값 대신 장에 들러 고기나 필요하다 싶은 걸 사 가지고 갔어요. 어린 딸아이가 있어서 그네도 밀어주곤 했는데 다들 어떻게 되었을까."

지금처럼 백담사까지 시멘트가 덮이기 전, 몇몇 아는 산사람들끼리 은밀하게 내설악을 드나들던 때, 그 산에 있던 너와집들 이야기였다. 너와집에 사는 사람들은 멀리서 찾아온 이들에게 기꺼이 방을 내주었다고 했다. 그 시절 설악산은 지금 히말라야만큼 멀고 아득했으리라. 마당 가득 도라지꽃이 활짝 핀 어느 집 처마에는 그곳을 드나들던 산악부의 페넌트들이 빨래처럼 걸려 있는 사진도 눈에 띄었다.

> 이들의 눈은 항상 산을 향한다. 가난하지만 공허하지 않고 단순하지만 무의미하지 않은 완강한 삶을 지닌다. 그 골짜기에는 그들이 필요한 것이 모두 있다. 유랑민들이지만 그곳을 고향처럼 생각하고 그곳을 배반하지 않게 하는 자연의 모성 같은 것이 남아 있다.
>
> —『내설악 너와집』 47쪽

이들은 누구일까. 어느 청연한 알피니스트의 초상일까. 아침마다 동

트는 쪽을 향해 기도하고 '덮개와 망태와 바를 둘러메고 약초와 심을 찾아 산을 헤매는' 사람들이었다.

'소나무와 전나무 굵은 것을 통으로 자르고 결대로 쪼개어 만든 널로 너와를 만들어 물푸레 줄기나 칡넝쿨로 엮어 서까래에 얹고 모난 돌로 지붕을 고정시킨 집, 너와의 틈 사이로 하늘이 보여도 비가 새지 않는 집, 살아 숨 쉬는 흙과 나무가 어울려 호흡하는' 내설악 너와집의 주인은 심마니다.

소나무와 산양과 금강초롱과 똑같이 설악의 한 식구였던 사람들. 집은 주인을 닮는다는데, 하물며 주인이 손수 지은 집은 그의 몸과 마음과 생각이다.

　　흙 속에 뿌리를 박고 있지 않지만 흙과 바람 속에 어우러져 숨 쉬고 있기 때문에 그것은 살아 있다. 　　　　　　　　　　─『내설악 너와집』 46쪽

영시암에서 수렴동계곡을 따라 백담사까지 이어지는 내설악의 골짜기를 따라 점점이 흩어져 있던 너와집에 대해 글을 쓴 김원은 이렇게 말하고 있다. 그 흔한 소나무들처럼 그 집도 산에 살아 있는 생명체라고.

이런 눈으로 너와집을 읽어내고 글로 쓴 사람 또한 예사롭지 않게 보였다. 그는 직접 이 책을 펴낸 출판사 대표이자 건축가였다. 그가 서른다섯 살에 만든 『한국의 고건축』이라는 사진집은 건축에 대한 김원의 고집을 담은 작업이었다.

건축 사무소와 똑같은 이름으로 '광장'이란 출판사까지 만들어 책을

낸 것을 보아도 그렇다. 베르사유나 로마의 고건축 같은 것에만 경도
돼 있던 우리 건축계에 던지는 젊은 건축가의 외침이다. 종묘나 경복
궁, 소쇄원, 수원성같이 그 시대 최고의 과학 기술과 미의식이 집약된
건축물들 사이에 이름도 없는 심마니들이 지은 산막을 당당하게 끼워
넣은 것이다. 김원은 그 이유를 이렇게 설명했다.

> 너와집은 한국인이 人工的으로 어떤 環境을 만들어 그들 생활을 덮고
> 가리우지 않으면 안 될 때, 本能的으로 행해지는 하나의 儀式이라고 보
> 기 때문이다.　　　　　　　　　　　　　　　　　—『내설악 너와집』 47쪽

너와집이 생활을 덮고 가리기 위한 본능적인 의식이라는 이야기가
내게는 의식(衣食)이자 의식(意識)으로도 읽혔다. 그 집은 그곳에 사는
사람이 어떻게 입고 먹고 살아가는가를 모두 말해 주고 있었다.

설악산 깊은 곳 너와집에서 잠을 자는 것은 그저 내 몸 하나 겨우 덮
고 가려 한기만 막고서 하늘과 바람과 별과 함께 잠드는 산중 비박과
다르지 않을 것 같다. 너와집이 살아 있던 시절 그 산에 들어가 본 사
람들이 부러웠다. 일상에서 멀리 떨어진 너와집이란 별천지에 몸을 누
이면서 그들이 느꼈을 법한 안온함을 나는 가까스로 짐작만 해본다.

설악의 나무들로 불을 지핀 아궁이가 덥힌 방구들의 온기와 문을 열
면 코끝이 아리도록 차가운 아침 바람, 그리고 툇마루에 앉아 기대던
기둥의 손때 묻은 나뭇결을 한 번이라도 느껴 보았으면……. 고작 오
래된 폐사지처럼 수풀만 우거진 곳에 남은 주춧돌을 보며 사라진 집과

사람들의 꿈을 그려보는 일이 안타까웠다.

나는 설악산에 너와 지붕을 얹은 수렴동 산장에 가보긴 했지만 책 속 풍경과는 너무 멀었다. 그곳은 이미 너무 번잡했다. 심마니로 생계를 꾸려가면서 내설악 산악구조대로도 자원봉사를 하던 사람의 길 안내로 설악산에 있는 만경대 세 곳을 찾아다닌 적도 있었다. 그는 오세암에서 내려오는 길에 송이밭까지 알고 있는, 설악의 속살까지 훤히 들여다보는 사람이었다. 하지만 그도 이제는 너와집이 아닌 콘크리트로 지은 집에서 살고 있었다. 또 겨울에만 서울에 올라와 택시를 몬다며 자신을 설악산 심마니라고 소개하는 기사를 만난 적도 있다.

산삼은 지금도 계속 씨를 흩뿌려 산자락 구석구석에서 잘도 돋아나는데 심마니들이 뿌리내린 너와집은 왜 사라졌을까. 너와집을 지을 줄 모르는 심마니들은 이미 그 옛날의 심마니가 아닌 것 같았다.

『내설악 너와집』을 책으로 남긴 김원은 그 당시에도 "생명을 지닌 너와집이 곰이나 산양처럼 보호되지 않아 멸종되어 가고 있는 것"이라고 안타까워했다. 강운구가 찍은 사진들이 없었다면 이런 그리움마저 사장돼 버렸을 것이다.

나는 안치운에게 책을 빌려 머리맡에 두고 한 달 내내 틈 날 때마다 펼쳐보았다. 그러다 더는 서점에서 구할 수 없는 이 사진들이 다행히 『강운구 마을 삼부작』에 다시 실려 있는 것을 내 책꽂이에서 확인하고 얼마나 기뻤는지 모른다. 하지만 강운구가 새 책의 서문에 "시간과 겨루기에서 슬프지 않은 것은 없다"라고 썼던 것처럼 나 또한 '사진에 화석 같은 흔적만 남기고 사라진 것'들 때문에 슬펐다.

헬레나 노르베리 호지의 『오래된 미래』는 멀리 라다크에만 있지 않았다. 그녀의 책이 유독 우리나라에서 그렇게 인기가 많다는 사실만으로도, 우리가 무엇을 잃어버렸는지 똑똑히 알고 있다는 뜻으로 읽혔다. 자연의 일부로 살아온 티베트나 인디언들의 삶의 지혜를 다룬 책들이 인기를 끄는 것도 서글프기는 마찬가지다. 유행처럼 떠드는 '웰빙'이니 '영성'이니 하는 모든 것들이 새마을 깃발 아래 허물어버린 설악산 너와집 속에 불과 20~30년 전까지 고스란히 남아 있었다니.

그래서 한 장 한 장 책장을 넘기며 너와집이 '살아 있던' 시절의 산을 그려보는 일도 씁쓸했다. '잘 살아보세'라는 구호 아래 오래된 가치들을 무참히 쓸어버린 것은 열등감 때문은 아니었을까. 이제 와서 네팔이나 티베트로 잃어버린 고향을 찾아 우르르 몰려다니는 우리의 모습이 부조리하게 느껴졌다. 산악인은 남들이 쉽게 갈 수 없는 곳에 먼저 발길이 닿는 만큼 환경에 대한 책임감도 남달라야 한다는 말도 떠올랐다.

그런데 내가 만나는 전문 산악인들 가운데에는 우리에겐 좋은 산서(山書)도, 빼어난 필자도, 열정적인 독자도 없다는 푸념을 입버릇처럼 쏟아내는 사람들이 많았다. 하지만 나는 『내설악 너와집』을 보면서 그 또한 서구 알피니즘에 대한 열등감 때문에 하는 말처럼 들렸다. 산을 '높이'로만 바라보기 때문에 낮지만 깊고 넓은 우리 산의 세계를 이해하지 못한 것 아닐까.

알피니즘은 거대한 산의 빛나는 한 조각일 뿐이다. 나는 비로소 산책(山冊)이 알피니즘을 뛰어넘어 산을 다룬 모든 책, 심지어 산을 연상하게 하거나 산을 닮은 사람의 이야기까지도 담은 것이라고 새롭게 이해하기 시작했다. 『내설악 너와집』이 내게도 그런 혜안을 열어준 것이다.

그렇게 생각하니 그 책의 가치를 읽어낸 사람과 책을 만들어 세상에 내놓은 사람 모두가 달리 보였다. 결국은 이 책이 나중에 안치운과 김원을 한자리에서 만나게 해주는 인연을 선물하기도 했다. 김원 씨는 책의 진정성을 알아주는 독자를 만났다고 기뻐하며 출판사에도 몇 권 남아 있지 않던 『내설악 너와집』을 선물로 주었다. 그러면서 너와집에 살던 심마니들로부터 자신의 건축 수업이 시작되었다고 했다. 경기중학교와 서울공대 산악부 시절, 설악산에서 만난 심마니들이 땅기운이 단 곳을 알려주었기 때문이다.

"산에서 심마니 아저씨들이 일러주는 곳에 천막을 치면 한겨울에 덮을 것이 없어도 춥지 않았어요. 다음 날 아침 몸이 뻐근하거나 힘에 부치는 일도 없었죠."

너와집 주인들은 대학에서 배운 건축입지론보다 훨씬 과학적인 지식을 온몸으로 체득하고 있었다는 것이다. 또 그는 '어디에 사는가는 어떻게 사는 것인가'를 말해 준다는 건축철학도 심마니의 산에서 배웠다고 했다.

'미래는
과거로부터 오는 것'

... 산악운동의 자부심, '그때 그 사람들'의 《山岳》

대구 효목도서관 어린이실에서 하루 종일 책과 씨름하는 사내가 있었다. 도서관 근무는 육체적인 힘을 써서 진짜 '씨름'을 해야 할 때가 많다. 나는 학창 시절 도서관에 아르바이트 자리가 났을 때 우아한 상상을 하며 일을 시작했지만 실상은 하루 종일 책에 드릴로 구멍을 뚫거나 무거운 짐을 져 날라야 했다. 그때 구멍이 뚫리던 책들은 단단한 나무토막과 다를 바 없었다. 실제 드릴 날이 회전하면서 일으키는 마찰열 때문에 종이가 타 들어가기도 했는데 모닥불 냄새가 났다.

김경종 씨를 처음 만났을 때, 도서관에서 근무한다는 말 때문에 아득한 기억 속에서 가라앉아 있던 그 냄새가 떠올랐다. 그에게도 고상한 마음의 양식들이 때론 버거운 짐일 수도 있겠다는 생각이 들었다.

하지만 그는 산 때문에 즐겁게 일한다고 했다. 산과 관련된 새 책이 출간되면 전국의 도서관 홈페이지마다 들어가서 희망 도서 신청을 하느라 바쁘다고 했다. 누가 시켜서 하는 일도 아니다. 잘 팔리지도 않는 산책을 도서관에서라도 사주길 바라는, 산 사나이의 순정이었다. 과연 산에서 내려와 하산주(下山酒) 대신 도서관 책장 속에서 산책 한 권을 뽑아 들 사람이 얼마나 될까 싶은데 그는 이렇게까지 말했다.

"당장 사람들이 읽지 않아도 도서관에 책이 있다는 게 중요합니다."

산책은 1년에 몇 권 나오지 않는다. 그나마 분명 초판만 찍고 시장에서 사라질 것이 많은데, 어디선가 폐지 수집상의 손에 근수로 팔려가거나 불쏘시개로 쓰이기 전에 도서관에 '모시고' 싶은 게 그의 마음이었다. 그것이 자신이 할 수 있는 산에 대한 최소한의 예의라고 생각하는 것 같았다.

그를 만난 것은 2004년 여름 팔공산을 오를 때였다. 8월에 대한민국에서 무더위로는 둘째가라면 서러워할 대구에서 그것도 팔공산 종주라니. 파계사에서 톱날능선을 거쳐 서봉－동봉－병풍바위－관봉까지 이어지는 주능선 위로 지도에 마루금을 그어보며, 산을 오르기도 전에 진땀부터 흐르던 곳이었다. 아침 8시부터 파계사로 향하는 아스팔트가 이글거리듯 뜨거웠다.

그는 전날 밤 오를뫼산악회 하계 캠프로 갔던 설악산에서 내려왔는데 이튿날 아침 다시 배낭을 꾸려서 팔공산으로 찾아올 정도로 열정적이었다. 서울서 내려온 촌놈들에게 고향의 팔공산을 소개하는 것이 자랑스럽지 않고서야 어떻게 휴가 마지막 날 그 수고로운 산행을 마다하지 않을 수 있겠는가.

우리는 파계재에서부터 산행을 시작했지만 '대구 사람이라면 진정한 팔공산 종주는 파계봉 뒤쪽 한티재 너머 가산에서부터 출발한다'고 해서 처음부터 내 가슴을 오그라들게 했다. 속으로 내가 대구 사람이 아닌 게 얼마나 다행인가 싶었다. 가산에서 팔공산 사이를 대구에서 군위로 넘어가는 팔공산 순환도로가 두 동강을 내놓았어도, 도로보다 먼저 산길을 따라 걸었던 산사람들에게는 산은 절대 맥이 끊어지지 않는다는 신념 같은 게 느껴지는 말이었다. 김경종 씨의 오를뫼산악회 신입회원 신고식도 관봉에서 가산까지 팔공산 무박 종주로 치른다고 했다.

"토요일 일찍 출발해서 일요일 해 떨어질 때 가산산성에 떨어지는데 거서 살아남으몬 산악회 활동 계속합니더."

산악회의 전통에 대한 자부심이 가득 담긴 말이었다. 우리는 그때 파계재에서 관봉까지 1박 2일로 유유자적 걸었을 뿐이다. 산 아래 사람들이 열대야로 잠 못 이루는 밤, 팔공산은 서늘하다 못해 한기가 들었고 선뜻한 뭇별들이 머리 위로 화살처럼 쏟아져 내렸다.

꿈같은 산행을 함께한 그가 팔공산 갓바위 부처보다 신심을 갖게 하는 책 한 권을 소개해 주었다. 원본이 없어서 선배들 것을 복사해서 봤다는 책은 대구 지역 고등학생과 대학생들의 모임인 경북학생산악연맹의 회지 《山岳》이었다. 김경종 씨는 오를뫼산악회 30년사를 편집할 때 대구 지역 산악운동의 역사를 들추어보면서 곳곳에서 《山岳》에 대한 기록을 만났다고 했다. 나이 지긋한 선배들이라면 한 권씩 보물처럼 가지고 있었는데, 복사를 허락해 준 선배는 도서관에 있는 책을 다

주어도 바꾸지 않겠다고 할 정도였다고 한다.

　나는 팔공산 종주를 마치고 서울에 올라와 대구 출신 원로 산악인 박재곤 씨로부터 책을 빌려 보았다. 대학 시절 《山岳》의 편집을 맡았던 사람이었다.

　노신사는 이 책을 주기 위해 사무실까지 직접 찾아왔는데, 그의 가방에서 꺼낸 책은 플라스틱 파일 케이스 안에 비닐로 정성껏 싸여 있었다. 〈TV 진품명품〉 같은 프로그램에 나올 법한 장면이었다. 빛바랜 표지가 너덜너덜해져 테이프로 책등을 붙여놓았고 닳을 대로 닳아 책갈피가 부서질 것 같았다. 그런 보물을 택배나 퀵서비스 기사 손에 맡길 수 없다는 것을 책을 만지는 그의 손길이 말해 주고 있었다. 자신의 보물을 알현해 줄 사람이 있다면 어디든 모시고 달려갈 수 있을 사람 같았다.

　책에선 역한 잉크 냄새 대신 나무 향기가 났다. 한 글자 한 글자 숙련된 식자공의 손길이 느껴지는, 오래된 책 특유의 향기.

　그러나 내 나이보다도 오래된 책을 펼치면 솔직히 머리가 아픈 게 사실이다. 세로쓰기에 한자투성이고 미터를 '米' 자로 표기하는 등 맞춤법이나 외래어 표기도 달랐다. 그렇지만 그 낯선 것들 때문에 새록새록 맛이 나는지도 모르겠다.

　《山岳》은 '산생활 ABC', '산과 위생' 같은 산악 이론에서부터 '미국 등산계의 발전 상황', '산 문학 순례'까지 관심의 폭도 다양했다. '제주도에서 채집한 곤충 목록', '팔공산 식물에 대한 연구'처럼 대부분의 산악 활동이 국토 조사나 학술 조사 명목으로 치러졌던 시대상을 읽을 수도 있었다. 한 지역 대학 산악부 모임의 회지가 이 정도라니, 도대체 이 책을 만든 무시무시한 사람들은 누구일까 입이 다물어지지 않았다. 아무리 우리 산악운동이 일제 때부터 소수 엘리트 집단에서부터 출발했다고 하지만 상상했던 것 이상이었다.

> 한밤중에 「리-더」로부터 철수 준비 비상 대비의 명령이 나렸소. 영하 二十九度 . 한난계의 눈금이 모자라 몇 度인지 요량할 수가 없소. 지금 영하 三十度로 훨씬 내리고 있소. 해발 千五百六十米, 둘러보아야 휘덮인 눈 속의 산과 산, 太白山脈……
> ―《山岳》145~147쪽, 이근후, '零下三十度에서 落書: 太白山脈에서 H兄에게'

'영하 30도에서 낙서'를 한다고 쓴 이근후 선생은 훗날 산악 잡지에 네팔 이야기들을 들려주던 내가 담당하던 필자였다. 엄숙한 책의 분위기에 압도되었다가 아는 사람의 이름을 만나니 숨겨둔 연애편지를 발견한 것처럼 반가웠다. 그는 1982년 마칼루 학술원정대 일원으로 첫발을 디뎠던 히말라야와의 인연을 지금까지 네팔 의료봉사와 문화 교류 등으로 이어오고 있는 산악계의 원로인 신경정신과 의사다. 그의 청춘이 빛나던 산으로 타임머신을 타고 들어가는 듯했다.

그뿐 아니라 어디를 펼치든 행간 하나하나에 무수한 단상들이 스쳐 지나갔다. 《山岳》은 한 번 보고 덮어둘 게 아니라 잠 못 드는 밤마다 머리맡에서 곶감 빼 먹듯 읽어 내려가며 오래 음미해야 할 그런 책이었다.

책이 나오고 40여 년이 훌쩍 지났다. 그때 그 산사람들의 추억 속의 산은 그대로일지 몰라도 현실의 산은 많은 것이 변했다. 전쟁의 참화가 휩쓸고 지나간 뒤 굶주린 사람들마냥 헐벗었던 산, 우선 그 붉은 산들이 푸르러진 게 가장 큰 변화다. 우리가 방풍 투습 기능의 기능성 등산복으로 갈아입은 것처럼 산도 천연의 숲을 입고 철 따라 치장을 할 수 있게 되었다.

《山岳》을 들여다보면 지금은 당연한 듯 보이는 푸른 산이, 등산조차 구국운동처럼 여기던 사람들의 노력으로 이루어졌다는 사실이 도드라지게 읽혔다.

山에 가는 사람이 自己가 쓸 火木을 륙삭에 매고 갔다면 보지 못한 사람은 거짓이라 할 것이고 본 사람이라면 웃었을 것이다. 그러나 岳人이 燃料와 火木을 울러 매고 山에 간다는 것은 儼然히 살아 있는 事實임에 틀림없다.　　　　　　　―《山岳》 48~54쪽, 박재곤, '學生山岳運動의 當面課題'

그러면서 산을 해치는 사람들을 '人蟲(인충)'이라 고발하며, '륙삭'에 나무 심을 삽을 넣어 가지고 다니자 하고, "모름지기 산에 가는 사람은 선량해야 하며 사회에 害보다 利"를 가져올 수 있어야 한다고 열변을 토하고 있다. 책 속에 등장하는 사람들에게 산천에 대한 절절한 사랑과 의무감에 불타는 지사(志士)적 열정마저 느껴진다.

《山岳》의 원고들이 쓰여지던 때는 4·19 혁명 직후였다. 그 잔불들이 불씨가 되어 새로운 세상에 대한 열망으로 온 나라가 달아오르던 시절이니 산사람들의 펜에도 무게가 실리는 것은 당연한 일인지도 모른다. 그런 열기가 군홧발에 무참히 짓밟히기 직전에 책이 인쇄되어 나왔다. 1961년 5월 10일 발행본이다.

더구나 대구는 당시 4·19의 도화선이 되었던 고등학생들의 2·28 학생의거가 있었던 곳이다. 역사에서 가정이란 무의미하지만, 온 국민을 자기 식대로 가르쳐야겠다는 신념으로 똘똘 뭉친 일본군 장교 출신 대통령이 아니었다면, 우리 산악 문화도 좀 더 자유롭고 풍성해지지 않았을까 하는 생각도 해보았다.

굳이 대구가 아니더라도 그 시절 청년 학생이라면 누구나 양어깨에 집안과 민족의 운명에 대한 무거운 짐이 지워졌을 사람들이다. 등산에서조차 온전히 즐거움만 찾을 수는 없었을 것이다. 《山岳》은 그런 사람들의 자존심으로 보였다. 하지만 이 책은 아쉽게도 창간호를 끝으로 더 이상 세상에 나오지 못했다.

전국이 오로지 '서울과 그 주변'만 있고, 권력과 부가 한곳에 집중되어 있는 불구 같은 땅에서 오늘 나는 염려한다. 이렇게 자기 지역의 자긍심을 높여줄 수 있는 책이 다시 나올 수 있을까. 지역의 학교들이 활력을 잃어가는 안타까운 현실이 산악운동에서도 결코 예외는 아니기 때문이다.

이 책을 처음 본 그 무렵 10·26 박정희 대통령 암살 사건을 다룬 임상수 감독의 영화 〈그때 그 사람들〉 때문에 잠시 세상이 소란스러웠다. 그때 그 대통령의 아들이 아버지 명예를 훼손했다며 법원에 영화 상영금지 가처분 신청을 냈기 때문이다.

당시 유일하게 영화관 앞에서 상영 반대 시위가 벌어진 곳이 대구라는 것도 재미있었다. 나는 영화를 통해서라도 '그때 그 사람들'의 이야기는 더 많이 알려져야 하지 않을까 생각하면서 《山岳》에 담긴 '그때 그 산(山)사람들'의 기록도 자꾸 읽고 되새겼으면 좋겠다고 생각했다. 우리는 늘 역사를 통해 취해야 할 것과 버려야 할 것을 생각하면서 살아야 하는 것 아닐까.

책장을 넘기는 동안에도 책갈피의 종이 비늘들이 많이 떨어져 나갔다. 나이 들수록 가벼워지는 노인의 몸을 만지는 기분이었다. 잉크가 마르면서 수분이 빠져나갈 것이고 종이가 닳는 만큼 무게가 줄 것이다. 그렇지만 책 속에 담고 싶었던 젊은 산사람들의 정신의 무게는 변함이 없었다.

새 책이 홍수처럼 넘쳐나는 세상에서 굳이 낡고 해묵은 책장을 들추어 읽는 이유를 나는 신영복 선생의 책 『강의: 나의 동양고전독법』에서 찾았다. 그는 1968년 '그때 그 사람' 때문에 무기징역을 선고받았던 사람이다.

미래는 과거로부터 오는 것입니다. 미래는 외부로부터 오는 것이 아니라 내부로부터 오는 것입니다. 변화와 미래가 외부로부터 온다는 의식이 바로 식민지 의식의 전형입니다. 권력은 외부에 있기 때문입니다. 그곳으로부터 바람이 불어오기 때문입니다.

—『강의: 나의 동양고전독법』 77쪽

나는 늘 그 산에
가고 싶다

... 지리산과 사람들, 최화수와 김경렬의 『다큐멘타리 르포 智異山 1·2』

지리산을 생각하면 가슴 한구석에 무거운 추를 매단 것처럼 불편하던 시절이 있었다. 그 산에 가보기도 전에 "나는 저 산만 보면 피가 끓는다"라는 노래를 배웠고, 『태백산맥』 같은 책을 먼저 읽었기 때문이다. 소설가 선배 중에는 부모가 활동하던 지리산과 백아산에서 한 글자씩 따서 이름을 지었다는 빨치산의 딸도 있었다. 그래서 지리산은 자연 그대로 온전히 산을 만나기도 전에 반역과 저항, 피비린내 나는 역사의 상징으로만 무겁게 어깨를 짓누르고 있었다.

대학교 3학년 여름방학 땐가 근현대사를 함께 공부한 선후배들과 지리산 종주를 가기로 한 적이 있다. 등산이라고는 해본 적 없는 학생들끼리 난생처음 산에 가려고 하니 의견이 분분했다. 산에 갈 것인지 말

것인지, 가면 어떻게 갈 것인지. 지리멸렬한 토론이 말싸움이 될 지경이었다.

결국 사공 많은 배는 각자의 자취방에 있던 솥이랑 휴대용 가스레인지 따위를 싸들고 남부여대한 피란민들처럼 우르르 산으로 몰려갔지만 나는 슬그머니 집으로 도망쳤다. 생의 첫 지리산 산행 계획은 그렇게 무산됐다.

학교를 졸업하고 첫 직장 여름휴가 때 지리산에 처음 올랐다. 남대문시장에 있는 장비점에 가서 지리산에 가기 위해 텐트와 코펠 등속을 사야 했다. 백무동에서 한신계곡으로 올라가 세석평전과 장터목에서 야영을 하고 천왕봉 일출까지 보았다. 그 속에는 오롯이 산과 나만 있었다.

난생처음 빗속을 뚫고서 오르내린 길고 고된 산길에서는 오직 내 두 다리와 심장이 버틸 수 있는 만큼만 생각도 열리는 기분이었다. 의식은 온전히 근육이 만들어내는 땀과 열기의 산물이라고만 느껴졌다. 지리산에 들면 마음껏 웃고 떠드는 것도 죄스러워 조신한 마음이 될 거라고 주눅 들어 있던 데서 비로소 해방되는 기분이었다. 또 그렇게 흠씬 땀에 젖은 채로 산길을 걸어 내려올 때 묵직한 책 한 권을 읽고, 책장을 덮는 것 같은 기분이 들었다. 만약 지리산이 한 권의 책이라면 얼마나 두껍고 방대할까.

지리산에 미친 두 사내를 책으로 만난 일이 있다. 『다큐멘타리 르포 智異山』이라는 책이 부산에서 소포로 올라온 것은 2005년 봄이었다. 지리산 자락에 진달래가 활짝 필 무렵이었다. 화엄사 일주문에 걸려 있는 편액의 글자를 집자해 제목을 단 책에는 예사롭지 않은 내용들이 담겨 있었다.

책 곳곳에 밑줄이 그어져 있고 더러는 메모도 달려 있었다. 서로 다른 두 사람이 남긴 흔적이었다. 한 사람은 책을 쓴 고 김경렬 선생이고, 뒤를 이어 같은 책에 밑줄을 그은 사람은 『지리산 365일』을 쓴 최화수였다. 나중에 밑줄 그은 사람이 "제겐 지리산에 대해 새롭게 눈을 뜨게 해준 스승이십니다"라고 먼저 밑줄 그은 사람을 소개하면서 빌려준 책이었다.

최화수에게 불과 1950년대 전후에 머물러 있던 지리산에 대한 사회역사적 인식을 청동기시대까지 끌어올려 준 책이라고 했다. 『다큐멘타리 르포 智異山』을 쓴 김경렬은 천 년을 훌쩍 뛰어넘어 산자락에 스며있는 아스라한 흔적들을 더듬어간 사람이었다. 달의 궁전이란 마한의 궁궐터가 여태도 달궁이라는 지명으로 남아 있는 사연, 천년 동안이나 천왕봉을 지켜온 성모석상과 그 신성한 품에 기대었던 뭇사람들의 자취, 그리고 김종직, 김일손, 조식, 이륙으로 이어지는 지리산 정신의 뿌리를 들춰내고 있었다.

1987년 11월과 이듬해 같은 달에 두 권이 연이어 나왔는데, 1권은 '선인들의 발길 따라 500년 뒤에 찾아본 지리산의 어제와 오늘'로 '유두류록(遊頭流錄)'을 따라 오른 '여로편력기(旅路遍歷記)'이고, 2권에는 지리산 개산기(開山記), 지리산 문화의 산실 운상원(雲上院), 지리산 가락국기, 당나라 유학생들의 지리산에 대한 애정, 서산(西山)의 지리산 20년 등이 담겨 있었다.

《부산일보》기자였던 김경렬이 무려 30여 년 동안 지리산 구석구석을 누비며 유물과 옛 문헌을 뒤지면서 새롭게 산을 기록했다고 한다. 그는 1960년대부터 신문에 '지리산 주능선 100리' 등의 글을 연재했고, '대륙산악회와 동아대산악회 등 부산의 산악인들과 지리산 칠선계곡 학술탐사대를 조직'해 생생한 지리산 르포를 써냈다고 한다. 1970년대부터는 15년 동안 지리산 전 지역을 촬영해 여덟 편의 지리산 단편영화까지 만들었다니, 이 정도면 지리산에 미쳤다고 해도 전혀 지나친 표현이 아닐 것이다.

그는 책의 서문에 "어제의 지리산을 조명하면서 오늘의 지리산과도 시공을 같이하여 대화를 시도했다"라고 썼다. 현장 취재와 원고, 사진, 그리고 편집과 디자인은 물론 제작비 조달까지 모두 혼자 힘으로 해결했다고 하니 『다큐멘타리 르포 智異山』은 그의 삶 자체로 보였다.

그러나 지리산과 대화한 한 사내의 인생은 아쉽게도 부산에 있는 작은 출판사에서 최소량만 찍어낸 채로, 몇몇 지인들 사이에서만 읽혔을 뿐 널리 알려지지 않았다. 수없이 지리산 길을 걸었을 그는 자신의 이름이 초야에 묻힌들 크게 아쉬워하지 않았을지도 모른다.

하지만 이 책을 세상에 널리 알리려고 힘쓴 사람이 있었다. 최화수는 『지리산 365일』을 쓴 다음에야 『다큐멘타리 르포 智異山』을 만났다. '미쳐야(狂) 미친다(及)'는 말처럼 그 역시 이미 지리산에 미쳐 있었기에 김경렬이 인생을 걸고 쓴 이 책의 진가를 알아보았을 것이다.

최화수는 1989년 봄부터 《국제신문》에 지리산 이야기를 연재했는데, 그보다 2년 전부터 《우리들의 산》이라는 지리산 잡지를 만들어 산악동호회원들에게 무료로 나누어주고 있었다. 출판 시장에 유료 산악 잡지가 생겨나기도 전에 후원 회원의 도움만으로 통권 85호까지 전문지 수준의 소식지를 발간해 무료로 수천 부를 나누어주었다니, 여간 놀랍지 않았다. 광고비에 의지해 책을 펴내는 잡지쟁이로 밥벌이를 해본 나로서는 모든 게 부러울 뿐이었다. 최화수는 이를 두고 '지리산에 미쳐 간이 배 밖에 나와서 저지른' 것이라고 했다.

이런 행보가 지리산 대선배인 김경렬의 눈에 뜨인 것은 어쩌면 당연한 일이었을 것이다. 최화수가 《우리들의 산》을 펴내던 사무실이 공교롭게도 김경렬 씨 사위가 소유한 건물에 세 들어 있었다고 한다. 정말 우연이었을까, 지리산이 배후 조정 한 게 아닐까 싶었다. 건물주는 장인이 쓴 『다큐멘타리 르포 智異山』을 지리산에 빠진 젊은 세입자에게 선물했고, 결국 그 책 때문에 같은 산에 미친 두 사내가 만나게 되었다고 한다.

이때부터 두 사람은 함께 지리산을 오르내리기 시작했고, 김경렬은 '다큐멘타리 르포 智異山'을 《우리들의 산》에 새롭게 연재하기 시작했다. 맨 처음 김경렬이 선조들의 유두류록을 찾아 지리산을 오른 것처럼, 최화수는 『다큐멘타리 르포 智異山』을 지도 삼아 다시 오르게 된 것이다. 얼마나 멋진 소통인가.

나는 두 남자가 그어놓은 밑줄과 밑줄 사이로 지리산을 읽었다. 1969년생인 내가 30대 중반에 매달 잡지에 산에 대한 르포를 쓸 무렵이었다. 그런데 『다큐멘타리 르포 智異山』은 내 출생신고서보다도 먼저 쓰인 책인 셈이다. 책을 읽는 동안 마치 지리산에 미친 두 남자와

함께 길을 걷는 기분이었다. 묵묵히 홀로 걷는 산길에서 불쑥 책의 구절구절을 가지고 말을 거는 것도 같았다. 나쁘지 않았다.

수많은 산 중에도 지리산에는 사람을 몰두하게 만드는 무엇이 있다. 책 속에 등장하는 수많은 옛사람들부터 그들을 따라 걷는 이들까지, 그 많은 사람들이 지리산을 그리는 까닭이 무엇일까. 요즘 같은 때는 저잣거리의 삶에 환멸을 느껴갈 때, 어머니 젖무덤을 파고드는 어린 짐승들처럼 지리산에 들어가 입에 단내가 나도록 하염없이 걸으려는 사람들의 그 심정을 이해 못 할 바도 아니다.

그런데 일상의 공간과 산속의 풍경이 크게 다를 바 없었을 것 같은 먼 옛날에도 사람들은 왜 꾸역꾸역 지리산으로 찾아갔을까.

책은 천왕봉에 오른 사람들이 비바람과 추위를 견디고 살아남기 위해 서로를 부둥켜안은 채 밤을 보냈다는 정상 토굴에 대해서도 이야기하고 있었다. 무명옷과 맨발이나 다름없는 짚신을 신고 조상들은 왜 원시 밀림이나 다름없던 지리산에 기를 쓰고 올랐을까. 천 년 동안 천왕봉을 지키고 있었다는 성모석상 때문일까.

어쩌면 그녀는 인공위성이 우주의 공간에 떠 있으면서, 지구상에서 일어나는 온갖 행위를 기록하고 전달하는 것처럼, 스스로 표현은 못 하지만 인간사의 선과 악을 파악하고 있는지도 모른다. 그녀는 한낱 돌덩어리이기는 하지만 천 년 세월 동안 수십만 명의 사람들에게 황홀한 기쁨을 안겨준 역할을 다했음을 알 수 있다. ―『다큐멘타리 르포 智異山』 45쪽 그렇다면 지금은 사라진 성모석상의 존재를 기록했던 김경렬 자신은 왜 그토록 지리산에 매달렸을까.

> 만약 이 땅에 6·25 때와 같은 전쟁이 일어난다면 같은 이웃, 같은 형제들이란 우리의 숭고한 전통 관념은 송두리째 무시되고 오로지 이데올로기의 방패가 되어 총알받이로 나서야 하는가. 그래서 또 그날처럼 이 산자락을 선혈로 물들여야 하는가?
>
> 그러한 끔찍한 상황이 오기 전에 우리는 왜 너도 살고 나도 사는 길을 찾아내지 못하는가…… 이러한 일들로 불쾌지수가 오르는 날이면 나는 배낭을 메고 후딱 집을 떠나 지리산을 찾았던 것 같다.
>
> ―『다큐멘타리 르포 智異山』 55쪽

천왕봉에서 천막을 치고서 잠을 설친 새벽녘에 쓴 그의 글로 짐작해본다. '젊음의 존재를 반납하고 육체의 혹사, 정신의 긴장, 수면의 단축을 율로 하여 강원도 산자락을 오르내리며 필승의 용사로서 적개심을 키우는 행위에 길들여져' 있다 돌아왔다는 동생과 함께 지리산에 들어온 지 3일째 되는 날의 일기였다. 책의 마지막에 써놓은 김경렬의 자기 소개 글도 눈에 들어왔다. '경남 고성서 출생. 20대에 중국서 유랑생활'이라고 적은 사내.

그는 우리 세대와는 분명 다른 틀의 사람이었다. 분단의 철조망 아래 맴도는 우리의 갑갑한 상상력과는 비교할 수 없이 광활한 정신과 기개, 대륙까지 자유롭게 뻗어가던 거침없는 방랑의 기질. 그에게 지리산은 백두대간 줄기를 타고 대륙으로 뻗어나가는 상상력의 시발점이지 않았을까. 분단의 상처 속에만 지리산을 가두기에 산은 너무 크다.

『다큐멘타리 르포 智異山』을 펼쳐보면 내가 밟아본 지리산의 몇몇 길들과 아직 태반은 가보지 못한 계곡과 능선과 산 아래 마을들의 모습이 떠오르면서, 그 풍경의 일부가 된 사람들 생각에도 무시로 가슴이 아려온다. 그리고 습관처럼 나도 모르게 연필을 들이대 자꾸 밑줄을 긋고 싶어졌다.

결국 나는 최화수가 빌려준 김경렬의 책으로 복사본을 만들었다. 제본소에 맡기면서 원본이 훼손되지 않도록 복사기 평판 위에 책을 꾹꾹 누르지 않도록 신신당부하면서도 책과 주인에게 몹시 미안했다.

나는 두 사내의 밑줄과 메모까지 복사된 책 위에 다시 나만의 밑줄을 그으며 지리산을 읽었다. 나중에 이 책 소식을 들은 산책 마니아 안치운에게 내 것을 다시 복사해 주기까지 했다. 그는 세 사람의 밑줄이 그어진 책을 읽게 된 셈이다. 비록 한 획 한 획 새로 쓰는 필사본에는 미치지 못하더라도 지리산을 읽고 싶은 사람들의 마음은 복사기로도 충분히 전해졌을 것이다.

그런데 이 책이 지리산의 역사와 문화를 아우른 한 편의 교향곡이라면 미완성이었다. 1, 2악장만 완성된 채 3악장 초고 단계에서 작곡이 중단된 슈베르트의 〈미완성 교향곡〉처럼, '지리산의 전쟁과 평화'라는 제목으로 엮으려고 했던 세 번째 책을 펴내지 못한 채 김경렬은 세상을 떠났기 때문이다.

고려 말 왜구의 침입, 임진왜란과 동학농민전쟁과 항일 의병에서 빨치산으로 이어지는 지리산에 물든 피의 역사를 정리한 원고들이 그의 죽음과 함께 중단되었다고 한다. 어쩌면 그가 지리산에 대해 가장 하고 싶었던 이야기가 3권에 담겨 있었을지도 모르겠다. 이제 그것은 최화수만이 아니라 지리산에 밑줄을 그은 사람들 모두에게 남아 있는 숙제라는 생각이 든다.

나는 늘 그 산에 가고 싶다.

'귀바위나 보고
좋아하는 자의 실루엣'

... 렌즈에 담은 자연, 안승일의 『삼각산』

가을은 독서의 계절이 아니다. 높고 청명한 하늘에서 책갈피 사이로 불어오는 소슬바람 때문이다. 마음까지 달아오르게 붉어진 산빛 때문이다. 여러 책 뒤적이기만 했지 끝까지 책장이 잘 넘어가지 않는다. 읽던 책은 배낭 속에 넣고 어디든 집 밖으로 나서야 할 것 같다.

헤르만 불의 『8,000미터의 위와 아래』와 프랭크 스마이드의 『산의 영혼』을 들었다 놨다 하다가 둘 다 앞부분에서 덮어버리고 말았다. 어린 시절 처음 산을 만난 순간부터 운명처럼 산에 빠져든 사내들 이야기에 통 몰입이 되지 않는다. 같은 산을 매번 똑같은 길로 올라도 그때마다 다른 느낌인 것처럼 책도 펼치는 순간에 따라 다르게 읽힌다. 그러면 지금 오래된 알피니스트들의 이야기가 내게 와서 겉도는 이유는 무엇일까. 단지 가을 탓일까.

고개만 들면 마을에서 알프스의 연봉들이 손짓을 하던 인스부르크의 소년 헤르만 불이 열세 살에 빨랫줄을 어깨에 걸치고 가서 오른 산은 2,700미터 높이의 브란트요흐였다. 불은 1953년 낭가파르바트를 단독으로 등정한 오스트리아의 철인이다.

영국에서 스위스로 건너간 프랭크 스마이드는 일곱 살 때 난생처음 가족들과 산에 올랐는데 1,800미터의 몽크레였다. 스마이드는 1933년부터 세 차례나 영국 에베레스트 원정대에 참가했던 히말라야 개척기의 선구자이면서 유명한 산악 저술가다.

두 사람 책을 번갈아 뒤적이다가 문득 우리도 처음 만나는 산이 알프스 정도 높이였다면, 무엇이 달라졌을까 하는 생각이 들었다.

태어나 알프스를 처음 만난 소년들은 자라서 알프스를 넘어, 멀리 있는 남의 땅 히말라야에 자기 나라 깃발을 꽂았다. 히말라야 산기슭에서 태어난 아이들은 그들의 셰르파가 되었다.

백두대간 자락의 아이들은 멀리 있는 알프스를 생략하고 곧장 히말라야로 향했다. 2,000미터도 안 되는 낮은 산들의 나라에서 8,000미터를 향해 나아간 것을 두고, 등산마저 우리 경제의 고도성장으로 인한 빛과 그림자를 닮았다고 해야 하나. 하지만 우리는 히말라야가 알프스보다 가깝고, 태생적으로도 그 산기슭에서 자란 구릿빛 아이들을 닮았다.

오히려 우리가 유럽의 알피니즘을 그대로 답습만 한다면 그 자체로 사대주의일 것이다. 더구나 우리는 정복자의 성취보다는 빼앗긴 자의 고통에 더 많이 공감하며 자랐다. 우리 산에 처음 알피니즘이란 깃발을 들고 찾아온 일본 제국주의 시절의 등산가들을 생각해 보아도 그렇다.

나는 히말라야나 알프스가 아니라, 집 앞에서 붉어지고 있는 북한산 이야기를 하고 싶다. 보다 높고 험한 산으로 향하는 산악인들의 꿈이 태어난 곳, 우리의 요람이고 상승 의지의 표상인 곳. 그 북한산 최고봉 백운대의 높이가 고작 836.5미터이고, 산사람들의 겔렌데(원래는 지형 지대를 뜻하나 암벽 등반 연습장이라는 뜻으로 쓰임)인 인수봉은 그보다도 낮은 804미터다. 그곳에서 산을 배운 사람들이 그보다 열 배가 높은 히말라야에 목숨을 걸었다는 사실이 남달라 보이기 때문이다. 유럽인들이 고향의 알프스보다 두 배 높은 히말라야를 오른 것과 비교해 보라.

하지만 북한산은 히말라야로 나아가는 발판도 아니고 베이스캠프도 아니다. '그냥 그대로의 자기 자신일 뿐'이라고 당당하게 이야기하는 책이 있다. 도통 책이 읽히지 않던 가을날, 내가 안승일의 사진집 『삼각산』을 오래 들여다보게 된 이유였다.

나는 예전에 잡지에 쓸 안승일의 산 사진들을 빌리기 위해 충무로에 있던 그의 작업실에 자주 드나들었다. 하지만 한 번도 그를 만나본 적은 없다. 안승일이라는 사람은 늘 아무도 모르는 낯선 땅을 떠돌고 있다는 소문만 무성했다.

그를 생각하면 손바닥에 쏙 들어가는 슬라이드 필름을 한 장이라도 잃어버리면 내 월급을 통째로 가져다 바쳐도 모자랄 것이라고 조마조마했던 기억뿐이다. 그때마다 나는 도심의 빌딩 숲 너머로 옹색하게 고개를 내미는 '삼각산'을 애처롭게 바라보았다.

안승일의 사진집에는 삼각산이란 이름을 굳이 설명할 필요가 없는 사진들로 가득 채워져 있다. 삼각산은 북한산의 다른 이름이다. 한때 아예 산 이름을 삼각산으로 바꾸자는 운동도 있었다. 하지만 나는 북한산이라는 이름도 한강 북쪽의 큰 산이라는 뜻으로 의미 있다고 생각한다.

한강 이남에는 남한산이 있다. 한강이 우리 민족의 오랜 젖줄이었고 이를 기준으로 남과 북에 '한' 산을 모신 것이 오히려 산을 높이 받드는 뜻으로 이해한다. 반면 삼각산은 백운대, 만경대, 인수봉으로 이루어진 세 봉우리의 위용을 도드라지게 하는 이름이다.

사실 산이야 자신을 어떻게 부르든 상관하지 않겠지만, 삼각산은 생긴 그대로의 모습에 정직한 이름임은 틀림없다. 그래서 안승일이 책 제목을 굳이 '삼각산'이라고 한 것에서 그가 북한산을 만나는 태도가 어떠한지 읽을 수 있었다.

그는 산을 찍는 데 일절 기교를 부리지 않았다. 그러니 산을 새롭게 만나기 위해서는 늘 새로운 길을 찾아다니거나 같은 장소에서도 여러 날을 반복해 오래 기다릴 수밖에 없었다. 어쩌면 그런 우직함과 성실함이 남다른 기교일 수도 있겠다. 심지어 팔당호에서 바라본 삼각산 사진은 8년 동안이나 반복해서 기다린 끝에 얻은 작품이라고 한다.

1967년 여름. 설악산에서 돌아오던 길에 팔당을 지나는 버스 차창으로 비친 삼각산은 내 눈을 의심할 정도였다. 그 먼 데서 삼각산이 보이리라고는 생각하지 못했기 때문이다. 팔당에서 보면 하지 때쯤 해가 삼각산 쪽으로 지는데, 그때를 전후해서 며칠간을 이곳에 나와서 지키기를 8년 만에 이 사진을 찍었고 그동안 나는 자연이 쉽게 드라마를 연출해 주지 않는다는 것을 배웠다. 흑백사진을 주로 하던 때였지만, 너무나 황홀한 하늘빛을 그냥 둘 수 없어 여벌로 가지고 다니던 칼라 필름으로 몇 번인가 셔터를 눌렀다. 이 사진이 나에게 대수롭지 않게 생각하던 삼각산을 적극적으로 촬영하게 했고 오늘날 이 사진집을 만들게 한 것이다.

—『삼각산』133쪽

산 앞에서 그의 카메라가 어떻게 겸손해졌는지를 느낄 수 있는 대목이다. 사실 요즘 산에 가보면 직업 사진가가 아니어도 명품 카메라를 손에 든 사람들이 즐비하다. 또 휴대전화에 딸린 카메라만으로도 누구나 손쉽게 멋진 풍경을 담아낸다. 사진은 이제 읽고 쓸 수 있는 능력만큼이나 대중적인 자기표현의 수단이다. 그러나 안승일의 삼각산은 그렇게 황급히 눈도장을 찍듯 스쳐 지나며 일별하는 풍경들 속에서는 좀처럼 만나기 힘든, 오랜 기다림을 담았다. 책갈피마다 그런 치열함이 전해진다.

그런데 재미있는 것은 책에 실린 사진 85점 가운데 백운대, 인수봉, 만경대가 빠진 구도는 백운대 동남벽에서 노적봉 쪽으로 찍은 단 한 컷 뿐이라는 점이다. 삼각산을 고집스럽게 '삼각의 산'으로만 찍었다고 해야 할까. 그는 이 멋진 삼각의 구도 속에서도 "멀리서 삼각산을 볼 때 귀바위가 보여야 좋아하는 이상한 습관"이 있다고까지 고백했다.

경기도 문산읍 능산리에서 본 일출인데, 인수봉이 왼쪽에 있어서 낯설다. 그것은 사람들의 눈이 무학 대사가 한양에 도읍을 정한 이래로 우이동 쪽에서 삼각산을 보는 데 길들여져 있기 때문일 거다. 삼각산을 양쪽에서 실루엣으로 보면 그 선은 놀랍도록 닮아 있다. 내게는 내게서 멀리서 삼각산을 볼 때 귀바위가 보여야 좋아하는 이상한 습관이 있다. 산이나 들을 투기의 대상으로나 생각하는 자와 귀바위나 보고 좋아하는 자의 실루엣은 어떻게 대비가 될까. ─『삼각산』 134쪽

"나의 사진은 삼각산의 일부이고 이 사진집은 그 사진들의 일부입니다"라고 말하는 사람. 도대체 그는 어떻게 삼각산에 빠져들게 되었을까 궁금하다. 사진집에는 박인식이 쓴 '안승일과 삼각산과 산 사진 그 심상찮은 삼각관계'라는 글이 실려 있다. 박인식은 안승일이 어려서 왼쪽 다리를 절었던 아픔이 그가 삼각산과 만나기 위한 '필연적인 전조'였다고 설명한다. 육체적인 열패감에 시달리던 소년이 산에서만큼은 자신의 체력이 남 못지않음을 알게 되었기 때문이라고.

안승일이 이 산을 처음 만난 것은 중학교 소풍 때 우이동 쪽에서 바라본 모습이었는데 이미 그 시절 '팍스(PAX)M3' 카메라를 손에 쥐고 있었다고 한다. 1965년 건국대 원예학과에 입학했으나 강의실 대신 산에서 공부하는 일이 많았고 이태 뒤 고령(高嶺)산악회에 들어갔으니, 아예 산이 전공이 되었을 것이다.

산악회에 들어간 해 가을, 도봉산 선인봉의 남측 오버행(암벽의 일부가 처마처럼 돌출되어 머리 위를 덮은 형태의 바위)을 등반하다 해머를

떨어뜨린다. 그 바람에 아래쪽에서 침니(암벽에 난 굴뚝 모양의 세로로 갈라진 큰 균열)를 오르던 사람의 머리를 다치게 하고 말았다. 안승일은 이 일로 학교를 휴학하게 되었고, 결과적으로는 아예 본격적인 사진가의 길로 들어서게 된다. 몸으로 오르던 산을 조용히 카메라에 담기 시작한 것이다. 물론 산을 찍기 위해서도 그는 부단히 산길을 오르내려야만 했다.

『삼각산』은 그가 직업 사진가로 성장해 충무로에 문을 연 그린스튜디오 시절의 기록이다. 젊은 시절 안승일은 멀리 있는 산들을 동경해 설악산과 한라산으로 부단히도 떠돌아 다녔다고 한다. 그랬던 그가 등한시했던 일상의 산, 마을의 산을 외경의 눈으로 다시 돌아보게 된 것이 바로 『삼각산』 작업이었다. '젊음의 뒤안길에서 인제는 돌아와 거울 앞에 선' 누이 같은 심정으로 다시 산을 본 것이라고나 할까.

나는 나의 사진으로 삼각산의 아름다움을 다시 찾고 싶다. 우리가 자주 오르고 눈만 들면 보이는 삼각산이 얼마나 좋은지를 글로써 설명한다면 그 사실이 어느 정도나 믿어질까. 화가의 그림도 그렇다. 그 그림이 풍부한 예술성으로 사람들을 감동시킬 수 있을지는 모르지만 그것이 사실이라고 믿을지 어떨지는 모른다. 그러나 그 자연의 모습을 사진으로 표현한다면 그것이 진짜 삼각산의 모습이라고 믿지 않을 사람은 없을 것이다. 그것이 사진 표현의 강점이며 즐거움이다. —『삼각산』 133쪽

사진가는 말하지 않으려고 찍는다는 사람들도 있다. 나는 사진집의

첫 장이 "상계동의 고층 아파트 너머로 삼각산이 초라하다"라며 시작한 것이 마음에 들었다. "막강한 콘크리트 군단에 삼각산은 완전 포위되어 탈출할 비상구마저 잃고 있다"라며 인공구조물을 피해 산을 담아내는 작업이 얼마나 어려웠는지를 먼저 이야기하고 있는 것이다.

책이 출간되고 20년이 훌쩍 지난 지금은 어떤가. 이제 상계동 고층 아파트는 높은 축에 끼지도 못한다. 초고층 아파트들이 우후죽순 콘크리트 산맥처럼 자라나 진짜 산을 가리고 있는 게 오늘, 서울의 초상이다.

다산 정약용이 일곱 살 때 지은 시에서 "작은 산이 큰 산을 가린다(小山蔽大山)"라고 했는데, 그것은 "멀고 가까움이 다르기 때문(遠近地不同)"이라고 했다. 어린 소년의 통찰력에 사람들이 깜짝 놀랐다고 한다.

그런데 조선의 선비가 어릴 때 지은 시구가 이제는 우리 시대 전체의 탄식으로 들린다. 대한민국의 서울은 아파트라는 작은 산(小山)이 한양 북쪽의 큰 산(大山)을 거의 가리고(蔽) 있지 않은가. 부동산의 물욕은 너무 바투 우리 '가까이'에 있고 모두가 공유해야 할 영혼의 자산으로서 산은 너무 '멀리' 있기 때문 아닐까.

문득 그의 '삼각산 그 후' 풍경이 보고 싶었다. "산이나 들을 투기의 대상으로나 생각하는 자와 귀바위나 보고 좋아하는 자의 실루엣은 어떻게 대비가 될까" 하고 묻던 그에게 20년이 지난 오늘의 사진은 어떤 답을 보여줄까 궁금했기 때문이다.

1970년대 강원도 원성군 황골, 인제군 용대리, 전북 장수군 수분리를 담은 『강운구의 마을 삼부작』이라는 책이, 30년 뒤 권태균이라는 작가가 똑같은 장소를 찾아가 찍은『강운구 마을 삼부작 그리고 30년 후』라는 사진집으로 나와 있다. 강원도 산마을과 서울에서 바라보는 산은 어떻게 변했을까. 서울의 20년은 30년 만에 강원도 산골을 다시 찍은 '마을 삼부작'보다 훨씬 더 애처롭지 않을까.

사진집『삼각산』에는 각각의 사진에 대한 촬영 일기와 함께 산을 안팎에서 바라볼 수 있는 조망 포인트들을 지도로 상세히 소개하고 있다. 그 지도를 따라가 다시 카메라 셔터를 누른다면 오늘의 우리를 만든 세월이 보이지 않을까. 어쩌면 이 땅에 산천마저 의구하지 않게 된 이유를 짐작할 수도 있지 않을까.

20여 년 전 책 값이 지금으로서도 적지 않은 3만 5,000원이었다. 하지만 그가 들인 수고로움에 비할 값은 아닌 것 같다. 1990년 5월 처음 세상에 나온『삼각산』을 바라보면서 그 이전과 이후 모두를 궁금하게 만드는 것으로도 그 값을 따지기 어려웠다.

북한산의 귀바위를 만든 화강암은 1억 7,000만 년 전에 대지 위로 솟구쳐 오른 뜨거운 용암체가 식은 것이다. 그래서 바위에 줄을 걸고 크랙과 홀드를 더듬어 올라가다 보면 살아 있는 지구의 역사책을 읽는 기분이 들기도 했다. 물론 산을 오르는 사람들이 뜨거웠던 지구의 용솟음까지 모두 기억하지는 않을 것이다.

하지만 북한산의 화강암을 돈이 되는 골재로 보고 계산기를 두드리는 이들은 의외로 많았던 모양이다. 북한산 주변에 여러 개발 계획들마다 화강암 채취를 둘러싼 이권 개입이 꼭 끼어 있었다는 사실을 생각하면, 산이 아직 거기 살아남아 있다는 사실이 다행스럽기까지 했다. 그 산 정수리에서부터 내려온 단풍이 집 앞에까지 미친 듯 확 번져 있을 때, 내가 안승일의 『삼각산』 사진집을 물끄러미 들여다보는 일이 애처로운 이유였다.

책장을 덮고 부엌 창문으로 내다보이는 문수봉을 바라본다. 그나마 높은 아파트가 없는 동네에 살아 겨우 누리는 호사다. 하지만 우리 집이 있는 곳에서 안승일이 사랑한 산의 삼각 구도는 볼 수 없다. 그래도 여전히 그 산은 북한산이고 삼각산이다.

나는 아침밥을 지을 때마다 창밖으로 산을 내다보며 그날의 일기를 가늠한다. 안개 때문에 산이 가려지는 날이 있고 아침 노을에 붉게 반짝이는 화강암체가 도드라지게 선명한 날도 있다. 그렇게 내 마음속 카메라도 철 따라 달라지는 산빛을 담아 나를 위로한다. 비가 오나 눈이 오나 저기 늘 그 자리에 그래도 산이 있다고.

상처를 지니고서야
바위에 이르는 길을 알았다

... 산과 시가 빚어낸 메타포, 이성부의 『야간산행』에서 『도둑 산길』까지

뒤늦은 가을 장마 때문에 집안 구석구석 곰팡이 꽃이 피었다. 세찬 빗줄기에도 아랑곳하지 않고 줄기차게 산으로 가는 사람들도 많았지만 나는 눅눅한 집 안에 갇혀 지내도 나쁘지 않았다. 책 속의 산행은 비가 오면 더욱 깊어졌기 때문이다.

새로 나온 이성부 선생의 시집을 읽는 동안, 오래전 비오는 날 충무로 필동면옥에서 냉면 국물을 안주 삼아 찬 소주를 나누어 마시던 시인이 그리웠다. 그가 더 이상 술을 마시지 못한다는 사실 때문에 더욱 그랬는지 모르겠다. 그는 잡지에 '이성부 시인의 산행 초대석'을 연재할 때, 말쑥한 얼굴처럼 정갈하게 쓴 원고지를 건네주는 길에 종종 낮술 마시는 재미를 알려주었다.

2010년 봄에 나온『도둑 산길』은 이성부의 아홉 번째 시집이다. 그가 백두대간 남쪽 구간 종주를 끝내고『작은 산이 큰 산을 가린다』를 펴낸 뒤 꼬박 5년 만이었다. 두 시집 사이의 시간은 각별했다. 이전 시집이 나온 직후인 2005년 여름 그가 간암 선고를 받았기 때문이다.

새 시집에는 힘겨운 치료 끝에 3개월에 한 번씩 재발 여부를 확인하며 살게 된 그간의 이야기들을 담담하게 풀어놓았다. 무시무시한 일을 두고 그저 "오랜 세월 동안 엄청나게 많은 술을 퍼마셨으므로 이제 마침내 올 것이 왔구나 하는 느낌이었다. 사람은 누구나 죽음으로 가는 발걸음을 천천히 옮겨가고 있는 것이라고 생각하면서, 나에게는 그 발걸음이 조금 빠르지 않았나 여겨졌다"라고 했다.

그리고 더 이상 술을 마시지 않는다는 사실 말고는 산에 다니고 시쓰는 일상은 하나도 달라진 것이 없다고 했다. 오히려 더 열심히 산으로 향했고 책을 읽거나 글을 쓰는 시간도 많아졌다고.

시간의 끝을 가늠하기 시작한 사람이 소중한 것에 더 많은 애정을 쏟는 일이 애절하게 느껴진다. 하지만 그의 시는 담담했다. 병을 앓으며 우리는 비로소 몸과 마음이 조화로운 상태에 대해 깊이 성찰하게 되는 것 아닐까.

그래서 앓는다는 것은 고통을 견디는 일만은 아니라는 생각이 들었다. 역설적이게도 더 온전한 상태인지도 모르겠다.『도둑 산길』은 이제 산시에 물릴 때도 되지 않았느냐고 말하는 친구들에게 들려주는 그의 대답 같았다.

산에 오래 다니면 다닐수록 더 모르는 것이 많아지는 경지가 또한 산이다. 시를 오래 쓸수록 시가 과연 무엇인지 잘 알지 못하는 세계와 비슷하다. ……산에 들어가 보고 느끼고 생각하는 천변만화의 길, 산길에서 문득 보이는 세속의 일들, 산속에서의 적요함에서 깨닫게 되는 삶의 깊이……. 이런 것들은 산에 들어가면 들어갈수록, 내가 더 늙어갈수록 끝이 없어 보인다.

—『도둑 산길』 123쪽

또 '책을 읽는 것이 산을 즐기는 것과 같다(讀書如遊山)'고 했던 퇴계 이황의 말에 동의한다면서 끝이 없는 산행과 시작(詩作)에 대해서도 이렇게 노래했다.

안 가본 산

내 책장에 꽂혀진 아직 안 읽은 책들을
한 권씩 뽑아 천천히 읽어가듯이
안 가본 산을 물어물어 찾아가 오르는 것은
어디 놀라운 풍경이 있는가 보고 싶어서가 아니라
어떤 아름다운 계곡을 따라 마냥 흘러가고픈 마음 때문이 아니라
산길에 무리지어 핀 작은 꽃들 행여 다칠까 봐
이리저리 발을 옮겨 딛는 조심스러운 행복을 위해서가 아니라
시누대 갈참나무 솔가지 흔드는 산바람 소리 또는
그 어떤 향기로운 내음에

내가 문득 새롭게 눈뜨기를 바라서가 아니라

성깔을 지닌 어떤 바위벼랑 하고 싶어서가 아니라

새삼 높은 데서 먼 산줄기 포개져 일렁이는 것을 보며

세상을 다시 보듬고 싶어서가 아니라

아직 한 번도 만져본 적 없는 사랑의 속살을 찾아서

거기 가지런히 꽂혀진 안 읽은 책들을 차분하게 펼치듯

이렇게 낯선 적요 속으로 들어가 안기는 일이

나에게는 가슴 설레는 공부가 되기 때문이다

—『도둑 산길』 11쪽

그런데 앓는 동안에도 '가슴 설레는 공부'를 너무 열심히 한 탓일까, 시집에 실린 사진을 보니 못 뵈던 사이 머리가 새하얗게 세어 있었다. 멀고 높고 추운 곳에 있는 흰 산들처럼 보였다.

그가 젊었을 때 쓴 시들을 읽으면 불에 덴 것처럼 가슴이 화끈거리던 시절이 떠올랐다. 그런데『도둑 산길』은 서늘한 하늘에 떠가는 새털구름을 보는 기분이랄까. 뜨거운 것을 무심한 듯 서늘하게 만드는 게 세월의 힘일까 하는 생각마저 들었다.

스무 살 즈음 나는 애인에게 작은 배낭을 선물 받았다. 수원에 있던 장비점 '키보산장'에서 산 것으로, 밀레에서 나온 데이팩이었다. 가난한 학생이 사기에 꽤 비싼 물건이었다. 그는 어디에 쓰는 줄도 모르는 카라비너 하나를 배낭 고리에 장식용으로 달아주기까지 했다. 나는 조용필의 노래 〈킬리만자로의 표범〉은 좋아했지만 키보산장이 그 산 높은 곳에 있다는 사실도 알지 못했다.

졸업할 때까지 배낭은 산이 아니라 강의실과 거리에서 유용하게 쓰였다. 튼튼한 책가방으로 쓰다가 시위 때면 선배들이 맡긴 유인물 뭉치들을 옮기는 데도 요긴했다. 그래서 그 배낭을 메고 산으로 놀러가는 일은 현실을 피해 도망치는 것처럼 무책임하게 여겨졌다. 엄마가 된 다음에는 아이 기저귀 가방으로도 썼다.

그 배낭이 제 몫을 하게 된 것은 선물받은 지 10년도 더 지났을 때였다. 아이들이 제법 자랐을 때 내가 등산학교에서 암벽 등반을 배웠기 때문이다. 처음 바위 맛을 본 뒤로는 잠자리에 누워서도 손끝에서 화강암의 촉감이 살아나 한동안 잠을 이루지 못했다.

"등반을 잘하려면 몸이 유연하든가 아니면 힘이 좋든가, 그런데 둘 다 아니네." 나는 강사들로부터 이런 핀잔을 듣던 '몸치 아줌마'였다. 그래도 좋았다.

아득하고 아찔하고 가슴 두근거리던 순간, 바위에 매달려 오들오들 떨면서 내가 아무것도 아니구나, 태연하게 벼랑을 기어오르는 개미만도 못하구나 하고 깨닫는 것이 오히려 행복했다. 껍질을 부수고 새로운 세계로 나아가는 기분이랄까.

그 무렵 이성부의 『야간산행』을 처음 읽었다. 그가 젊은 날 펴낸 『우리들의 양식』이나 『백제행』이 '벼'들이 서로에게 기대고 어우러져 사는 '들판의 시'였다면, 『야간산행』은 묵묵히 산을 오르는 일과 시작(詩作)이 일치되기 시작한 '산의 시'였다. 특히 그가 암벽 등반에 몰두하던 시절의 가슴 뜨거운 시편들이 나를 달아오르게 했다.

화강암 1

이 바위에서는 낯선 정신의 냄새가 난다

견고하면서도 또한 부드러운 외로움의 냄새다

떠도는 넋들이 여기 잠시 머물다 간 때문인가

그들의 남은 옷자락 퍼덕여 바람 일고

바람은 더 큰 바람 불러들여

나를 망설이게 하거나

벼랑 아래로 밀어뜨리려 한다

나는 그러나 이런 때일수록

거부의 어깨를 껴안는 버릇이 있다

바위여, 우리나라의 높은 살갗인 바위여

나는 비로소 그대에게 매달려 나를 부숴뜨리고

그대 몸에 내 몸 비벼 나를 다시 눈뜨게 하는구나

가벼이 가벼이 귀기울이면

바위여, 그대 살결에 도는 더운 핏줄 소리

뜨거워진 우리 한 몸

상처를 지니고서야 내 그대에게 이르는 길 알았으니!

—『야간산행』 50쪽

그가 맡은 '낯선 정신의 냄새'는 나를 흔들어놓았다. '상처를 지니고서야' 바위에 이르는 길을 알았다는 말은 마치 나를 위한 고백처럼 들렸다. 이성부의 시가 있었기에 나는 뒤늦게 산에 빠져드는 일이 온전히 '좋은 일'로만 여겨졌다.

좋은 일이야

산에 빠져서 외롭게 된
그대를 보면
마치 그물에 갇힌 한 마리 고기 같애
스스로 몸을 던져 자유를 움켜쥐고
스스로 몸을 던져 자유의 그물에 갇힌
……

산에 갇히는 것 좋은 일이야
사랑하는 사람에게 빠져서
갇히는 것은 더더욱 좋은 일이야.
평등의 넉넉한 들판이거나
고즈넉한 산비탈 저 위에서
나를 꼼꼼히 돌아보는 일
좋은 일이야
갇혀서 외로운 것 좋은 일이야   —『야간산행』 11쪽

시인은 산을 향해 열이 오른 내 가슴에도 풀무질을 해대는 것 같았다. 봄이 오면 "……나는 발기한다 / 종로 네거리에서 목을 빼고 바라보는 / 보현봉 푸른 바위가 / 나를 두근두근 가슴 뛰게"(「봄 편지」) 하고 "바위가 손짓하며 나를 부를 때 / 내 정신은 이미 발정난 수캐처럼 헐떡거린다"(「바위타기·5」)라던 고백이 여자라고 해서 다르게 읽히지 않았으니까. 그것은 고통을 이겨낸 자가 대자연과의 합일을 통해 얻은 생명체 본연의 오르가슴이었다.

너무 엄청나서 견디기가 어려웠던 시절, 80년대 초부터 산을 찾았다. 오랫동안 걷기 산행으로 나를 달랬다. 마음에 차지 않았다. 암벽에서 내 몸을 함부로 굴리기 시작했다. 몸을 학대할수록 정신이 맑아지는 것을 알았다. 그러므로 산은 나를 숨기는 도구가 되었다. 비겁하게도 나는 산에 미쳐감으로써 쾌락에 길들여졌다. 바위를 타는 어려움—두려움과 고통과 동물적 본능과 훈련—이 즐거운 놀이가 되었다."

—『야간산행』 118~119쪽

그는 고향인 광주에서 일어난 민주화운동을 지켜본 뒤로 살아 있는 것 자체가 부끄러워 한동안 시를 쓰지 않았다고 고백했다. 침묵하며 산길을 걷는 것이 암흑 같은 시대에 그가 할 수 있는 유일한 저항이었다고.

그런데 결국 산이 다시 시를 쓰도록 치유한 것이다. "산시를 마음먹고 쓰겠다는 생각에서 쓴 것이 아니라, 그때그때 산행일기처럼 적어두

었는데 하나씩 시가 되었다. 시라는 것이 이렇게도 만들어질 수 있다는 점에서 놀랍다"라고 했다.

그 뒤로 이성부의 거의 모든 시들이 산에서 태어났다. '우리나라의 높은 살갗인' 바위에 매달려 온몸을 비벼 새로운 길에 눈을 떴고, 우리의 '현실이자 상징'인 백두대간을 두 발로 걷는 동안 『지리산』(2001년)과 『작은 산이 큰 산을 가린다』(2005년)가 태어났다. 나는 그가 산길을 걸어간 만큼만 정직하게 시를 써나간다고 느꼈다.

그런데 시대의 어둠을 뚫고 시작한 '야간산행'이 백두대간 종주까지 이어졌는데도 그는 여전히 대낮에도 '도둑 산길'을 밟고 있다고 느꼈다. "신새벽 벼랑에 엉클어진 철조망을 딛고 넘어" 걷고 있다는 산길에서 나는 철책 너머로 전설처럼 뻗어 있는 북녘 산들이 먼저 떠올랐다.

결국 그는 아직 '안 가본 산', 아무도 걷지 못한 백두대간의 남은 길들을 마저 걸을 수 있어야 온전히 치유될 것 같았다. 언제고 백두대간 북쪽 구간이 열리면 제일 먼저 이성부의 시로 그 산들을 만나고 싶었다.

하지만 그 꿈이 실현되기는 너무 멀다고 느꼈던 것일까. 북한산에 쌓인 눈들이 녹고 희부연 바위들이 햇살 아래 몸을 말리며 꿈틀대면 늘 먼저 그리웠던 사람. '먼 데서 이기고 돌아온' 시인의 「봄」이 채 오기도 전에 부고가 날아왔다.

검은 상복을 입은 시인의 아내로부터 다리로 전이된 암세포 때문에 더는 걸을 수 없다는 통보를 듣고부터 그의 건강이 급속도로 악화되었다는 이야기를 들었다.

순간 '안 가본 산'으로 서둘러 배낭을 꾸리셨나보다, 하는 생각에 눈물을 참을 수 없었다. 그의 일흔 번째 봄은 아직 멀리서 더디게 오고 있을 때였다. 종심(從心)은 뜻하는 대로 행해도 어긋나지 않는 나이라고 했던가.

등산학교는
인생학교

... 산은 배움이다, 전문 산악인들의 『등산』과 『등산 : 마운티니어링』

아침마다 딸들을 깨우는 일이 제일 힘들다. 왜 나는 하루를 잔소리로 시작해야 하나. 조금이라도 더 자고 싶은 아이들을 학교에 늦지 않게 하려고 살살 달래고 꾸짖다가 버럭 화를 내기도 한다. 학교 가는 일이 즐거울 수는 없을까.

딸들이 다섯 살, 일곱 살 때 엄마가 다녔던 등산학교라면 어떨까. 설거지를 하고 빨래를 개면서도 학교 가는 날만 손꼽아 기다리던 그곳은 내가 마지막 졸업장을 받은 학교였다. 막상 대학을 졸업하고 보니 담장 너머 세상이 모두 학교였고 살아가는 일 자체가 끝없는 공부라는 것을 깨닫고 난 다음이었다. 그런데도 다시 학교가 필요할 줄은 몰랐다. 그것도 산에 가기 위해 공부를 해야 한다니!

처음에는 등산학교란 말 자체가 의아했다. 5주 동안 주중에는 시내 강의실에서 이론 수업을 듣고 주말에는 북한산으로 들어가 합숙을 하며 공부했다. 책가방 대신 배낭에 버너와 코펠, 암벽 등반 장비 등을 챙겨 가지고 깔딱고개를 넘어 인수봉을 우러르며 등교하던 학교. 등산학교는 산에서 안전하게 살아남는 법, 남들이 쉽게 갈 수 없는 바윗길을 오를 수 있는 기술들을 가르쳐주었다.

그런데 나는 등반 기술보다 나 자신이 얼마나 보잘것없는 인간인지, 바위에 매달려 온몸을 바르르 떨면서 다시 배웠다. 혼자만의 힘이 아니라 자일에 몸을 맡기고 타인에게 온전히 나의 안전을 의지하는 법을 배우면서다. 비로소 오만하기만 했던 서른두 해를 돌아본 것이다. 그것만으로도 얼마나 큰 공부인가.

등산에 학교가 있다면 마땅히 교과서도 있어야 한다. 해방 이후 우리나라 첫 등산 교육의 시작은 1946년 인왕산에서 열린 한국산악회의 제1회 록클라이밍 강습회였다. 그리고 최초의 상설 등산학교인 한국등산학교가 문을 연 것은 1974년이라고 한다.

그 뒤로 전국에 여러 등산학교들이 생겨났고 각자 형편껏 학생들을 가르쳐왔는데, 대부분 마스터 인쇄된 간이 교재 형식을 뛰어넘지 못한 책들을 교재로 쓰고 있었다. 대한산악연맹에서 『등산』이라는 전국 등산학교 표준 교재를 정식 출간한 것이 2002년이었다. 최초의 등산학교가 개교하고 30년 가까이 지나서야 공인된 기관에서 교과서다운 책을 만들어낸 것이다.

물론 1962년 성문각에서 나온 손경석의 『등산백과』라는, 개인이 만든 교과서도 있었다. 이 책은 1975년에는 『최신 종합등산기술백과』라는 이름으로 개정판을 냈고, 오랜 세월 산악인들의 갈증을 해소해 주었다. 당시 한국산악회는 국내에서 "알피니즘을 말하는 첫 번의 책자"라고 소개했는데, 손경석 씨는 "일본만 하더라도 산악 도서가 3,000여 종을 넘는데 우리나라에는 아직 한 권의 책도 없다"라며 애석했던 이유로 책을 쓰게 되었다고 한다.

아무튼 국내에서 '알피니즘을 말하는 첫 번의 책자'가 개인 저작물로 태어난 지 40년 만에야 각 분야별 전문 산악인들이 머리를 맞대고 쓴 교과서 『등산』이 나왔다. '전 세계 등산가들의 바이블'이라 일컫는 마운트니어스사의 『Mountaineering』이 국내에 정식으로 출판되기 4년 전 일이다.

나는 등산학교를 졸업한 이듬해 『죽음을 부르는 산 K2』의 저자이기도 한 김병준 씨를 도와 『등산』의 편집 일을 맡게 되었다. 18명의 내로라하는 산악인들로 구성된 대한산악연맹 전국등산학교 표준교재편찬위원회가 쓴 원고지 3,000매가량의 원고를 2,000매로 가다듬는 일이, 내가 산악계와 인연을 맺은 뒤 처음으로 넘어야 할 가장 큰 산이었다.

우리나라 최초의 에베레스트 원정대와 북극 탐험대의 대장을 맡았던 김영도 선생이 먼저 포문을 열면서 "알피니즘이 무엇인가 알려는 자, 그리고 알피니스트가 되려는 자는 남다른 특권과 책임과 의무가 어떤 것인가 결코 잊어서는 안 될 것이다"라고 말했다.

뒤를 이어 코오롱 등산학교의 이용대 교장은 "등산의 역사는 도전과 극복의 역사다. 이는 험난한 대자연에 도전하면서 끊임없이 인간 스스로 한계를 극복해 온 과정이다"라며 가슴 벅찬 알피니즘의 역사들을 풀어갔다.

다음은 우리가 오르는 산이 도대체 무엇인가를 지질, 기상, 식물학을 전공한 산악인들이 써 내려갔다. 필자인 이광한, 신경섭, 현진오 씨 모두 책상물림이 아니라 평생 산을 오르내리며 몸으로 공부한 학자들이었다.

이어지는 암벽 등반과 독도법, 인공·빙하·빙벽 등반, 스포츠 클라이밍, 산악스키, 고산 등반 등의 실전 기술에 대한 지상 강의부터 산 사진과 노래까지 다양하게 펼쳐낸 이들 모두, 우리 산악계의 현주소를 보여주는 살아 있는 한 권의 '사람 책'들이었다.

원종민, 박승기, 안중국, 정호진, 정승권, 손정준, 유한규, 김병준, 남선우, 한동철, 손재식, 이병갑, 김순배……. 나는 필자들의 면면을 속속들이 다 알지는 못해도 그들이 자신의 산에서 가장 열정적으로 사랑한 부분을 어렵게 정리해 낸 글로 그들과 대화했다.

그중에는 실제로 나를 가르친 등산학교 선생님들도 많았다. 그러니 이제 산에서 갓 걸음마를 뗀, 한없이 부족하기만 한 내게는 『등산』을 만드는 일 자체가 큰 공부였고 과분한 행운이기도 했다. 그런데 모두들 이구동성으로 실제 산을 오르는 것보다 원고지 위에서 한 걸음 더 전진하는 일이 더 고됐다고 했다.

『등산: 마운티니어링』의 원서를 처음 구경한 것도 『등산』을 만들면서였다. 『등산』의 필자들 가운데도 『등산: 마운티니어링』을 보며 꿈을 키우고 등반 기술을 연마해 온 사람들이 많았다. 결국 『등산』은 『등산:

마운티니어링』을 각자의 방식으로 소화하고 스스로의 세계를 넓혀간 우리들 자신의 이야기이기도 했다.

그런데 당시만 해도 소수의 엘리트 산악인들이 보물처럼 지니고 있던 『등산: 마운티니어링』이 대중에게 널리 소개될 날은 요원해 보였다. IMF 구제금융 사태 이후 출판계도 불황의 그늘에서 자유롭지 못할 때였다.

아이러니하게도 'IMF 사태' 때문에 국내 등산 인구는 폭발적으로 늘어났고, 산을 찾는 사람들이 늘면서 안전하고 체계적인 등산 교육의 필요성이 커졌다. 『등산』도 이러한 배경 속에서 만들어진 책이었다. 단위 산악회나 개인이 운영하는 사설 등산학교, 인터넷을 통한 등산 교육까지 2000년 이후 산악계에 불어온 교육 열기는 뜨거웠고, 모두가 교과서에 목말라 있었기 때문이다. 결국 등산 인구 2,000만 명 시대가 『등산』을 낳았고 그로부터 4년 뒤에 『등산: 마운티니어링』까지 정식 출간될 수 있는 여건을 만든 것이다.

『등산: 마운티니어링』은 아이거를 오르고 『영광의 북벽』을 쓴 산악인 정광식이 번역했다. 그는 옮긴이의 말에서 함께 바위를 타다 먼저 죽은 선배를 생각하며 "우리가 이 책의 어떤 구절만 진작에 접했더라도 그는 아직도 우리 곁에 있지 않았을까"라고 안타까워했다. 산의 "자유를 누릴 자격을 가지기 위해 우리가 최소한 갖추어야 할 자세와 지식들"이 『등산: 마운티니어링』 안에 녹아 있다고도 했다.

『등산: 마운티니어링』은 1906년에 생긴 미국 마운티니어스 클럽 등산학교의 교재였는데, 이제껏 13개 나라에서 50만 부 이상 팔린 최고의 등산 서적으로 손꼽힌다. 마운티니어스 클럽은 아웃도어 활동과 자연보호를 목적으로 만들어진 비영리 단체다. 2006년 국내에 첫 출간된 책은 제7판인데, 『마운티니어링: 산의 자유를 찾아서』라고 부제가 달려 나왔다가 『등산: 마운티니어링』이라는 제목으로 바뀌었다.

내가 『등산』과 『등산: 마운티니어링』을 새삼 들추어보게 된 것은 등산화를 사러 할인마트에 갔다가 그냥 돌아왔다는 친구 때문이었다. 친구는 딸아이 운동화를 신고 무턱대고 명성산까지 따라갔다가 톡톡히 고생을 하고는 제대로 된 등산화를 장만해야겠다고 결심했다. 하지만 등산화 가격표를 보고 깜짝 놀라고, 도대체 무엇을 골라야 할지 모르게 종류가 많아 다시 한 번 놀랐다고 했다.

나는 기가 죽어 그냥 집으로 돌아와 버렸다는 친구에게 기왕이면 등산용품 전문점에 가서 좋은 신발을 고르라고 했다. 하지만 좋은 신발의 기준을 딱히 어떻게 설명해야 할지 난감했다. 신발 하나만 놓고 보더라도 어떤 산행을 하느냐에 따라 선택의 기준이 달라지기 때문이다. 일단 가볍고 발이 편한 경등산화에서부터 시작하라고 했지만, 제대로 산을 배우고 싶다면 등산학교까지는 아니어도 공부가 필요하다는 이야기를 하고 싶었다.

『등산』과 『등산: 마운티니어링』이 약수터보다 조금 더 높은 곳을 오르려는 친구에게 과한 책일 수도 있다. 일단 두께와 판형만으로도 보는 사람을 주눅 들게 만든다. 하지만 읽어볼수록 흥미진진하다. 등반 기술 서적이지만 전문적인 산행을 하지 않더라도 '서재의 등산가'라면 하나쯤 소장해 두고 야금야금 읽고 싶은 책이다. 등산 기술이 결국 인생의 지혜와 다르지 않다는 것을 깨우쳐주는 대목들을 자주 만나기 때문이다.

현재의 등산 이론과 기술은 지난 수백 년의 등산사에 걸쳐 전 세계의 험난한 고산과 벽을 등반한 위대하고 뛰어난 등산가들이 겪은 소중한 경험과 지혜의 소산이다. 또한 등산 중 불가항력적인 재난 또는 무지, 부주의로 인해 사고를 당한 불운한 클라이머들의 피로 쓰인 절박한 기록이다. 등반에 입문하는 초보자이건, 노련한 클라이머건 끊임없이 새롭고 유익한 등산 지식과 기술을 습득하려는 노력은 산악인의 기본 자세이자 안전에 대한 의무이기도 하다. ―『등산』 78쪽

실수에서 배우는 것은 판단력을 기르는 데 큰 도움이 된다. 그러나 산에서의 실수란 작을수록 좋다. 산이 실수를 용서하지 않을 수도 있기 때문이다. 따라서 먼저 다른 사람의 경험에서 배우는 것이 제일 좋다.

―『등산: 마운티니어링』 481쪽

『등산』과 『등산: 마운티니어링』은 한목소리로 선배들의 실패와 성공의 경험 모두로부터 배우라고 강조한다. 안전을 위해 '경험에서 배워라, 객관적 위험 요소를 고려하라, 수용 가능한 위험의 범위를 가늠하라, 올바른 판단력을 길러라'라는 지침들이 비단 등산에만 적용되는 말은 아닐 것이다. 인생에서 스승을 찾는 일이나 자녀를 바르게 키우고자 애쓰는 부모의 역할로도 고개가 끄덕여지기 때문이다.

내게도 등산은 인생을 배우는 공부였다. 아기가 걸음마를 하면서부터 엄마 품에서 독립을 시작하듯, 산의 자유를 찾아가는 길도 걷기부터 다시 배웠다. 산에서 무엇을 어떻게 입고 먹고 자야 하는지 당연하게 생각하던 의식주마저도 새로 익혔다. 그래서 공부 없이 시작한 주부 생활과 달리 산 살림만큼은 제대로 배우겠다는 의욕이 넘치기도 했다.

산은 언제나 예기치 못한 위험을 간직하고 있지만 스스로 그것에 직면하기까지는 제대로 알지 못한다. 불확실한 우리의 미래도 마찬가지 아닌가.

우리는 산이 너무 가까이 있어서인지 등산을 너무 쉽게 생각하는 경향이 있다. 알프스처럼 오랜 세월 악마가 사는 곳으로 여겨질 만큼 두려움에 떨게 했던 산들과 우리를 둘러싼 산이 많이 다르기 때문이다. 그것이 우리가 등산 기술을 익히기 전에 등산이란 개념 정리부터 새롭게 하는 이유인 것 같았다. 같은 제목이면서도 우리의 『등산』과 미국의 『등산: 마운티니어링』이 다른 이유이기도 하다.

『등산』은 '산, 왜 오르는가' 묻는 것에서부터 출발한다. '알피니즘과 역사'를 제일 먼저 다루는 것은 등산 활동이 조상들이 전통적으로 산을 만나던 입산(入山)이나 유산(遊山)과 전혀 다른 형태이기 때문이다.

반면 『등산: 마운티니어링』은 등산이 무엇인지 설명할 필요를 느끼지 않는다. "산이 거기 있으니까"라고 했던 조지 맬러리의 말처럼 굳이 물음표를 던지는 것이 우문이라고 생각할 수도 있다. 그래서 『등산: 마운티니어링』은 단도직입적으로 첫 장 '야외 생활의 기초'에서 바로 '등산의 첫걸음 ― 전문 지식과 기술 익히기'부터 시작한다.

미국인들은 이 책이 발간되기 전 제프리 윈스럽 영의 『마운틴 크래프트』 같은 유럽의 교재를 이미 사용하고 있었다. 하지만 유럽의 책이 '미국와 태평양 연안 북서 지역 산들의 독특하고 다양하고 중요한 주제를 다 다룰 수 없었'기 때문에 새 교과서를 만든 것이라고 했다. 그것은 우리가 『등산』을 만든 이유이기도 하다.

그럼에도 『등산: 마운티니어링』 역시 책 전체를 통해 '등산이란 무엇인가'를 계속해서 묻고 있다. 『등산』과 달리 방법이 귀납적이라고 해야 할까. 어쩌면 각자의 경험을 통해 스스로 길을 찾으라는 뜻일지도 모른다. 『등산: 마운티니어링』에서 내가 찾은 해답은 이렇다.

거친 자연을 여행하는 일은 외국을 방랑하는 것과 같다. 그곳을 잘 모른다는 점은 매력인 동시에 그 여행에 한계가 있음을 말한다. 준비는 필수적이고, 무엇이든 직접 경험하는 것만 못하다. 자신을 자연 속에 반복해서 담그고 빠져들게 하라. 새로운 언어를 공부할 때처럼 말이다. 자연의 언어를 마스터하도록 오감을 동원하라. 자연이 우리에게 던지는 질문에 대답할 수 있는 능력을 발견했을 때가 우리에겐 최고의 순간이다. 자연의 언어에 유창해지면 자연 속을 흐르는 자유가 찾아오고, 그 자유에는 책임이 뒤따른다.
　　　　　　　　　　　　　　　　　　　　　—『등산: 마운티니어링』 20쪽

우리는 과거의 실패로부터 성장한다

... 오름짓의 역사, 이용대의 『알피니즘, 도전의 역사』

학창 시절 교장 선생님 이름을 기억하는 사람이 몇이나 될까. 상 받을 때와 조회 시간의 지루한 '말씀'이 언제 끝날까 기다릴 때 말고는 딱히 교장 선생님을 생각할 일이 없었다. 딱 한 사람, 중학교 졸업식장 에서 학생들 대신 혼자 울먹이던 모습 때문에 기억에 남는 교장 선생 님이 있긴 하다. 하지만 그분 역시 이름조차 기억 못 한다. 교장 선생 님들 대부분은 그렇게 멀리 있었다.

그런데 서른 넘어 입학한 등산학교의 교장은 달랐다. 내가 2001년 가을 코오롱 등산학교 정규반에 입학했을 때 이용대 교장은 '조난 대 책'이란 과목을 통해 산의 위험으로부터 살아남는 방법에 대해 직접 강 의하고 있었다. 뿐만 아니라 교육 기간 내내 학생들과 똑같이 먹고 자고 등반도 함께 했다. 산 아래 학교에서 보아오던 권위적인 교장의 모습이라곤 찾을 수 없었다. '합리·진보·자유'라는 교훈도 마음에 쏙 들었는데 그것을 만든 장본인이라는 사실도 남다르게 보였다.

그는 1985년 개교 이래 줄곧 등산학교의 역사와 함께했다. 물론 학교의 주인이 누구인가 물으면 다양한 대답이 나올 수 있다. 그럼에도 그가 교풍을 만드는 데 큰 역할을 했다는 데는 이견이 없다.

그는 등산학교의 전통에 대해 "모든 교육은 강사 회의에서 결정한다"라며 특유의 토론 문화를 자랑했다. 등산 기술이야말로 개인적인 경험이 축적된 방식이기 때문에 다양한 사례를 통한 연구와 정보 교환으로 끊임없이 낡은 것을 새것으로 혁신해야만 살아 있는 지식이 되기 때문이라고. 또 등산학교가 단순히 산을 '잘 오르는 기술'만 가르치는 곳이 아니라 '등반 윤리'부터 '산악문학'까지 등산가의 소양을 키우는 데 주력한 점도 남다른 자부심이었다.

나는 교장 선생님으로부터 각별한 관심을 받으며 학교를 졸업했다. 수강생들 가운데 유일한 기혼 여성이었기 때문이다. 지금이야 등산학교에 여성들이 많지만 내가 입학할 당시는 손에 꼽을 정도였고 대부분 미혼이었다. 사람들은 나를 보고 산을 좋아해 시집도 못 간 노처녀일 거라 생각했다. 예나 지금이나 산에 다니는 여자들에 대한 이상한 편견이 있는 것 같다. 어린 딸이 둘이나 있다는 소리를 듣고도, 어딜 엄마가 아이들 두고 1박 2일씩 산에 오느냐고 놀라는 표정이었다.

졸업 시험을 보던 날 교장 선생님이 굳이 내 이름을 불러 소감을 발표하게 한 일이나 동문회보에 수료기를 쓰라고 채근했던 것도 그런 이유 때문일 것이다. 남보다 자유롭지 못한 처지에서 학교에 문을 두드린 용기 자체를 가상하게 보아준 것이라고 생각했다. 하지만 의욕이 곧 등반 실력과 일치하지는 않았다. 나는 참 많이 부족한 학생이었다.

아무튼 그와의 인연은 졸업한 뒤에 더 끈끈해졌다. 나는 잡지사에서 그가 쓰는 '알피니즘의 역사'라는 연재물을 편집하기도 했다. 그는 매끈한 글씨를 힘 있게 꾹꾹 눌러쓰는 스타일이었다. 군살 하나 없이 늘 씬하면서도 강단이 있는 자신의 몸매를 닮은 필체였다. 한 호 마감이 끝나기 무섭게 다음 달 원고를 보내는 부지런한 필자라는 점도 그의 성격을 말해 주었다. 또 바위 욕심이 많다고 해야 하나, 젊은 강사들과 줄을 묶을 때도 여전히 선등(先登) 서기를 좋아했다.

생각해 보니 취재 때문이기는 했지만 개인적으로 가장 많이 줄을 묶고 등반을 함께한 인물이었다. 2002년 등산화 끈도 제대로 매본 적이 없는 스물다섯 살 아가씨에게 암벽 등반부터 시작해 암릉과 빙벽 등반까지 가르치는 '산처녀 만들기'라는 1년짜리 기획 기사를 잡지에 연재했다. 그해 예순여섯 살이던 이용대 교장이 직접 강사로 나섰기 때문에 늦은 봄부터 이듬해 겨울까지 한 달에 한 번은 꼭 그와 줄을 묶어야 했다.

겁이 많은 나는 깐깐하고 치밀한 그와 함께 줄을 묶고 있다는 것 자체로 안심이 되었다. 동생 둘을 만경대 암릉과 선인봉 암벽에서 떠나보낸 아픔이 있는 그는, 등반에서 안전을 강조하는 데는 한 치의 타협도 없이 철두철미했다.

그는 1969년에 인수봉 동양길을 개척했고, 1973년 노적봉 형제길,

1975년 인수봉에 다시 궁형길을 냈다. 그가 인수봉 바위벽에 처음 길을 내던 해에 태어난 내가 그 바위 위에 함께 서려니 감회가 남달랐다. '산처녀 만들기'는 나보다 어린 후배에게 산을 가르치는 일이면서도 실상은 '나머지 공부'를 하는 나를 위한 교장의 특별 과외 같았다.

그러나 그가 내게 준 가장 큰 가르침은 단순히 암벽을 오르는 기술이 아니라 알피니즘이라는 역사의 강물이었다. 그는 잡지에 알피니즘의 역사를 연재하는 동안 매호 기사마다 열심히 독자의 반응을 살피며 꼼꼼하게 의견을 물어 오는 부지런한 필자이기도 했다. 그렇게 4년여 시간을 방대한 기록들과 씨름하며 정리해 낸 글들을 2007년 여름, 『알피니즘, 도전의 역사』라는 책으로 펴냈다. 드디어 우리 산악계에 본격적인 등반사를 다룬 책이 태어난 것이다.

물론 한국의 히말라야 등반사를 정리한 남선우의 『역동의 히말라야』 같은 책이 있었다. 하지만 근대 등반이 시작되는 알피니즘의 여명기부터 새로운 한계에 도전하는 슈퍼 알피니즘까지 세계 등산사 200여 년을 집대성한 것은 그가 처음이었다.

『마운틴 오딧세이』의 작가 심산은 "각종 등반 기록들만을 놓고 볼 때 우리는 이미 오래전에 세계적인 산악 강국에 꼽혔어야 마땅했다. 하지만 현실은 부끄럽게도 그렇지 못했다. 이른바 산악문학 혹은 산악문화가 너무도 척박했기 때문이다. 한 나라의 산악문화에서 그 주춧돌에 해당되는 것이 바로 세계 등산사에 대한 통사적 고찰이다"라며 『알피니즘, 도전의 역사』가 명실공히 우리를 산악 강국의 대열에 올라서게 한 쾌거라고 소개하기도 했다.

나는 산악 강국이란 말 자체는 그다지 좋아하지 않는다. 몇몇 유명 산악인들의 등반 성과에 따라 내 산행이 달라진다고 생각하지 않기 때문이다. 올림픽이나 월드컵에서 좋은 성적을 받는 일에 관심이 없는 것과 마찬가지다. 그냥 누군가를 응원하는 순간의 고양된 감정을 즐기는 놀이로 스포츠를 존중할 뿐이다.

등산은 철저하게 개인적인 행위다. 누구도 다른 사람의 박수갈채를 의식해 산으로 가지 않는다. 그럼에도 지난한 등산의 역사를 이해하는 것은 산을 뛰어넘어 인간에 대한 깊은 사색과 통찰을 하게 되는 소중한 공부다. 역사로부터 배움이 없는 개인이 얼마나 나약한지 알기 때문이다.

그래서 산악 강국이 되는 일과 아무 상관 없이도 그저 한 사람의 독자로 『알피니즘, 도전의 역사』는 반가웠다. 그 책 덕분에 산책을 읽는 재미가 깊어졌기 때문이다. 역사책이지만 딱딱한 사실관계의 나열만이 아니라 다양한 산악문학에서 가려 뽑은 명문과 흥미로운 등반 야사들이 옛날이야기처럼 읽혔다.

예를 들면 카라코룸의 제왕이자 세계 제2위의 고봉 K2가 1954년 이탈리아 원정대에 의해 초등되기까지 수많은 도전자들의 험난했던 여정들을 정리하면서도, 40년 만에 불거진 초등 비화까지 함께 소개하고 있는 것이다. 미국과 K2의 초등 경쟁을 두고 다투는 데 국가적인 차원의 막대한 물량 공세를 펼쳤던 이탈리아는 초등의 영광을 전 대원의 팀워크로 돌리고자 정상 등정자 두 사람의 이름을 발표하지 않았다. 이것만 보면 얼마나 아름다운 '우정의 무대'인가.

그런데 실상은 정상 공격조가 고소 캠프에 공격용 산소통을 운반해 준 동료들의 위험을 외면한 채 자신들만 등정에 성공한 것이었다. 자신들이 필요한 산소통만 챙기고는 랜턴이 고장 난 동료들을 한밤중에 9캠프에서 8캠프로 하산하라고 했다니. 공격조에게 외면당한 보나티와 마디는 침낭과 텐트는 물론 식량과 물도 없이 눈구덩이 속에서 서로를 부둥켜안은 채 지옥 같은 밤을 보냈다고 한다. 이에 대해 이용대는 이렇게 말한다.

> 콤파뇨니와 라체델 리가 이들을 외면한 까닭은 무엇일까. 2인용 텐트에 두 사람을 불러들이면 다음 날의 등반 시도가 무산될까 염려한 것일까? 아니면 강인한 체력의 보나티에게 초등정의 영광을 빼앗길 것을 염려했기 때문일까? 어떤 이유에서든 정상 공격조의 행동은 비인간적이었다. 동료를 죽음의 혹한 속에 내몰면서까지 초등정의 영광을 얻은들 무슨 의미가 있을까?　　　　　　　　—『알피니즘, 도전의 역사』191쪽

등산학교가 단순히 등반 지식과 기술을 가르치는 곳이 아니라 등산가의 소양을 기르는 곳임을 강조했던 '교장 선생님'의 의지가 읽히는 부분이다. 그가 이 책을 통해 전하고 싶은 이야기도 위대한 등산가를 통한 인간 승리의 드라마였다.

> 숱한 좌절에도 꺾일 줄 모르는 인간의 끝없는 도전과 그 성취의 뿌리가 무엇인가를 살펴보는 것은 매우 뜻깊은 일이라 생각합니다. 그동안

선구적인 등반가들이 험준한 자연을 상대로 꿈을 찾아 불가능을 가능으로 바꾸어온 그런 모습들은 오늘을 살아가는 우리들에게 삶의 활력이 되어주리라 믿습니다. —『알피니즘, 도전의 역사』6쪽

그렇지만 내게 『알피니즘, 도전의 역사』가 귀하게 여겨지는 것은 '위대한 성공'과 함께 '실패의 기록'이 공존한다는 점이었다. 책 첫머리에 "등산은 과거의 경험과 실험이 없으면 존재하지 않는 역사와 전통이라는 실체를 지닌 스포츠다"라는 제임스 램지 울먼(미국의 첫 에베레스트 원정대 대원)의 말을 먼저 인용한 것도 이 때문이라고 생각했다.

특히 2부 '등산 무대의 광역화와 히말라야 도전'에서 들려준 '거봉 도전의 뒷이야기' 편에 낭가파르바트에서 이어지는 비극과 아이거 북벽에서 숱한 죽음들에 많은 부분을 할애한 것도 같은 의도로 읽었다. 그가 등산학교에서 오랜 시간 등산 사고와 조난 사례를 중심으로 한 강의를 했던 이유도 실패의 경험에서 온전히 배워나가야 한다는 교훈 때문일 것이다.

우리에게 『역사란 무엇인가』라는 물음을 던졌던 에드워드 카는 역사가는 단순히 과거의 사실을 기록하는 것이 아니라 끝없이 과거와 대화해 새롭게 평가하는 존재라고 했다. 이용대 역시 『알피니즘, 도전의 역사』를 통해 과거의 등반 역사에서 우리가 무엇을 버리고 취해야 할 것인지에 대해 계속 탐구했다. 그의 기준은 산과 함께 살아온 자신의 인생 전체에 대한 질문과 대답일 것이다. 그런 의미에서 '등산의 역사란 무엇인가'를 묻는 책들은 더 많이 나왔으면 좋겠다. 오래전부터 그가

쓰고 싶다고 했던 일제시대 친일 등산의 역사 같은 것도 읽고 싶다.

산사람 이용대의 깡마른 몸피에서는 칠순이 넘어서도 꼿꼿하고 다부지게 자신을 지키려는 깐깐함이 느껴진다. 하지만 그 역시 산악인 이전에 함께 나이 들어가는 아내의 건강을 염려하는 남편이고, 어린 손주들을 아끼는 할아버지다. 『알피니즘, 도전의 역사』라는 위대한 인간 승리의 기록 저편에도, 드러나지 않는 수많은 가족들의 애절한 사연들이 묻혀 있을 것이다.

책을 덮으며 그가 서문 말미에 "제 산행을 뒷바라지하느라 마음고생이 심했던 아내와, 탕자의 산행을 늘 걱정해 주신 어머님 영전에 이 책을 바칩니다"라고 썼던 글이 책 속에 등장하는 어느 산악인들 이야기 못지않게 애절하게 들렸다. 그의 어머니는 생전에 동생을 산에서 잃고서도 흔들림 없이 산으로 달려가는 맏아들에게, 아무 말 없이 현관문 앞에 슬그머니 배낭을 내다 주는 그런 분이었다고 한다.

"괜찮아요.
잘 견뎠어요."

... 산과 만화, 이시즈카 신이치의 『산』

"『심야식당』의 산 버전 같아요."

이시즈카 신이치의 만화책 『산』을 침이 마르도록 칭찬하던 후배가 한 말이었다. 내가 『신들의 봉우리』를 보다가 가슴이 답답해 도중에 덮어버렸다고 하자 『산』은 다를 거라고 했다. 이제껏 산을 소재로 한 픽션들에는 별 감동이 없었다. 하물며 만화는 더할 거라고 생각했다. 남이 히말라야 올라간 것보다 내 발로 북한산 올라간 게 더 뿌듯하듯, 책을 통한 간접 체험도 실제로 그 산을 걸어간 몸의 기록이기에 가슴을 뛰게 만드는 힘이 있다고 느꼈기 때문이다.

아베 야로의 요리 만화 『심야식당』은 코바야시 쇼타로라는 멋진 사내가 출연한 드라마로만 보았다. 얼굴에 칼자국이 있는 사내는 밤 12시부터 아침 7시까지 문을 여는 심야식당에서 손님이 원하는 것을 즉석에서 만들어주는 오너 셰프다. 남들이 잠든 시간에 자그마한 식당 미닫이 문을 드르륵 열고 들어와 먹고 싶은 것을 주문하는 사람들, 심야식당의 손님들은 배가 고픈 게 아니라 영혼이 허기져 있었다.

『심야식당』은 평범한 달걀말이나 밥 위에 버터 한 조각을 올려 간장에 비벼 먹는, 딱히 요리랄 것도 없는 메뉴들마저 꼭 따라 해보고 싶게 만드는 매력이 있었다. 오로지 그 맛 때문에 『산』이라는 만화책도 구미가 당겼다.

며칠 후 후배가 보낸 택배가 날아왔다. 포장을 뜯어보니 홍삼 박스가 나와 놀랐는데 그 속에 만화책이 가득 들어 있었다. 주말 동안 침대에서 한껏 게으름을 피우며 만화 삼매경에 빠져들었다. 『산』에 등장하는 짧은 이야기들을 읽을 때마다 『심야식당』에 나오는 '단 한 사람만을 위한 영혼의 요리'를 맛나게 먹는 기분이었다. 혀끝으로만 기억하는 인스턴트 음료가 아니라 정성껏 오래 고은 홍삼의 풍미마저 느껴졌다고나 할까.

"북알프스 갔던 게 새록새록 기억나네. 언제나 또 가보나."

함께 만화를 보던 남편이 말했다. 나는 그 말이 떨어지기 무섭게 잔소리를 쏟아냈다.

"다신 혼자 안 보내! 당신이 얼마나 무모한 등산을 했었는지 똑똑히 보라고!"

『산』에는 일본 북알프스에서 산악구조대 자원봉사를 하는 시마자키 산포를 중심으로 펼쳐지는 조난 사고 현장의 에피소드가 펼쳐져 있다.

남편은 몸이 아프거나 스트레스가 극에 달하면 금요일 밤차로 지리산에 내려가 혼자서 하염없이 산길을 걷다 일요일 밤차로 올라오곤 한다. 산에서 극한의 방식으로 자가 치유를 하는 스타일이다. 그러나 살다 보면 아무리 산에 간다고 해도 쉽게 치유되지 않는 것들도 있는 법이다. 지리산보다 크고 멀리 있는 산에 다녀와야 할 것 같은 때가 있었다.

몇 해 전 남편의 북알프스 산행은 마흔일곱 번째 생일 즈음 그렇게 이루어졌다. 당연히 같이 가고 싶었지만 경제적인 부담이 만만치 않아 생일 선물인 셈 치고 혼자 보냈다. 그래도 내심 "여보, 우리 같이 가자!" 하는 말을 기다렸건만 신이 나서 훌쩍 가버리다니. 그뿐 아니었다. 초행이니 전문 여행사를 통해 팀 산행을 하라고 했는데, 등반 시즌이 아니라 모객 중인 곳이 하나도 없다며 산악 잡지와 인터넷에 나온 자료만 보고서 혼자서 떠났다.

일본의 지붕이라는 북알프스는 5월까지도 잔설이 많이 남아 있어 아이젠과 피켈을 갖춘 동계 산행 준비가 필요하다. 더구나 해발 2,500~3,000미터 산들이 줄지어 이어져 있는 고산지대의 눈이 녹기 시작하면서 예측하기 힘든 위험이 곳곳에 숨어 있어, 아름다운 만큼 충분히 위험했다.

"그냥 산 가까이 가서 보고라도 올게. 위험하면 절대 안 올라갈 테니 걱정하지 마."

이런 말을 곧이곧대로 믿은 내가 바보지. 아침 7시에 등산로 들머리인 가미고지에서 출발한다는 연락이 오고 밤 8시가 다 되어서야 해발 3,100미터에 있다는 야리 산장으로부터 다시 남편의 전화가 걸려 왔다. 휴대전화 로밍을 했지만 산에서는 배터리를 아끼기 위해 꺼놓으니

어차피 무용지물이었다.

전날 도쿄에 도착해 신주쿠에서부터 심야버스를 타고 밤새 가미고지까지 간 사람이 하루 종일 눈 덮인 북알프스를 혼자 올라갔다. 떠나기 전부터 연일 이어진 야근 때문에 녹초가 된 몸이었다. 집에서는 피가 마르는 심정으로 연락만 기다리고 있는데, 산장에 도착해 저녁까지 다 해먹고서 잠자리에 들기 전에야 전화를 하다니! 오호타케까지 능선을 걷는다고 한 이튿날도 방구석에서 전화기만 바라보고 있던 나는 내내 노심초사 좌불안석이었다.

그런데 집에 돌아와 들려주는 무용담을 들어보니 기가 막혔다. 조난당하지 않고 무사히 집으로 돌아온 게 천우신조로 보였다. 피켈도 없이 초행길을 혼자 올라온 그를 보고 산장에서 만난 일본인들이 깜짝 놀라더라고 했다. 악천후 속에서도 야리 산장까지 올라온 사람들은 노련한 고령의 전문 산악인들뿐이었다고.

우리나라 같으면 입산금지령 같은 게 내렸겠지만 일본은 등산의 모든 것이 자기 책임이라는 인식이 보다 철저한 것 같다. 산으로 가는 길을 막는 어떤 규제도 없는 모양이다. 등산이 가져올 위험과 재난 앞에 나설 자유도 있다고 해야 할까.

나는 몇 년 전 장대비가 쏟아지던 7월에 야쿠시마의 미야노우라다케를 오른 일이 있는데, 같은 숙소에 묵었던 일본인들이 빗속에도 산으로 가는 우리를 보고 깜짝 놀라던 기억이 있다. 야쿠시마는 일주일에 7일은 비가 온다고 하는 섬이었다.

어렵게 찾아간 우리가 비 때문에 산행을 포기하기도 어려운 일이었지만, 현지에 무엇 하나 등산을 말리는 것도 없었다. 산으로 가는 길에 규제가 없는 것처럼, 등산로 들머리에서 입산신고서를 작성하는 일도 자율에 맡겨둔다. 하지만 사고가 발생했을 때 이를 토대로 구조대가 출동하기 때문에 살고 싶으면 이것만은 꼭 지켜야 한다.

그런데 실제로 조난 사고가 났을 때, 경찰이나 소방서의 힘만으로는 구조가 힘든 경우가 많다. 이때 전문 산악인들로 구성된 민간 구조대의 힘을 빌리게 되는데 비용은 조난당한 사람이나 가족이 부담해야 한다. 이 경우 구조대원 한 사람이 출동하는 데 평소 3만 엔, 겨울에는 5만에서 10만 엔까지 든다고 한다. 만일 겨울에 15~20명 정도 팀으로 움직이는 민간 산악구조대에, 한 번 출동하는 데 100만 엔이 넘는 헬기까지 동원되면 수백만 엔 이상 비용이 들 수도 있다.

결국 마음 놓고 등산하려면 조난 수색 비용까지 보장해 주는 산악보험에 들 수밖에 없다. 하지만 보험에 가입한다고 해도 의사소통이 원활하지 못한 외국인은 보상받기가 까다롭다고 한다.

목숨 앞에서 돈이 문제가 될까 싶지만, 만일 위험한 상황이 닥쳤다고 해도 과연 현실에서 만화에 나오는 주인공 '산포'와 같은 구조대를 만날 수나 있을까. 산포는 산이 좋아 산에서 살면서 순수하게 자원봉사를 하는 사람이다.

"만화는 만화네. 실제로 이런 사람이 어디 있겠어."

산에서라면 '어디선가 누군가에 무슨 일이 생기면…… 틀림없이 틀림없이' 나타나는 짱가나, 배트맨, 스파이더맨 같은 산포. 그의 종횡무진 활약상을 보면서 남편이 한 말이다.

하지만 아무리 산포라 해도 모든 조난자를 구하지는 못한다. 그의 등에 업힌 채로도 숨이 끊어지기도 하고 조난자가 이미 백골이 되었거나 눈 속에 파묻혀 꽁꽁 얼어버린 채로 산포를 만나기도 한다.

사실 나는 산포가 사람을 구해내는 데서, 현실감이라곤 느껴지지 않을 만큼 놀라운 구조 활동보다 그가 죽음에 대처하는 방식에 감동받았다. 그는 산 사람이든 죽은 사람이든 조난자를 만나는 순간 늘 같은 말을 건넨다.

"괜찮아요. 잘 견뎠어요."

죽음의 문턱에서 살아난 사람들은 겁에 질린 채로 그에게 머리를 조아리며 "미안합니다"를 연발한다. 그럴수록 산포는 따뜻하게 웃으면서 격려하고 오히려 고맙다고 말한다. 이미 오래전에 숨이 끊어진 채로 누군가에게 발견되기만 기다리고 있던 시신 앞에서는, 정성껏 염을 하는 것처럼 조난자의 몸을 어루만지며 위로한다. 이때도 역시 "괜찮아요. 잘 견뎠어요"라고.

산포는 조난자가 최후의 순간까지 살아남기 위해 얼마나 애를 썼는지를 누구보다 잘 알고 있다. 그가 생명 의지에 대한 무한한 존경의 마음으로 죽은 이를 애도하는 것은 그 때문이다.

이제 막 경찰구조대에 입문한 똑똑한 아가씨 쿠미는 오로지 산밖에 모르는 산포를 보면서 울고 웃으며 산을 배워간다. 그래서일까, 산포는 초능력자 같은 구조대원이라기보다 영혼을 위로하는 무당이나 자연의 사원에 몸담은 수도자 같았다. 그러면서도 어깨에 힘을 주는 법이 없고 바보처럼 늘 웃고만 있어서, 겉모습은 절집 머슴 같은데 속은 큰스님처

럼 꽉 찬 사람이다.

물론 무모한 등산으로 사고를 자초한 이들에게 "산은 묘지가 아니다"라고 질책하는 조난자 구조 전문 스바루에어의 헬기 조종사 마키의 냉정함에도 고개가 끄덕여진다. 하지만 산이 묘지가 되더라도 담담하게 또 유쾌하게, 묘지기를 자처하는 듯한, 산포 앞에서 오히려 더 숙연해진다. '산 바보'라는 말이 딱 맞는 그는 어떻게 산을 만났을까.

산포가 고등학교를 졸업하고 사과 농사를 지으며 가업을 이을 것인가 외국의 산으로 떠날 것인가 고민할 때 그의 산악부 선생님은 이렇게 말했다.

산포……, 나는 죽을 거야. 너도 마찬가지야. 나뿐만이 아냐. 모든 인간의 최종 도착점은 죽음……. 그 종착점에 도달할 루트는 산포 너만이 정할 수 있어. 그렇게 생각하지 않니?　　　　　—『산』 6권, 156쪽

산포가 생의 갈림길 앞에서 산으로 가는 루트를 선택하고, 길에서 만난 무수히 많은 죽음들을 자연스럽게 맞이하게 된 화두였다. 『산』에는 산포처럼 산을 중심으로 자신의 루트를 선택한 많은 사람들이 만화 속에 등장한다. 그들은 산이 사람을 바꿀 수 있다고 믿는다.

어떤 경지까지 산을 오르다 보면 사람은 절대 나쁜 짓을 할 수 없게 되지. 그게 산의 좋은 점이야.　　　　　—『산』 9권, 60쪽

신참내기 경찰구조대원 아쿠츠가 참혹한 낙석 사고 현장을 목격하고는 구토를 하며 넋을 잃었을 때, 또다른 자원봉사자인 켄조 노인이 태연하게 시신 수습을 마치고서 한 말이다. 산에서 대가 없이 경찰을 도와주는 켄조는 젊은 시절 유치장깨나 드나들면서 못된 짓을 많이 했던 사람이지만 산사람들이 모인 산악조난 방지대책협회에서는 존경받는 어른이었다.

산포는 켄조와 같은 산 친구들을 무수히 많이 만났다. 그래서 그는 헤어지는 사람들에게 언제나 손을 흔들며 말한다. "산에 또 와요!"라고.

다니던 회사가 망하고 나서 고층 건물 유리창 청소를 하게 된 다테에게도 마찬가지였다. 그와 함께 건물 유리벽에 매달린 산포는 지금은 잠시 안개가 낀 산을 오르고 있을 뿐이라며 진짜 산에 와보라고 한다.

> 도시에 있을 때는 바닥이 평평해서 걷고 있는 건지 뭔지 실감이 안 나거든요. 하지만 산은 이렇게 경사져 있기 때문에 걷고 있다는 걸 실감할 수 있어요. '내 발'이 걷고 있구나, 하고.　　　　　　—『산』11권, 20쪽

산포가 다테에게 자신이 산을 좋아하는 이유라고 한 말이다. 세상에는 똑같이 밧줄에 의지해 허공에 매달린 채로 건물 유리창을 닦고 있어도, 산포처럼 유리창에 비친 산을 바라보며 신이 난 사람이 있는가 하면 그런 처지를 한탄만 하며 오들오들 떨고 있는 다테도 있다.

대부분 다테와 같은 처지인데도 그들은 저녁이면 안락한 집으로 돌아가면서 집도 없이 아무 데나 텐트를 치는 산포가 가엾다고 생각한

다. 하지만 정작 그들은 집의 노예가 돼 평생 그 빚을 갚느라 산에도 못 가고 쳇바퀴 안에 갇혀 지내다 하루아침에 거리로 내몰리기도 한다.

산포의 텐트는 헨리 데이비드 소로가 월든 호숫가에 스스로 지은 오두막 같은 곳이다. 그가 텐트 속에 지닌 물건들은 비용으로 따지면 소로의 표현대로 "당장에 혹은 궁극적으로 그 물건과 바꾸어야 할 '생명의 양(量)'을 말하는 것"으로만 가치를 매기는 것들뿐이다. 물론 산포에게도 사치품이 하나 있기는 하다. 산에서 마시는 맛있는 커피!

다테는 산포에게는 인생을 저당 잡힌 집과 바꿀 수 없는 무엇이 있다는 것을 깨닫고 산으로 그를 찾아간다. 산포가 말한 대로 산에서 '내 발'로 걸어보기 위해.

사람들은 현실에 정말로 산포 같은 사람이 있겠냐고 내게 묻는다. 그런데 나는 산에서 만났던 많은 사람들의 얼굴이 떠올랐다. 신불산 억새밭에 전기도 없는 판잣집을 대피소로 운영하던 고 엄성효 씨나 한라산 중산간마을에서 한라봉 농사를 지으며 틈틈이 구조대에 참여해 산으로 달려가던 김승민 씨, 용대리 산악구조대였던 설악산의 심마니…… 오대산에도 덕유산에도 그렇게 깃들여 살던 수많은 산사람들에게서 산포의 미소가 겹쳐졌다.

그들은 단지 산이 좋다는 이유로 산을 찾아온 사람들에게 친절했고 곤경에 처한 이들을 대가 없이 도왔다. 그리고 언제든 자기가 있는 산에 또 찾아오라고 손을 흔들었다. 자신의 등산 행위로 어떤 권력도 부도 손에 쥐지 않은 사람들, 그들은 단지 자신이 좋아한 루트대로 묵묵히 산을 오르며 살고 있을 뿐이었다.

물론 그들도 평생을 산포처럼 산에서 텐트 한 동, 설동 한 채 파놓은 걸로 만족하며 살 수는 없을 것이다. 하지만 산에 있는 순간만이라도 산포처럼 자유롭고 순수하게 산만 바라보고 싶은 마음은 누구나 공감하지 않을까.

잠시 산에 다녀온 힘으로 산 아래 일상을 견디고, 기력이 쇠하면 다시 산으로 달려가야 하는 남편도 마찬가지일 것이다. 그래서 산포는 세상 어디에도 실재하지 않지만 산사람이면 누구나 가슴속에 그리워하는 또다른 나의 모습이 아닐까.

3장

그래도 다시 인생을 오른다

... 산과 인생 그리고 세상

나무는 새들의 비행을
부러워하지 않는다

… 히말라야와 부엌, 김홍성의 『꽃향기 두엄냄새 서로 섞인들』

폭염이 이어지니 희고 서늘한 산이 그리웠다. 한여름에도 눈을 머리에 이고 있는 흰 산의 나라, 히말라야는 '눈'이란 히마(hima)와 '거처'를 뜻하는 알라야(alaya)가 합쳐진 말이라고 한다. 눈의 거처는 본래 하늘인데 땅 위에서 녹지 않은 채로 눌러앉았다니, 그래서 히말라야에서도 눈이 녹지 않는 높은 곳을 신들의 영역이라 부르는 걸까. 땅으로 내려온 눈은 녹아서 바다로 흘러가야 마땅하다. 바다는 끊임없이 구름을 만들어 하늘로 올려 보내고 하늘은 다시 눈과 비로 되돌려주는 게 순리니까.

그런데 지구상에 1년 내내 녹지 않는 만년설을 남겨두는 신의 뜻은 무엇일까. 20년 가까이 만년설의 나라를 떠돈 방랑자의 책을 세 권이나 뒤적이다가 문득 든 생각이었다.

히말라야 쿰부 남쪽 피케 봉 트레킹을 담은 김홍성의 책 『꽃향기 두 엄냄새 서로 섞인들』을 먼저 읽었는데, 책장을 덮으니 그가 네팔에서 밥집을 하던 시절 이야기가 궁금했다. 그래서 『우리들의 소풍』을 펼쳐 들었고, 다시 이 사내에게 지독한 병이 되고만 히말라야를 이해하고자 그의 첫 번째 여행기 『시인 김홍성의 히말라야 기행』까지 내처 읽고 말았다. 그 사이 불볕더위도 한풀 꺾여 있었다.

피케는 히말라야의 낮은 산이다. 정상이 해발고도 4,000미터를 조금 웃도니, 신들의 영역이라 부르던 8,000미터 위의 산들만 쳐다보는 이들은 별 흥미를 느끼지 못할지도 모른다. 그런데 그 산마루에 오르면 "네팔 서부에서 동부에 이르는 대산맥의 파노라마를 볼 수 있는 곳"이고, 피케 봉우리로 이어지는 사방의 산줄기에는 오래된 곰파와 셰르파 족의 고향인 산마을이 있다고 한다. 산이 낮아 오히려 품이 넉넉한 것일지도 모른다. 셰르파들의 영산(靈山) 피케는 신이 아닌 사람을 품은 산이었다.

김홍성이 피케를 가슴에 품은 것은 2004년 12월, 아내와 쿰부 지역 순례를 마치고 돌아오는 길에서였다. 루클라에서 비행기 결항으로 발이 묶였던 부부는 임시 헬리콥터 편에 몸을 싣고 나오면서, 오랫동안 꿈꾸던 순례의 대상지를 만났다. 낮게 떠서 나는 헬리콥터의 창밖으로 "아기자기한 산촌들이 점점이 흩어져 있고, 정감 있는 오솔길이 산등성이와 경작지 사이를 에돌아 울창한 숲 속으로 스며들고 (……) 은빛 강물이 검푸른 산줄기 사이에서 반짝"이고 있었다.

루클라에서 에베레스트 베이스캠프에 이르는 지역이 "수지타산에만 집착하는 상술이 번창"해 세속화된 것을 안타까워하던 부부는 "우리가 잃어버린 것들을 누리고 사는 사람들과 그들의 마을을 만나기 위해" 피케 순례를 결심한다. 그러나 정작 피케를 찾아간 것은 남편 혼자였다.

김홍성은 2007년 봄과 가을 두 차례에 걸쳐 오래전 "아내와 함께 헬리콥터에서 내려다본 바로 그 산"을 찾아간다. "함께하기로 했으나 끝내 함께하지 못하는 회한이 불현듯 일어나는 길"을 따라서, 아내 대신 '길동무 총누리 셰르파'와 함께 걷고 또 걸었다.

> 나는 총누리와의 순례를 통해 '가이드' 혹은 '포터'로 불리는 당사자들이 여행자의 '사티'였으면 한다는 사실을 알았다. '포터'라든지 '가이드'라는 영어식 표현은 고용주 입장에서 피고용인을 직능으로 분류한 용어지만, '사티'라는 네팔 말의 의미는 '동료·동반자·친구' 등인데, 때로는 배우자를 일컫기도 한다는 걸 알게 되었다.
>
> —『꽃향기 두엄냄새 서로 섞인들』 21쪽

셰르파를 길동무로 생각했기에 '그가 먹자는 걸 먹고, 그가 자자는 데서 잤으며, 그가 멈추자는 데서' 멈추며 이끄는 대로 따랐다. 그의 길동무 총누리는 칸첸중가, 마나슬루, 르왈링, 에베레스트, 안나푸르나, 랑탕 트레킹의 포터로 일하던 스물셋의 청년이었다. 그러니 히말라야의 풍경을 스쳐 지나며 일별하는 것이 아니라 사람의 마을 깊숙이 들어가 그들의 속살을 만날 수밖에 없는 길을 따라 걸었다. 셰르파들은 그 길을 물바토라 불렀다. 바토는 네팔 말로 길인데 물바토는 마을과 마을을 잇는 산길이다.

나는 김홍성이 물바토에서 만난 산골 사람들의 부엌 이야기가 흥미로웠다. 물론 그 부엌에서 하루도 빠짐없이 술이 나오도록 하는 주인공에게는 혀를 내둘렀지만. 그는 그날의 걷기가 끝나면 이렇게 하루를 닫았다.

> 늘 그랬듯이, 우리는 그들의 부엌에 쪼그리고 앉아서 화덕의 불빛을 바라보며 저녁을 맞았다. 말린 물소 고기볶음을 안주로 락시를 마시며 추위를 달래고 피로를 풀었다. 밤중에 시큼한 땀 냄새를 풍기는 짐꾼 두엇이 들어왔고, 그들과 함께 달밧떨커리를 먹었다.
>
> ―『꽃향기 두엄냄새 서로 섞인들』 233쪽

달밧떨커리는 우리의 백반 같은 네팔의 주식이다. 그런데 로딩 마을 어귀 민박집에서 만난 마갈족 아낙네에겐 이것마저 호사였던 모양이다. 쌀이 없어 손님을 받을 수 없다는 주인에게 김홍성은 "부인, 문제없습니다. 우리는 감자도 먹고 옥수수도 먹습니다"라며 네팔 말을 건넨다. 산골 아낙네에게 여행자들은 "쌀 아니면 안 먹는 부자들"로 보이던 벽을 그가 허물고 들어간 것이다.

그 집에서는 따끈한 소찌아(버터차)를 마시고 뜨거운 물에 보릿가루를 반죽한 거웅꼬디히로를 먹었다. 불부레라는 마을에서는 감자를 삶아 식힌 다음 절구에 넣고 찰떡처럼 쫄깃쫄깃해질 때까지 찧는 릴두라는 음식을 먹기 위해, 셰르파의 부엌 화덕 앞에 불을 쬐고 앉아 두 시간 가까이 기다리며 요리하는 모습을 지켜보기도 한다.

히말라야의 크고 높은 산 정상에만 마음이 쏠려 있는 사람들은 셰르파의 음식을 주식으로 삼지 않는다. 음식은 오로지 등반에 필요한 열량과 고소에서 지친 심신을 달래고 건강을 지켜줄 수단이기 때문이다. 특히 한국 원정대들은 김치의 힘으로 산을 오른다고 생각하는지 현지에서도 김치를 담그고, 백숙과 닭볶음탕까지 즐겨 먹느라 산간 마을 닭들의 씨가 마른다는 이야기까지 들었다.

오로지 산만 보고 그 산자락의 문화와 역사, 사람들을 이해하지 않는다면 도심 한복판에 8,000미터 높이의 인공구조물을 세우고서 경기를 치르는 것과 무엇이 다를까. 네팔 공항에서 베이스캠프가 있는 곳까지 비행기로만 스쳐가는 풍경들 속에 숨은, 일상의 맛과 멋이 그 산을 더욱 빛나게 하는 것은 아닌지.

나는 물바토에서 만나는 산골의 부엌을 보며 마이클 폴란이 『행복한 밥상』에서 한 이야기가 떠올랐다. "역사적으로 사람들은 생물학적 필요성 이외에도 다른 많은 이유로 식사를 해왔다는 점을 잊지 말아야 한다. 음식은 또한 즐거움에 관한 것이고, 공동체에 관한 것이고, 가족과 영성에 관한 것이고, 우리와 자연세계의 관계에 관한 것이고, 우리의 정체성 표현에 관한 것"이라는 구절 때문이었다.

일상의 음식을 나눌 때 우리는 비로소 새로운 공동체와 자연을 제대로 이해하게 된다. 『꽃향기 두엄냄새 서로 섞인들』은 그렇게 부엌에서부터 히말라야의 속살을 보여주고 있었다.

김홍성이 부엌에 세심한 눈길을 준 것은 그가 요리에 대한 남다른 애정을 가졌기 때문이기도 하다. 그는 히말라야와 티베트, 라다크 등을 떠돌다 돌아온 1995년 봄, 서울 종로 5가의 요리학원에 다니며 '꿈적도 않고 요리 배우는 데만 전념하여 한식 조리사 자격증을 단번에 따냈다.' 몸은 정처 없이 오지를 떠돌아다니면서도 정작 그의 영혼은 식구들끼리 밥상에 둘러앉아 한솥밥을 먹는 일에 굶주려 있었던 모양이다.

오직 인간만이 요리를 한다. 불 위에 솥을 걸고, 물을 붓고, 땅에서 자란 쌀을 끓여 밥을 짓는 일은 필경 신이 가르쳐준 것이며, 어떤 예술보다도 거룩하다고 생각하다 보면 결국 앞치마를 두르지 않을 수 없게 된다.

—『우리들의 소풍』 8쪽

그는 "히말라야를 비롯한 지구촌 오지를 돌아다니다가 여비가 떨어지면 큰 도시의 요리사가 되어 여비를 벌겠다는 야심"도 있었다. 그리고 인도 다르질링에서 "친근한 시인이며 쾌활한 여행가인 동시에 조예가 깊은 요리사"였던 어떤 이의 동상을 만난다. 그가 삶을 충만하게 하는 세 가지 직업이라 여긴 것 모두를 겸비했던 인물이다.

김홍성은 먼저 시인이 되었고, 여행과 일상이 구분이 되지 않을 만큼 떠도는 동안에는 속 깊고 따뜻한 여행가였다. 그리고 뒤늦게 조리사 자격증을 가졌지만 진짜 요리사가 되지는 못했다. 대신 그는 자격증을 들고 네팔로 가서, 2002년 카트만두 여행자의 거리에 '소풍'이란 밥집을 열었다.

하지만 요리는 늘 아내 몫이었다. 그는 식당 일로 고단한 아내에게 "아내가 직접, 나만을 위해 차려주는 밥을, 집안에서, 제때에, 편안하게 먹고 싶다"라고 투정을 부리다 "부엌 강아지처럼 낑낑대다가 부지깽이로 얻어맞고 쫓겨나는 꼴"이 되기도 했다고 『우리들의 소풍』에서 고백한다.

아내는 본래 여행가 김홍성의 길동무였다. "다르질링에서 시킴의 욕숨까지, 다람살라에서 참바를 거쳐 라다크의 루브라까지, 다시 인도 대륙 최남단 칸야쿠마리까지, 그리고 북인도 비하르 평원의 불교 유적지 순례……. 1년에 평균 백날 이상을 걸으면서도 불평이 없었던" 사람이다. 어느 순간부터 아내는 "밖으로 헤매는 여행보다는 자신의 내면을 향해 떠나는" 명상과 요가 등을 원했다.

그리고 마침내 모든 여행의 궁극으로 영면에 들었다. 아내는 어렸지만 여행가로는 선배가 된 셈이다. 2005년, 귀국한 지 두 달 만에 간암 말기 판정을 받았기 때문이다. 타멜 거리의 고된 식당 일에서 아내를 해방시키고, 고향 포천에서 아버지의 과수원 농사를 도우며, 농한기에는 다시 네팔로 돌아가 길동무로 산다는 꿈을 꾸었을 때였다.

반려자를 잃은 김홍성은 대신 셰르파와 길동무가 되어 피케의 산길을 걷고 또 걸었다. 말하자면 피케 순례는 아내를 위한 추모 트레킹이다. 그가 부엌문으로 설산이 내다보이는 마을마다 묵어가며, 밥을 짓는 아낙네들을 물끄러미 바라보는 일이 결코 쉽지 않았을 것이다. 옥수수와 감자를 유난히 좋아하던 아내 탓에 남의 부엌에서 옥수수와 감

자를 얻어먹을 때마다 목이 메었다.

> 그러나 나는 씩씩하게 걸었다. 씩씩하게 걷고 크게 웃었다. 별들이 가
> 득한 하늘과 눈보라 치는 하늘을 향해, 또한 설산을 누르는 시퍼런 하늘
> 을 향해, 심호흡을 하며 가슴을 폈다. ―『꽃향기 두엄냄새 서로 섞인들』 11쪽

그런데 나는 책을 읽는 내내 공연히 심술이 났다. 순례 중에 들른 산골학교 세 곳에 아내의 명복을 비는 마음으로 각각 3,000루피씩 장학금을 기부하고, 셰르파족의 눈 맑은 어린 것들을 갸륵하고 기특하게 바라보는 이 눈물 많은 사내한테.

『꽃향기 두엄냄새 서로 섞인들』은 정신이 몽롱해지도록 걸어간 아름다운 산길과 눈부신 설산과 밤마다 주먹만 한 별들을 토해내는 검푸른 하늘, 그리고 하늘과 대지를 가득 채운 서늘한 바람을 그리워하게 만든다. 하지만 엉뚱하게도 나는 그토록 욕심내던 히말라야에 대해 이제 가도 그만, 안 가도 그만이란 생각마저 들었다.

만년설을 머리에 이고 있는 히말라야 대신 철 따라 옷을 갈아입는 북한산이 보이는 부엌에서 밥을 짓고 있는 나는, 피케의 산마을 부엌에서 웅크리고 앉아 술을 핑계로 연신 흐느꼈을 사내의 속마음이 보였다. 또 그에게 옥수수, 감자를 삶아 주고 직접 빚은 락시나 창 같은 술을 내어준 셰르파의 여인들을 생각했다.

어두운 부엌에서 내다본 눈부신 설산 너머로 돈 벌러 떠나간 남편과 아이들을 그리워하다 죽을 여자들, 그들은 결코 여행을 떠날 일이 없

을 것이다. 집을 잃고 쫓겨나거나 더는 고향에 먹을 것이 없어 몸을 팔러 객지로 나가야 하지 않는 이상, 부엌에서 늙어 가는 여인들은 결국 죽어서나 부엌을 떠나지 않을까.

일상에서 떠나지 못하는 것을 늘 불행이라고 생각했는데 문득 떠날 필요를 느끼지 못하는 행복도 소중하게 지켜야 한다는 생각이 들었다. 한곳에 뿌리내린 나무가 새들의 비행을 부러워하지 않듯이 말이다.

단숨에 김홍성의 히말라야 이야기를 세 권이나 읽어버린 나는, 그가 이제 조금씩 요리사가 되어간다고 느꼈다. 시인의 눈과 귀로 여행을 떠났던 사내가 먼 길을 돌아 부엌이 있는 집으로 돌아온다고나 할까. 피케의 물바토에서 김홍성이 그리워한 것도 부엌이었다.

히말라야에 내린 눈은 줄곧 높고 추운 산 위에 머무는 것 같아 보여도 만년설이 굳어버린 빙하는 계속 녹아내리고 있다. 그래야 다시 눈으로 돌아갈 테니까. 부엌에서는 늘 길 위의 시간에 갈급하지만 멀고 험한 길 위에서는 따뜻한 화덕이 있는 부엌이 그리운 것과 다르지 않아 보였다. 눈이 히말라야의 머리 위에서 잠시 정주하는 이유도 그 때문인 것 같다.

'위대한 침묵'은
어디에

... 산과 신, 에드워드 윔퍼의 『알프스 등반기』

새해 첫날, 영화 〈위대한 침묵〉을 보았다. 일출을 보기 위해 이른 새벽부터 멀리 있는 산을 올랐다면 꿈도 꾸지 못했을 조조 영화. 물론 집 근처 인왕산에서도 해맞이 행사가 있었다. 하지만 자치단체장과 정치인들이 얼굴을 내밀어 떠들썩해지는 산에는 가기 싫었다. 대신 영화 속에서 산이 나를 반겨주었다.

〈위대한 침묵〉은 알프스 산자락에 있는 카르투지오 수도회의 일상을 기록한 다큐멘터리다. 1084년 성 브루노가 세운 수도회로 가톨릭 교회에서 가장 엄격한 규율을 지닌 곳으로 유명하다. 외부와 단절된 깊은 산속에서 오로지 기도와 묵상으로 이루어지는 단순한 삶을 사는 수도사들의 공동체. 어떤 꾸밈이나 장식도 없이 썰렁할 정도로 검소한 수도사들의 방은 신과 만나려면 그렇게 단순해져야 한다고 말하는 것 같았다.

필립 그로닝 감독은 그런 수도사들의 생활을 고스란히 체험하고서, 어떤 인공적인 조명과 소리도 더하지 않겠다는 약속을 하고서야 2년에 걸친 촬영에 성공했다. 수도원으로부터 허가를 얻어내는 데만 15년을 기다렸다고 한다.

크고 강한 바람이 산을 할퀴고 주님 앞에 있는 바위를 부수었다. 그러나 주님께서는 바람 가운데에 계시지 않았다. 바람이 지나간 뒤에 지진이 일어났다. 그러나 주님께서는 지진 가운데도 계시지 않았다. 지진이 지나간 뒤에 불이 일어났다. 그러나 주님은 불 속에도 계시지 않았다. 불이 지나간 뒤에 조용하고 부드러운 소리가 들려왔다.　　　―「열왕기」

엘리야가 호렙 산에서 하느님을 만나는 장면으로 영화 시작과 함께 자막으로 나온 성서 구절이다. 바람도 지진도 불도 아니면 '주님'은 대체 어디 계신다는 걸까. 상영 시간 162분 동안 영화 속에는 침묵만 흘렀다. 침묵을 견디지 못해 졸다 깨어나는 관객들도 많았다. 내 옆의 짝도 마찬가지였다. 사실 잠깐씩 졸아도 크게 상관없는 영화였다. 하지만 나는 이따금씩 화면을 가득 채우는 산 때문에 지루하지 않았다.

수도사들이 1년 열두 달 늘 똑같은 창을 통해 바라보는 것은 알프스의 산이었다. 거기에도 '태초에 말씀'이 먼저 있었는지는 모르겠다. 그러나 거기 산이 있다는 사실이 축복처럼 여겨지는 풍경이다. 영화는 지루하게, 산은 신과 다르지 않다는 이야기를 침묵과 풍경으로만 보여주려는 것 같았다.

수도원이 세워질 무렵의 알프스는 '용과 악마가 사는 무시무시한 죽음의 거처'로 여겨졌다. 그런 알프스 계곡 깊숙이 들어간 이들에게도 목숨을 걸고 속세를 떠나는 용단이 필요하지 않았을까.

악마가 사는 곳으로 신을 만나러 떠난 수도사들이라니, 알프스로 모험을 떠난 등산가들과 닮았다. 하지만 등산가는 산에서 무사히 살아 돌아오는 것이 목적이지만 수도사들은 신의 거처에 그대로 머문다. 등산가는 정상에 올라 환호하지만 수도사는 산을 오르지 않고 묵묵히 바라보며 침묵할 뿐이다.

카르투지오 수도회는 포교나 교육 등 다양한 사회활동을 하는 수도회들과 달리 관상(觀想) 수도를 목적으로 한다. 수도사의 생활은 오로지 침묵 속에 이루어지는 기도와 묵상, 그리고 생존에 필요한 최소한의 노동뿐이다. 그래서 현실 도피적이란 비판을 받기도 했다. 일상에 만족하지 못하고 늘 산으로 떠날 궁리만 하는 등산가들도 종종 비슷한 소리를 듣는다.

그런데 수도회의 일상을 들여다보면 인간의 침묵을 지켜보는 더 큰 침묵이 있다. 침묵하겠다고 선언할 필요도 없이 그냥 존재 자체가 침묵인 산. 위대한 침묵은 산에 있다는 생각을 하니 영화의 'Into Great Silence'라는 영어 제목이 존 크라카우어의 책 제목인 'Into Thin Air'로 읽히기까지 했다. 'Into Thin Air'는 1996년 에베레스트에서 있었던 실제 조난 사고를 다룬 베스트셀러 『희박한 공기 속으로』의 원제목이다.

대자연이라는 침묵의 사원 속으로 들어간 수도사들은 산과 신이 다르지 않다는 것을 결국 깨달았을까. 그런 생각을 하며 집으로 돌아오는 동안 영화 속에 나온 산이 궁금했다. 수도원의 배경으로 서 있는 산의 가파른 능선을 보니 갑자기 마터호른도 생각났다. 구름을 베어낼 듯 날카롭게 솟구쳐 있는 산만 보면 마터호른부터 떠올리게 되니까.

토니 히벨러는 "평지에 살며 이따금 알프스에 오는 사람에게는 등산가로서 마터호른을 오르지 않았다면 불완전한 것으로 보이는 것 같다. 물론 이러한 생각은 산이 제기하는 특수한 문제에서 오는 것이 아니라 사람의 마음을 압도하는 그 산의 모양과 명쾌한 선의 아름다움에서 온다"라고 했다. 나는 그가 범속하다고 생각하는 사람들처럼만이라도 '평지에 살면서 이따금 알프스에' 가보고 싶다.

구글 위성 지도로 수도원을 검색해 보니 프랑스 그르노블이란 도시 북쪽에 있는 카르투지오(2,082미터) 산 근처로 나왔다. "검색되지 않으면 존재하지 않는다"라고까지 말하는 시대에도 산은 미지의 대상으로 남아 있을 줄 알았는데, 인터넷에서 정상 좌표까지 찾을 수 있었다. 편리하지만 썩 유쾌한 일은 아니었다. 산에서 신성이 사라진 이유를 실감하는 기분이랄까.

그래서 에드워드 윔퍼의 『알프스 등반기』라도 제대로 읽어야겠다고 마음먹었다. 이제껏 윔퍼의 글은 김영도 선생이 "나의 등산 독본(讀本)"이라며 산서의 정수들을 모아 엮은 『하늘과 땅 사이』에 나온 「마터호른 초등정기」라는 단편밖에 읽지 못했다. 그가 고안한 '윔퍼 텐트'는 알면서 책을 읽어본 적이 없다니! 윔퍼 텐트는 세찬 바람에도 잘 견딜 수 있도록 만들어져 산에서 야영 기술을 획기적으로 발전시킨 발명품이다. 우리가 흔히 텐트하면 떠올리게 되는 입구가 삼각형인 고전적인 형태를 말한다.

윔퍼는 1840년 런던에서 태어나 1911년 몽블랑이 보이는 샤모니 계곡에 묻혔는데, 스무 살 때 런던의 출판사로부터 산 그림을 그려달라는 청탁을 받고 알프스에 왔다가 산에 푹 빠져버린 사람이다. 아직 그 산에 미지의 세계가 많이 남아 있을 때였다. 그런 산만 바라보느라 여자에는 통 관심이 없었는지, 죽기 5년 전인 67세에야 비로소 결혼했다고 한다.

『알프스 등반기』는 1860~1869년 사이, 윔퍼의 인생에서 가장 열정적인 등반 기록들을 모아놓은 책이다. 결국 마터호른 이야기가 주를 이룬다. 하지만 책을 구하는 게 쉽지 않았다. 절판된 지 오래되었는데, 도서관에서도 관내 비치만 해놓고 대출해 주지 않는 경우가 많았다. 빌려주는 곳을 찾아 일부러 집에서 먼 도서관까지 찾아갔을 때는 서가에서 실종된 것조차 모르고 있기도 했다. '사람이 산에 오르는 한 계속 읽힐 책'이라는 '불멸의 산악 고전'을 도서관을 세 군데나 뒤져서 겨우 빌리다니 서글픈 일이었다.

우리는 '등산은 남과 경쟁하는 것이 아니라 오로지 등산가 자신과의 경쟁'이라는 말을 즐겨한다. 분명 알피니즘이 경쟁으로부터 출발했다는 것을 알면서도 시치미 떼며 하는 말이다. 스위스의 자연과학자 소쉬르가 내건 현상금을 타기 위해 몽블랑으로 달려간 사람들이 그 출발이었다. 사람들이 소쉬르가 던진 먹이를 무는 데만 26년의 세월이 걸렸다. 그리고 1786년에 몽블랑 등정에 성공한 뒤로 유럽은 알프스의 처녀봉들을 향한 초등 경쟁으로 후끈 달아올랐다. 10년 동안 100여 개의 봉우리를 앞다투어 올라가기 시작한 것이다. 그 속에서 마터호른은 알프스 4,000미터급 산의 마지막 보루였다.

1865년 스물다섯 살에 4,478미터의 마터호른에 오른 윔퍼는 뒤따라 산을 오르던 장 앙투안 카렐 팀에게 이긴 것을 확인하고 만세를 불렀다. 그 이전에도 18개 팀이 도전했지만 모두 실패를 거듭했던 산이었다. 그는 절벽 아래 사람들에게 돌을 던져 자신의 승리를 확인시켜 주기까지 했다. 승부에서 진 것을 확인한 카렐은 정상을 밟지도 않은 채 그대로 하산해 버린다. 처음엔 뭐 이런 속 좁은 사내들이 있나 싶었다. 아무튼 이로써 등산의 역사에서 알피니즘의 황금기라 불리는 한 시대가 막을 내린다.

그러나 윔퍼의 일관된 이야기는 산을 오르는 데는 승부욕 이상의 무엇이 있다는 것이다. 그는 '영광된 생애를 압축한 시간'이었다고 표현한 마터호른 정상에서도 경쟁자였던 카렐을 생각한다. '이 순간 우리와 함께 정상에 있었으면 얼마나 좋았을까' 하면서 '자신의 환호가 마터호른에 일생을 걸었던 한 사람을 실망시켰다'는 것을 안타깝게 생각했다. 사실 윔퍼는 초등에 성공하기 전 여덟 차례나 마터호른에 도전했는데, 카렐과는 세 번이나 한 팀을 이루었다.

카렐이야말로 마터호른을 오르려던 사람들 가운데 누구보다 먼저 정상에 서야 했다. 마터호른은 오를 수 없다는 설에 처음으로 의문을 가진

자가 바로 그였다. 그리고 오를 수 있다고 끝까지 믿은 자도 그밖에 없었다.

—『알프스 등반기』 307쪽

윔퍼는 인간 한계를 뛰어넘어 신의 영역에 다다를 수 있다는 확신을 준 친구에게 경의를 표한 것이다. 원래 두 사람은 함께 마터호른을 오를 계획이었지만 '자기가 태어난 골짜기의 명예를 위해서라도 이탈리아 쪽에서 마터호른에 오르는 것이 평생 소원'이었던 카렐이 먼저 윔퍼와의 약속을 깼다. 카렐은 윔퍼가 체르마트에서 마터호른 정상에 오른 3일 뒤, 이탈리아 쪽 리용 리지를 통해 새로운 루트 등정에 성공한다. 윔퍼는 훗날 자신의 책에서 카렐이 오른 길이 훨씬 어려운 루트였고, 카렐이었기에 훌륭한 등반을 성공할 수 있었다고 상세히 설명했다.

그러나 윔퍼는 정상에 먼저 오르는 데 성공했지만 하산에서는 크게 실패했다. 엄청난 비극이 그를 기다리고 있었기 때문이다. 하산할 때 추락하는 동료의 로프가 끊어져 세 사람이나 목숨을 잃은 것이다. 그 때까지 알프스에서 한 번도 일어난 적이 없던 충격적인 사고였다. 사람들 사이에 등산을 금지시켜야 한다는 여론이 일기까지 했다.

결국 재판정에까지 서서 세상의 비난을 한 몸에 받게 된 윔퍼는 알프스를 떠나게 된다. 그 뒤로는 1867년과 1872년에 그린란드를 탐험하기도 했다. 하지만 윔퍼는 곧 카렐과 한 팀이 되어 다시 산을 오르기 시작했다. 그들은 더 이상 마터호른을 앞에 둔 경쟁자가 아니라 대자연의 위대한 침묵 속에 몸을 던진 수도사들처럼 같은 꿈을 꾸는 사람이 되었다. 그는 남미 안데스의 침보라소 등 여섯 개 산을 카렐과 함께

짝을 이뤄 초등했다.

윔퍼는 마터호른을 처음 등반하고 돌아왔을 때 "짝이 생기면 다시 돌아와서 산이 이기나 내가 이기나 결판을 내기로 했다"고 말했다. 그가 마터호른을 본 순간 자신의 유일한 짝이라고 믿었던 사람이 바로 카렐이었다. 하지만 윔퍼의 짝은 그가 한평생을 바친 다른 짝이던 마터호른의 품에서 62세에 먼저 숨을 거두었다. 윔퍼는 그의 죽음을 이렇게 기록한다.

　　이 굳센 등산가가 그런 식으로 죽으리라고는 아무도 생각 못 한 일이며 '자기의 산'에서 스러진다는 것은 더욱 이해하기 어려웠다. 그러나 그것은 사실이었다. 장 앙투안은 자기 산에서, 고향이 보이는 곳에서 추위와 굶주림과 피로로 죽었다. …… 카렐이 비록 쇠약했어도 자기의 안전을 꾀했다면 목숨까지 잃지는 않았으리라. 그러나 그는 더 훌륭한 길을 택했다.
　　　　　　　　　　　　　　　　　　　　　—『알프스 등반기』 347쪽

카렐이 자신의 고객들을 위해 '자기가 해야 할 의무를 알고 인생의 막을 내리는 마당에서도 충성과 헌신의 본보기를' 보이며 눈밭에서 쓰러져간 것을 두고 한 말이다.

함께 있던 사람들이 의식을 잃은 그의 얼굴을 비비고 몸을 주무르며 부축해 주었으나 그는 끝내 일어서지 못하고 뻣뻣하게 굳어갔다고 한다. 사람들은 그의 귀에 대고 "먼저 하나님 곁으로 갈 생각이냐"라고 물었고, 그는 있는 힘을 다해서 "예" 하고 대답하더니 무너지듯 뒤로 쓰러졌다고 한다. 카렐도 마터호른의 위대한 침묵의 일부가 된 것이다. 카렐은 그 산에서 신을 만났을까.

나는 새해 첫날부터 어수선했던 우리 산에서 찾아보기 힘든 침묵의 세계가 그리웠다. 그러나 오늘 당장 마터호른으로 갈 수 있는 티켓이 주어진다고 해도, 그곳에 윔퍼나 카렐이 만난 위대한 침묵이 고스란히 남아 있을지는 의문이다.

마터호른에도 십자가와 마돈나상이 세워지고, 정상 바로 아래까지 이어지는 등산 열차도 모자라 산속에 계단식 터널을 뚫어 꼭대기까지 올라가는 길을 내려고 한 사람들이 있었다고 한다. 산꼭대기에 악마가 산다는 전설이 깨진 다음, 인간의 욕망이라는 새로운 악마가 산을 지배하는 세태는 마터호른이라고 예외는 아닌 모양이다.

알피니즘은
불로초인가

… 산과 일상의 구별 짓기, 기도 라머의 『청춘의 샘』

서른 살이 되자 비로소 내 세상이 온 것 같았다. 산을 깊이 만난 것도 삼십 대였다. 그런데 마흔이 지난 뒤로는 잘 늙고 싶다는 생각을 한다. 흰머리가 늘어가는 것도 나쁘지 않다. 오십 줄의 선배는 젊은 여자가 중늙은이처럼 군다고 핀잔을 주기까지 했다.

물론 늙는 게 조금도 서글프지 않다면 거짓말이다. 하지만 덧없는 시간을 부여잡느니 멋지게 늙으려고 노력하겠다. 나이 드는 일 자체를 아름다움으로 받아들이면서. 어쩌면 이렇게 말하는 것부터가 이미 흐르는 세월에 대해 두려움을 느끼고 있다는 반증일지도 모르지만.

'청춘의 샘'을 갈망한 것은 동서고금을 막론하고 인류의 한결같은 꿈이었다. 진시황이 불로초 찾던 것처럼, 탐험가 후안 폰세 데 레온이 신대륙에 발을 디딘 것도 청춘의 샘을 찾으라는 스페인 왕의 명령 때문이었다고 한다. 중세 독일의 화가 루카스 크라나흐가 그린 그림에도 '청춘의 샘'이 있다. 화면 왼쪽에서 수레에 실리거나 등에 업혀 온 노인들이 그림 한가운데 있는 샘물에 들어가 젊은 여인으로 변한 다음 샘 밖으로 걸어 나와 쾌락을 즐긴다. 과연 현실에도 그런 샘이 있을까.

책장에서 기도 라머의 책 『청춘의 샘』을 꺼냈다. 사람들은 산에서 그 샘을 발견하려는 것일까. 인파로 북적이는 북한산을 보면 가끔 그런 생각이 든다. 노인 인구는 갈수록 늘어갈 텐데, 등산이 청춘의 샘이 되어 젊음을 조금이라도 연장해 줄 수 있다면 그 나름 의미가 있으려니.

그런데 『청춘의 샘』을 읽다 보니 예전에는 책장을 조금 뒤적이다 그냥 덮어버렸다는 사실이 떠올랐다. '청춘'이라는 말이 조금도 애틋하게 들리지 않을 만큼, 지금보다는 젊었고 그래서 건방졌을 때가 아니었을까. 그런데 이번에 다시 읽으면서는 제법 많은 부분 밑줄을 그으며 몰두 할 수 있었다. 이걸 기뻐해야 하나.

산에서 혼자가 된다는 것은 자신의 존재 가치를 냉철한 눈으로 샅샅이 살펴본다는 것을 의미하며, 동시에 대자연의 무한한 힘을 찬양하는 성스러운 축전을 베푸는 것이며, 영원한 가치를 지니는 예술작품을 그대의 가슴속에 기쁘게 맞아들이는 것임에 틀림없으리라.

—『청춘의 샘』 75쪽

하지만 산이 하도 복잡해서일까, 주로 고개를 끄덕이게 되는 이야기는 "알프스의 품에 안길 때에는 가슴속에 환희가 넘쳐흘러, 쓸데없이 수다를 떨거나 경망스러운 말은 하지 않게 된다. 그리하여 순수한 고독을 사랑하는 사람에게는 자연의 순수한 속삭임 이외의 잡소리는 들리지 않게 된다"는, 그리고 "침묵의 소리, 말없는 말을 알아들을 수 있게 된다"는 것들이다.

라머가 활동한 시대는 19세기 말에 시작된, '은의 시대'로 불리는 알피니즘 역사의 전환기였다. 알프스에서 미지의 봉우리들을 향해 치열한 초등 경쟁이 벌어지던 등산의 황금기가 끝나고, 은의 시대가 열렸다. 더는 누가 제일 먼저 산에 올랐는지가 중요하지 않게 된 것이다. 1등을 향해 달려가던 황금기의 등산은 영국을 중심으로 한 보수적이고 부유한 계층의 전유물이었다. 하지만 이후 은의 시대에 이르자 독일과 오스트리아의 중산층과 학생들을 중심으로 등산이 유행하게 된다.

이제 젊은 알피니스트들은 새로운 방식으로 자신을 남과 구별 지을 방법을 찾아야 했다. 『알피니즘, 도전의 역사』는 이를 "그동안의 등반은 안전하고 가능한 한 쉬운 루트를 통해서 오직 정상에 오르는 것만을 목적으로 삼았으나, 은의 시대에 들어서면서는 좀 더 어렵고 가파른 절벽에 길을 내며 오르는 모험적인 등반이 시작된다. '더 어려운 루트를 통해 오르는 새로운 등반 방식'이야말로 은 시대를 대표하는 풍조가 된다"라고 했다. 사람들을 산에 올려놓는 힘은 이제 황금보다는 젊음에서 나오는 시대가 된 것이다.

라머는 '더 어려운 루트'를 찾는 시대의 대표적인 등반가였다. 젊은 시절부터 극한적인 단독 등반을 즐겼다는데, 스물두 살인 1884년 푸스

슈타인 북동릉, 이듬해 그로스페네디거 서벽 초등반, 1887년에는 마터호른 서벽을 등반하다 눈사태를 만나 기적적으로 살아났다고 한다. 내 깜냥으로는 가늠할 수 없는 수준이다. 다만 그가 망구(望九)를 넘겨 장수했으니 산이 그에게 청춘의 샘이었다는 사실만은 분명한 것 같다.

오스트리아의 소년 라머는 "주말마다 설교와 예배에 빠지는 대신에 뻐꾸기와 종달새의 미사라든가 이슬비나 겨울의 설한풍(雪寒風) 미사를 즐기"러 산에 다니기 시작했다. 그는 독일에서 청년들이 도보 여행을 통해 심신을 단련하는 반더포겔(Wandervogel) 운동이 일어나기 훨씬 전부터였다고 회고했다. "명문 고등학교에서 세상 물정도 모르는 교사들에게 꾸중만 듣고 한낮에도 어슴푸레한 방이나 숨이 막힐 듯한 대도시의 뒷골목에 처박혀 있던" 소년은 "거리낌 없이 자유로운 대기 속을 거닐면서 이 드넓은 공간을 가슴속에 단숨에 들이마시고 싶은 유혹에 사로잡혔"다고 한다.

라머는 제도권 교육의 틀 안에서는 문제아였겠지만, 자발적으로 대안 교육을 찾아 나선 영민한 소년인 셈이다. 요즘 우리 사회에 유행하는, 여행하며 길 위에서 공부한다는 '로드 스쿨러' 같은 청소년들의 원조가 아닐까.

그는 산을 찾은 이유에 대해 "조상으로부터 물려받은 에너지가 거짓된 교육에 의해 억압되어 있다가 이제는 행동으로 옮기고 싶은 강력한 충동으로 바뀌어 폭발"한 것이라고까지 했다. 제도교육의 현실이 숨 막히는 것은 그 시대의 유럽이라고 해서 크게 다르지 않았던 모양이다.

교실을 뛰쳐나간 소년은 대자연의 학교에서 자라 청년이 된 뒤로는 산을 향해 아예 죽기 살기로 달려든 것 같았다. 산에서 일찌감치 죽음의 문턱까지 다다르는 경험을 했는데도 극한적인 등반을 멈추지 않았기 때문이다. "나는 단지 위험과 맞싸우는 일에 매혹된 것이 아니라 위험 그 자체에 매혹당했던 것이다"라고까지 말한다.

이런 사내라면 어지간히 부모의 애간장을 태웠을 게 분명하다. 그런데 라머는 자신의 그런 태도가 시대를 뒤흔든 염세주의 사상 때문이었다고 말한다.

> 나는 사상적인 방랑자처럼 결코 인생을 달콤하게만 본 일이 없다. 또한 값싸고 손쉬운 해결 방법을 써보려고 나섰던 일도 없다. 언제나 지독한 모순과 상처를 최대한 깊이 도려내어 그 실상을 두 눈으로 직시하려 했다. 쇼펜하우어는 손쉽고 재빠르게 인생의 해결 방법을 찾아내려는 것은 그 본성이 천박한 자의 특성이라고 말했다. 나는 차츰 모든 것이 의심스러워졌고 또한 무의미하게 느껴졌다. ―『청춘의 샘』 20~22쪽

그는 산에서 아슬아슬한 모험을 추구하는 '이토록 목적이 없고 쓸모없는 노력'인 '알피니즘이라는 것이 그 시대의 산물'이라고 했다. 나이가 든 다음에 한 고백이니 일종의 자기 합리화일 수도 있겠지만, 등반에 대한 그의 생각만큼은 일관돼 있다. 알피니스트는 고독하게 산을 오르는 치열한 과정 속에서 신성(神性)에 접근할 수 있다고 말한다. 심지어 "철없이 날뛰던 청년 시대를 거쳐서 나이가 든 다음에도" 알피니즘에 대한 충족감은 사라지지 않았고, 나중에는 아내와 아이들까지

"그 나이에 어울리지 않는 위험한 곳으로 데려가곤" 했다고 고백했다.

> 어떤 스포츠이든, 특히 복잡한 알피니즘은 우리가 오늘날 현대 산업 기술의 전문화에 따른 노동과 작업의 세분화 때문에 일하는 보람을 잃고 허탈한 심정에 사로잡히는 것을 막아주며, 자기 자신을 구원하는데 큰 몫을 해주는 신비의 영약인 셈이다. ─『청춘의 샘』 94쪽

그런데 알피니즘이라는 '신비의 영약'을 혼자만 먹을 수는 없었던 모양이다. 라머는 영약의 약효를 유지하기 위해서는 무엇을 어떻게 해야 할 것인가에 대해서도 분명한 주장을 펼치고 있다. 『청춘의 샘』 뒷부분에 실린 '알피니스트를 위한 테일러 시스템'은 등반 기술에 앞서 호흡과 피부 관리, 식사법, 그리고 의지와 감정의 수양을 어떻게 할 것인가까지 세세하게 일러준다.

기계화, 분업화로 인해 생긴 인간 소외라는 질병을 치유하러 산으로 간다는 알피니스트에게 테일러 시스템이라니! '산 위의 자유'를 위해 일상을 철저한 관리의 대상으로 본 관점부터 재미있다. 자동화된 생산 공정이 도입되고 급격하게 생산력이 증가하던 시대의 풍조가 반영된 것일까.

테일러 시스템이라는 말에는 거부감부터 일었다. 하지만 찬찬히 살펴보니 새겨두어야 할 이야기들도 많았다. "잠자는 시간을 새들과 마찬가지로 만물의 어머니인 태양의 운행 주기와 맞춘" 알피니스트들이 산에서 먹어야 할 등산 식량은 "가짜 인공적 문화와 손을 끊고 자연이

우리 식탁에 공급해 주는 제철의 식품을 찾아" 먹어야 하고, "의지력을 강화시키기 위해서 이따금 단식을 하는 것"이 좋다고 권하는 부분들이 그렇다. 왜 예전에 읽을 때는 이런 글귀가 눈에 들어오지 않았을까.

라머의 이야기 대부분은 피가 뜨거워지라고 하는 선동가의 연설처럼 들렸다. 그중 '문명병'에 걸린 사람들에게 등산 철도나 산장 호텔 같은 산 위의 인공구조물을 반대하라고 부르짖는 대목은 '개발병'에 걸린 우리 현실을 생각하면 박수를 보내고 싶은 내용이다.

하지만 선뜻 동의할 수 없는 대목도 한둘이 아니다. 그래서일까, '투쟁적인 등산가'라고 라머를 소개한 번역자는 "산을 정복의 대상으로 바라본 서구인 라머에게 휩쓸릴 것이 아니라 산에 오르지 않고 '든다'고 생각했던 우리 조상들의 마음을 곰곰이 생각해 주기 바란다"라는 당부까지 책에 남겼다.

극한적인 등반을 통해서 산과 인간이 하나 되는, 열반과도 같은 극적인 쾌락을 추구했던 사람. 그가 훗날 열렬한 나치주의자가 되었다는 것은 무엇을 의미할까. 히틀러가 독일인들을 광기 어린 시대에 하수인으로 만들었을 때, 독일인과 유대인의 구별짓기처럼 산과 일상의 삶을 철저하게 분리하려는 생각도 극단적으로 치닫는 것 아니었을까.

그의 이야기를 읽다 보면 자칫 산 위의 삶만이 고고하고 가치 있으며 산 아래 저잣거리의 일상은 마치 치욕을 견디는 일처럼 여겨지기도 한다. 아니 어쩌면 라머는 쇠약하고 무기력하게 나이 드는 인간으로서 자신을 용납할 수 없었던 게 아닐까. 그래서 청춘의 샘을 찾아 헤매던 덧없는 욕망들처럼 산으로 달려갔을 수도 있다.

나도 산과 저잣거리는 대별되는 개념이라고 생각했던 적이 있다. 고고함과 비루함으로 나누고 산을 아는 사람과 그렇지 못한 사람을 구별 지으려는 치기도 한때 내 안에 있었다.

요즘은 치솟은 산과 구분되는 개념은 들판의 어울림이라는 생각을 한다. 풍수학자 최창조 선생은 풍수에서는 '논두렁도 산'으로 여긴다고 했다. 나는 산의 본질은 드러난 외형이 아니라 용솟음쳐 올라간 대지의 열망이라고 그 말을 이해했다. "청춘은 인생의 어느 기간을 말하는 것이 아니라 마음의 상태"라고 했던 사무엘 울만의 시처럼 말이다.

또 세월이 흐르고 훨씬 더 나이 든 다음에 다시 『청춘의 샘』을 펼쳐 읽으면, 지금 지나쳤던 어떤 구절들에 새롭게 밑줄을 긋게 될지도 궁금하다. 이 책은 이렇게 흘러가는 청춘을 자꾸 돌아보게 했다.

물끄러미 산을
바라볼 수만 있어도 좋다

... 용산과 규방 너머 여자의 산, 김금원의 『호동서락기』

용산이 뉴스에 자주 등장하는 동안, 문득 용산도 산일까 하는 의문이 생겼다. 남산처럼 용산에도 이름 그대로 산이 있지 않을까. 더구나 서울의 25개 구(區) 가운데 이름에 산(山)자가 들어간 유일하게 곳이 용산구인데 말이다.

이제와 생각해 보니 용산구 남영동에 있는 건물, 옥상에서 남산이 잘 보이던 그곳 5층 사무실에서 몇 년 동안 일했는데 정작 그때는 한 번도 용산을 궁금해하지 않았다는 게 이상했다.

김기빈의 『서울 600년, 서울 땅이름 이야기』라는 책부터 찾아보았다. 용산이라는 지명이 생겨난 유래를 살피면 정말 그곳에 산이 있었던 것인지 찾아볼 수 있으리라 여겨졌다. 책에는 "『증보문헌비고』의

_225

백제 기루왕 때 한강에 두 마리의 용이 나타났다는 설과 이곳 산세가 용이 서려 있는 형체와 같으므로 용산이라 하였다는 설이 있다"라고 적혀 있었다.

기루왕은 백제의 세 번째 왕이다. 그는 서기 77년부터 128년까지 왕위에 있었는데 그 기간 동안 지진으로 땅이 갈라져 백성들이 죽고, 가뭄과 흉년으로 사람들이 서로 잡아먹을 만큼 굶주렸다는 흉흉한 기록들이 많이 남아 있다.

기루왕 때 용 두 마리가 한강에 나타났다는 기록에 대해서도 당시에 일어난 왕권 다툼을 상징적으로 표현한 것이라 읽는 학자들도 있다고 한다. 사실인지는 확인할 길 없지만 용산이라는 지명이 그만큼 유서가 깊다는 것만큼은 짐작할 수 있었다. 그렇다면 용의 기운이 서려 있다는 산은 과연 어디 있는 것일까.

한국땅이름학회에서는 용산에 대해 보다 구체적으로 설명하고 있었다. '서울의 주산인 북악산의 기운이 인왕산 — 무악재를 지나 안산으로 이어지고 그 산줄기가 만리재를 넘고 마포에 이르러, 한강 물을 마시려고 고개를 푹 숙인 용과 같이 멈추었다'는 것이다. 현재 용산구 산천동 용산성당이 있는 자리라고 했다.

그 말을 확인해 보고 싶어 일부러 용산성당까지 찾아가 보았다. 왜 그랬을까. 나도 모르겠다. 언덕배기 위에 있는 성당으로 오르는 경사진 도로를 보면서 '이곳이 산인가? 산이었을 거야!' 이렇게 혼잣말로 중얼거리며 애써 믿어보려고 했다.

그러나 주변에 높이 치솟은 아파트가 주위를 빙 두르고 있어 용산은 오히려 분지처럼 느껴졌다. 예전에는 한강을 한눈에 내다볼 수 있는 산마루에서 경치가 제법 시원했을 텐데, 성당 앞마당에서 빌딩들 좁은 틈 사이로 겨우 한강의 한 자락이 얼핏 보이는 게 옹색하기까지 했다. 용산 마루에서 본 풍경이 이런데, 멀리서 이곳을 바라보며 용을 상상하기란 불가능해 보였다.

그러다 성당 앞 도로에서 '삼호정(三湖亭)길'이란 이정표를 만났다. 삼호정은 조선시대 김덕희란 사람이 용산강(龍山江)가에 지었던 정자 이름인데, 그의 소실이자 시인이던 김금원의 시로 유명해진 곳이었다. 김금원! 우리나라 최초의 여성 산악인! 용산이 사라진 자리에서 김금원을 만나다니. 나는 용산에서 돌아오자마자 《산서》를 뒤적였다.

　　기록상 여성의 유람에 대한 흔적은 16C 황진이가 이정승의 아들과 함께 금강산을 간 이래 금강산을 종주하고 『호동서락기(湖東西洛記)』를 남긴 최초의 여성 산악인이며 한 남자의 아내가 되어 조선 최초로 여성으로만 구성된 삼호정시사를 꾸려온 문인이다.　　—《산서》 19호, 83쪽

《산서》 2008년 판에 실린 편집위원회 발굴 자료에 변기태 씨가 쓴 글이다. 손엥화가 쓴 김금원의 『호동서락기』에 대한 논문도 부록으로 함께 있었다. 《산서》는 한국산서회가 1년에 한 번씩 펴내는 회보다. 1986년에 처음 만들어졌는데 산악계의 내로라하는 필자와 저자들 가운데 산서회 명함을 갖지 않은 사람이 별로 없다. 편집위원인 변기태 씨는 사재를 털어 모은 산책만 5,000여 권에 이르는 수집가로 '올해의 애서가'

상을 받기도 했다.

그는 만날 때마다 들도 보도 못하던 희귀한 산책 소식을 보물처럼 꺼내서 들려주곤 했는데, 어느 날 뜬금없이 김금원을 아느냐며 상기된 표정으로 이야기했었다. 그는 "정말 멋진 여자들이에요"라며 김금원이 만든 삼호정시사라는 모임의 풍류에 대해 칭찬을 아끼지 않았다.

살구꽃이 피면 새해의 첫 모임을 갖는다. 복숭아꽃이 피면 꽃 앞에 앉아 봄을 보기 위해 다시 모인다. 한여름 참외가 익으면 여름을 즐기기 위해 한 차례 모임이 어우러진다. 그것도 잠시, 서늘해지기 시작하여 蓮池에 연꽃을 완상하기 위해 또 모인다. 가을이 깊어져 국화가 피게 되면 서로 만나 얼굴을 보고자 모이고, 겨울이 들어 큰 눈이 내리면 다시 만난다. 한 해가 기울 무렵, 분에 심어둔 매화가 꽃망울을 터트릴 때쯤 또 모인다. ─《산서》19호, 84쪽, '조선 최초의 여성 산악인 김금원'

자연과 함께 시절의 풍류를 누릴 줄 알았던 멋쟁이 여인들, 이런 벗과 함께 늙어갈 수 있다면 얼마나 좋을까. 삼호정시사의 약속을 읽으니, 중학교 때 친구와 평생 첫눈이 올 때마다, 늘 헤어지기 싫어서 버스를 그냥 보내곤 하던 정류장 플라타너스 아래서 만나자고 했던 일이 생각났다. 나는 그 약속을 중학교를 졸업한 뒤로 한 번도 지키지 못했는데, 김금원과 그의 친구들은 달랐던 모양이다.

이 여인들을 끈끈하게 이어준 것은 무엇일까를 생각하며 삼호정시(三湖亭詩)사와 김금원 이야기에 빠져들었다. 이제껏 읽은 《산서》 어떤 호보다 흥미로울 수밖에 없었다. 거의가 산악계 원로 남성들이 모인 한국산서회 회보에서 조선시대 여자 이야기를 읽는다는 사실 자체가 반가웠다.

또 새삼 그들을 한자리에 불러 모았을 용산 마루 삼호정을 볼 수 없다는 게 여간 아쉽지 않았다. 이제는 콘크리트 숲 사이 전설로만 남은 용산의 정취를 김금원은 「삼호정시」에서 이렇게 노래한다.

> 서호(西湖)의 좋은 경치 이 정자가 제일인데, 생각나면 올라가 마음대로 노닌다네. / 양쪽 언덕의 봄풀은 비단처럼 깔려 있고, 강 위의 푸르고 누런 물결 석양이 흘러간다. / 구름이 골짜기를 덮으니 외로운 돛대 보이지 않고, 꽃이 낚시터에 떨어지는데 피리소리 멀리서 들린다. / 가없는 풍인(風烟)을 남김없이 거둬들이니, 비단 주머니의 밝은 빛이 난간 머리에 번쩍인다.
>
> —「삼호정시」

제 집 정자에서 바라본 경치가 제일이라고 하면 우물 안 개구리라 코웃음 칠 수도 있을 것이다. 하지만 김금원은 일찍이 고향 원주에서 길을 떠나 혼자 금강산에 오르고 관동팔경과 설악산까지 두루 유람한 당찬 여걸이었다. 그것도 머리에 비녀를 꽂기 전, 열네 살에 홀로 남장을 하고 떠난 여행이었다. 김금원이 나이 들어 용산으로 와 삼호정에서, 젊은 날의 유람을 그리워하며 쓴 것이 『호동서락기』다. 국문학 관련 전공자들에게나 주목받던 이 시문집이 《산서》에서 최초의 여성 산악인이 쓴 원정 보고서로 새롭게 읽히고 있는 것이다.

변기태 씨는 "그 열악한 교통과 사회 환경 속에서 금강산을 가는 데도 최소 40여 일의 일정을 잡아야 한다면 지금 히말라야 원정을 가는 것보다 어려우면 어려웠지 절대 쉽지 않았을 것"이라는 설명을 덧붙였다.

더구나 김금원은 『호동서락기』에 쓴 대로 '규방 문을 나가지 못하고 오직 술과 음식 만드는 일을 논하는 것만을 옳다고 했던' 조선 여자의 운명을 타고났으면서도, 오늘날 어떤 산악인 못지않은 도전을 해낸 것이다. 그런 그를 2008년에 와서야 '조선 최초의 여성 산악인'으로 조명한 것은 때늦은 감이 있다.

김금원이 금강산을 향해 길을 떠난 것이 경인년(1830년) 춘삼월이었다.

비록 여자로 태어났다고 해서 규방 깊숙한 곳에 들어앉아 여자의 길을 지켜야 옳은 것인가, 한미한 집안에서 태어났다고 세상에 이름을 남기는 것은 포기하고 분수대로 살아야 옳은 것인가?　　—『호동서락기』

그는 규방 문을 넘어 세상사를 겪으려 홀로 길을 떠난 이유를 이렇게 설명했다.

눈으로 산하의 크고 넓음을 보지 못하고 마음으로 온갖 세상사를 겪어보지 못하면 변화무쌍한 이치에 통달할 수 없어, 생각이 좁고 식견이 넓어질 리 없다. 옛말에 어진 이는 산을 좋아하고 지혜로운 사람은 물을 좋아한다 했으니, 남자라면 집 밖 넓은 세상으로 뜻을 품는 것을 귀하게 여겼다.　　—『호동서락기』

그러나 여자인 자신은 규방에 묻혀 지내는 탓에 스스로 총명함과 식견을 넓히지 못한 채 허망하게 사라져야 한다는 게 김금원의 탄식이었다. 그가 용산 마루에서 자신과 같은 처지의 여자들을 불러 모아 시를 지으며 서로를 위로하며 지낸 것도 이런 이유 때문이었다.

비록 한때 규방을 뛰어넘어 멀리 산천을 유람한 그이지만 조선에서 태어난 여성으로 겪어야 했던 처지가 애달프기는 마찬가지였다. 더구나 첩의 딸로 태어나 자신과 동생 역시 그 운명을 피할 수 없었고, 곁에 있는 친구들 모두 소실이었으니 그가 삭여야 했을 한이 어떠했을까. 시 모임에서 아끼던 친구가 죽자 김금원은 '다시 태어날 때는 부디 남자가 되라'는 글과 함께 목 놓아 울었다는 대목은 더욱 애절하게 읽혔다.

사람 세상의 이런 복잡다단한 일들을 지켜보면서 예나 지금이나 용산 앞으로 강물은 무심히 흘러가고 있을 것이다. 용산강은 삼호정에서 내려다보는 한강을 일컫는다. 동네마다 한강은 이렇게 저마다의 이름으로 불렸는데 용산강은 노량강과 서강 사이에 있었다.

용산과 어우러진 용산강의 아름다운 풍경은 김금원뿐 아니라 다른 문인들 작품 속에도 많이 등장한다. 고려 말 목은 이색은 용산 마루에 올라 바라본 풍광을 가지고 용산 8경을 노래했는데, 그중 강 건너 청계산의 아침 구름과 관악산의 저녁 안개를 용산의 제1, 2경으로 꼽았다. 그런데 지금 용산구에 살면서 강 건너 구름과 안개 속에 어우러지는 관악산과 청계산의 아름다움을 감상할 수 있는 사람이 얼마나 될까.

애써 용산을 찾아가 올라보고는 이제 용산은 이미 산이 아니라는 사실만 확인하고 내려오는 발걸음이 가볍지만 않았다. 그럴 줄 몰랐단 말이야? 누군가 나를 비웃는 것도 같았다.

오늘날 용산은 산이 아니라 가장 뜨거운 '부동산'의 이름으로 기억될 뿐이다. 불을 뿜으며 하늘로 승천하는 용의 전설은 간데없고, 용산 재개발을 강행하는 과정에서 불에 타 죽은 사람들은 두고두고 우리를 부끄럽게 할 것이다. 죽은 친구에게 다시 태어날 때는 남자가 되라고 애통해하던 김금원의 말 때문인지, 용산에서 죽은 사람들에게 '다시는 철거민으로 태어나지 말라'고 울부짖던 목소리들도 자꾸 떠올랐다.

용산 개발로 초고층 빌딩들이 들어서면 서울의 스카이라인 전체가 훌쩍 높아진다고 한다. 최고 높은 빌딩이 350미터라고 하니 북악산 (343미터)이나 남산(262미터)보다도 높은 콘크리트 산이 이 욕망의 땅 위에 솟구칠 모양이다.

부동산 개발업자들은 한강에 머리를 숙이고 있던 용이 드디어 하늘로 승천하는 일이 벌어진다고 선전을 해댔다. 하지만 하늘을 향해 솟구치는 빌딩들이 바벨탑 같은 게 되지나 않을지.

설령 한강을 향해 달려오던 용산 줄기가 원형 그대로 보존되었다고 하더라도 빌딩 숲에 깔려 그 모습을 제대로 바라볼 수는 없을 것이다. 이미 우리 사회에서 산을 조망할 수 있는 권리는 값비싼 상품이 된 지 오래다. 숙박 시설들도 마운틴뷰라는 명목으로 방 값을 달리 받는다. 아예 산을 가릴 수 없는 풍치보전지구에 가서 살거나, 초고층 빌딩의 로열층을 사지 않는 한 일상의 관산(觀山)은 불가능해졌다. 모두 비싼 대가를 치러야 가능한 일이 되었다.

하지만 용산 마루 삼호정에서 김금원의 친구들이 모여 시를 짓고 꽃구경을 하던 시절에도 관산의 권리는 만백성이 똑같이 누렸다. 옛 그림 속에서 산을 바라보며 발을 씻는 〈관산탁족도(觀山濯足圖)〉나 눈 쌓인 산을 감상하는 〈관산적설도(觀山積雪圖)〉 같은 배부른 풍류가 아니더라도, 누구나 지치고 힘들 때 물끄러미 산을 바라볼 수만 있어도 얼마나 좋을까.

나도 서울로 이사 온 뒤로 집이 좁고 옹색해졌지만 부엌문 밖으로 북한산이 우뚝 솟아 있어 여간 위로가 되는 게 아니다. 그래서 주말이면 집 근처로 몰려드는 수많은 등산객들을 보면서, 결국 사람들이 산을 볼 수 있는 권리를 이렇게라도 스스로 회복하려는 게 아닐까 하는 짠한 마음이 든다. 어린 김금원도 늘 담장 너머로 산이 보였기에 규방 밖으로 나갈 꿈을 꾸지 않았을까.

나는 있고 싶은 곳에 있었고, 있어야만 할 곳에 있었다

... 산과 아이들, 알리슨 하그리브스와 제임스 발라드의
『엄마의 마지막 산 K2』

한껏 게으름을 피운 일요일 오전, 바지런한 사람들이 하산할 무렵 어슬렁어슬렁 동네 산을 올랐다. 물통과 사과 하나만 달랑 넣은 배낭이 홀쭉했다. 가볍게 빈손으로 가고 싶었지만 명색이 국립공원이고, 기네스북에 오를 만큼 탐방객이 많은 산이니 예의상 또 안전을 위해 맨 배낭이었다. 세검정 앞에서부터 구기동 들머리로 문수사에 올라 대남문을 거쳐 내려왔으니 등산이라고 부르기도 민망하고 산책 삼아 나선 길이었다.

북한산을 지척에 두고 살게 되었는데, 가까이 있으면서 오히려 산행다운 산행을 하지 못했다. 주말 북한산은 광화문 네거리만큼 복잡하다. 오히려 산에서 피로가 가중되는 느낌이 들 정도다. 그날도 구기계

곡 초입부터 뒤따라 올라오는 사내들 때문에 짜증이 났다. 40대 후반의 사내 두 명이 줄곧 사업 이야기를 주고받는데 목소리가 어찌나 큰지 계속 귀에 거슬렸다. 그것도 시종일관 돈 이야기뿐이라니. 결국 도중에 멈춰 서서 사내들이 멀어질 때까지 한참을 기다렸다.

그런데 그때 너럭바위 위에 혼자 앉아 있는 사내아이가 눈에 들어왔다. 벌겋게 달아오른 얼굴의 열을 식히고 있었는데, 그 눈빛이 강희안의 그림 〈고사관수도〉에 나오는 선비처럼 그윽했다. 사실 딱히 무엇을 응시한다기보다는 힘에 부쳐 넋이 나간 표정이었다.

아이 곁에 어른은 보이지 않았다. 열 살쯤 되었을까. 맨몸이었다. 헐떡이던 숨이 잦아든 지 오래고, 물끄러미 삼매경에 빠진 느낌. 소년에게는 그 곁을 지나는 사람들의 왁자지껄한 소리가 통 들리지 않는 것 같았다. 사점(死點)에 다다를 만큼 정신이 혼미해진 다음 이어진 짧은 쉼일 것이다.

문득 등산가의 표정이란 저런 것이 아닐까 생각했다. 산과 자신만이 만나는 고요한 사색의 시간이 없다면 등산이 다른 스포츠와 다를 바 없을 것이다. 먼저 보낸 사내들은 막걸리를 마시기 위해 대자연의 스포츠센터로 가는 사람들이라면, 이 어린 사내는 진정 자기 한계에 도전하는 기상이 있었다. 오래도록 눈길을 주던 소년에게서 멀어져 한참을 걷고 있는데, 어느새 그가 곁으로 다가왔다.

"너 정말 씩씩하구나!"

반가운 마음에 한마디 건넸다. 그런데 소년의 대답이 일품이었다.

"제 여동생에 비하면 아무것도 아니에요. 걘 벌써 백운대까지 갔을 거예요."

이제 문수사 중턱에 올랐는데 앞서 간 동생이 백운대에 갔을 리가 없다. 그래도 백운대까지 아는 것을 보니 제법 산에 다닌 모양이었다. 우리 딸들처럼 산 좋아하는 부모 극성에 어지간히 따라다녔나 보다 생각하니 빙그레 웃음부터 났다.

첫딸아이는 백일이 되기 무섭게 띠에 안겨 집 가까운 관악산 연주대를 올랐다. 인적이 드문 숲에서 땀에 젖은 옷가지를 들추어내 갓난아이에게 젖을 물릴 때, 나뭇가지 사이를 흔들며 불어오던 바람의 결들을 나는 잊을 수 없다. 줄곧 등산용 캐리어에 업혀 다니다가 다섯 살 때 혼자 힘으로 해발 1,188미터 운문산 정상까지 투정 한 번 안 부리고 따라간 것은 또 어찌나 대견하던지. 자식에게 세상에서 제일 좋은 것을 주고 싶은 것이 부모 마음인데, 하물며 엄마 아빠가 좋아하는 산을 보여주고 싶은 것에 달리 설명이 필요할까.

소년의 말 한마디 때문에 지난 시절들이 파노라마처럼 스쳐 지나갔다. 딸들도 저맘때는 강아지마냥 졸졸 잘도 따라다녔는데, 하는 마음에 씨익 웃어주었다. "그래?" 하고 맞장구까지 쳐주니 소년은 신이 나서 계속 말을 잇는다.

"걘 빼빼 말라서 중력도 안 받나 봐요! 제가 도저히 못 따라가요."

소년은 꽤 통통한 편이었다. 산을 오르는 것이 또래들보다 힘에 부쳐 보였지만 발걸음은 경쾌했다. 이제 고빗사위를 넘기고 산행에 탄력을 받은 모양이었다.

그래, 중력은 무게에 비례하지. 소년의 말에 고개를 끄덕이며 생각했다. 중력은 일상이고 숙명이며 한편으로는 존재의 기반이다. 그러면 자꾸 높은 곳으로 올라가려는 사람들은 중력에서 멀어지고 싶은 걸까. 공기마저 희박해진 곳으로 걸어 들어가는 이들은 중력에 묶여 있는 일상으로부터 탈출하고 싶은 걸까. 갑자기 날다람쥐처럼 가벼워진 소년이 내게 묻는 것 같았다. 가끔 딸들이 엄마는 꿈이 뭐냐고 물을 때마다 먹먹해지던 기분과 비슷했다.

몸이 가벼운 아이들은 생각보다 산을 잘 오른다. 쉽고 평평한 길보다 무언가 붙잡고 기어오를 만한 아기자기한 바윗길을 만나면 오히려 재미있어한다. 그 모습을 지켜보면 오름짓이 인간의 본능이라는 말에 고개를 끄덕이게 된다.

네 발로 기어 다니던 아기가 마침내 혼자 힘으로 일어섰을 때, 두 발로만 서서 손이 자유로워질 때 비로소 인간은 중력으로부터 첫 승리를 한 것 아닐까. 바닥에서 의자로, 식탁 위로 어른들이 있는 세계를 향해 올라가고 싶어 혼자 일어서려 안간힘을 쓰던 그 순간, 우리는 태어나 가장 큰 격려와 박수갈채를 받았을 것이다. 어쩌면 힘이 들 때마다 그 순간의 희열을 몸이 기억해 내고 용기를 만들어내는지도 모르겠다.

하지만 우리를 구속하는 중력은 삶을 지탱해 주는 힘이기도 하다. 누구나 일상으로부터 벗어나는 꿈을 꾸지만 그렇다고 중력 밖에서 우주인마냥 유영하며 살기를 바라진 않는다. 높은 산으로 가는 사람들도 결국은 집으로 안전하게 돌아오는 것이 가장 큰 소원이다.

산에서 내려와 제임스 발라드의 책 『엄마의 마지막 산 K2』를 펼쳤다. 제임스의 아내이자 두 아이의 엄마였던 알리슨 하그리브스는 집으로 돌아오지 못했다. 그녀를 지탱하는 중력이었던 아이들에게서 떨어져나간 것이다. 나와 딸들이 알리슨과 그의 아이들만 할 때 처음 읽었던 책이다. 등산학교를 졸업하고 얼마 안 돼서 한창 산 때문에 몸이 달아 있을 무렵이었다. 그사이 아이들은 훌쩍 자랐고 책갈피는 빛이 많이 바랬다.

세계에서 두 번째로 높은 산으로 간 엄마, 알리슨 하그리브스는 1995년 K2 등정 직후 사망했는데, 이전에 에베레스트를 셰르파 없이 무산소 단독 등정에 성공했던 영국의 전문 등반가였다. 알프스의 6대 북벽인 드류, 그랑 조라스, 마터호른, 아이거, 피츠 바딜레, 치마 그란데 등을 모두 알파인 스타일(최소한의 장비와 식량을 직접 짊어지고 셰르파와 산소통의 도움 없이 정상까지 최대한 빨리 등반하는 방식)로 등반하기도 했다. 나도 높은 곳을 향한 꿈을 꾸는 똑같은 엄마라는 이름의 여자지만 알리슨은 나와는 차원이 다른 사람이다. 그때 나는 무슨 생각으로 이 책을 읽었을까.

"엄마의 마지막 산에 가볼 수 있어요?"

눈 폭풍에 휩쓸려 간 엄마의 사고 소식을 들은 아들이 아빠에게 물었다. 그렇게 해서 시작된 산 아래 남겨진 가족들의 트레킹. 발토르 빙하를 건너 K2를 선명하게 바라볼 수 있는 언덕에서 엄마를 위해 케른(돌무덤)을 쌓고, 손수 준비한 꽃과 그림을 선물하고 돌아온 여섯 살, 네 살의 남매와 아버지의 이야기다.

이 아이들은 엄마가 세계 최고봉을 등반할 때도 에베레스트 베이스 캠프에서 아빠와 함께 생활했을 정도로 거친 대자연의 품에 익숙했다.

알리슨이 에베레스트 정상에 올라 무전기로 베이스캠프에 전한 말은 "엄마는 지금 세상에서 제일 높은 곳에 서 있단다. 정말로 사랑해"였다. 이때 제임스가 아내에 대해 이야기한 부분에 밑줄이 그어져 있었다.

> 알리슨은 신이 이 지상에서 창조한 가장 아름답고 야생적인 곳에서 아이들과 지냈었다. 그녀는 모든 아이들이 자라나야 할 바로 그곳에서 톰과 케이트가 자라나는 것을 보았다. 드넓고 야생적인 곳에서, 자유롭게, 모험을 즐기고, 자연의 방식을 따라 스스로를 돌보는 방법을 배우면서.
>
> ―『엄마의 마지막 산 K2』 218쪽

'아이들이 좀 더 커서 스스로의 삶의 방식을 결정하고 발을 내디딜 때까지 닫힌 틀이 아닌 너른 울타리가 되어주는 것.' 이들 부부는 그것이 부모의 역할이라고 믿었다.

비록 알리슨과 제임스 부부의 스케일은 따라가지 못해도 '자연의 방식을 따라서' 아이들이 자라도록 하자는 데는 우리도 같은 생각이었다. 남편은 등산용 캐리어에 큰딸을 업은 채 작은딸은 품에 안고서 산을 올랐다. 식구들이 먹을 짐을 꾸린 무거운 배낭은 내 몫이었다.

돌이 지나면서부터는 캠핑을 다니기 시작해 좁은 텐트 안에서 식구들이 끌어안고 자는 일을 놀이처럼 즐겼다. 남들이 학군 좋은 동네를 찾아다닐 때 마당이 있는 시골집으로 이사를 한 것도 우리 식의 맹모삼천지교였다. 자연 속에서 마음껏 뛰어노는 것만 한 교육은 없다는 믿음 때문이었다.

그래도 나는 아이들을 두고 혼자 그렇게 높은 산으로 갈 용기는 없다. 물론 능력도 없고. 제임스가 아내의 죽음에 대해서 말하는 대목이 나와 그녀의 차이를 말해 준다.

> 알리슨 죽음에 애달픈 것이 있다면, 그것은 그녀가 아이들이 커가는 모습을 다시는 볼 수 없다는 점이다. 그것뿐이다. 그 나머지에 대해서는 유감이 없다. 지금까지 알리슨 자신은 있고 싶었던 곳에 있었고, 있어야만 할 곳에 있었다.　　　　　　　　　　　　　　—『엄마의 마지막 산 K2』 218쪽

하지만 남편의 이런 믿음과 응원에도 불구하고 어린아이들을 두고 위험한 등반을 계속하는 알리슨은 언제나 세상으로부터 엄마의 역할에 대한 집요한 질문 공세를 받아야했다. 남편은 죽은 아내를 이렇게 변호한다.

> 나는 언제나 그녀가 아이들에게 필요하다고 생각하는 것을 주었다고 믿었다. 아이들이 필요한 것, 그것은 사랑과 애착과 관심과 가치관이었다. 다른 사람들과 마찬가지로 엄마도 자신이 원하는 것을 할 수 있는 자유가 있고, 만일 그것이 등반, 자동차 경주, 패러슈팅 등 어떤 스포츠라도 강력한 기쁨과 만족을 준다면 당연히 그것을 해야 한다는 것이다.
> 　　　　　　　　　　　　　　—『엄마의 마지막 산 K2』 215쪽

그는 또 이렇게 묻는다. "결국, 엄마는 얼마 동안 엄마인가? 3년 5

년, 15년, 25년? 즉, 그것은 여자가 아이를 갖게 되면 모험적인 것은 그만두어야 한다는 의미인가?"라고. 톰과 케이트의 엄마는 서른세 살에서 더 이상 나이를 먹지 않았다. 실제 그녀가 엄마로 아이들을 보살핀 것도 너무 짧았다. 언젠가 아이들은 엄마보다 더 나이를 먹게 될 것이다. 그래도 엄마는 영원히 엄마다. 다만 어떤 엄마였을까가 중요하지 않을까.

제임스의 질문은 진정 자신이 원하는 것을 알고 그것을 실현할 수 있는 용기가 있는 엄마가 아이들이 정말 원하는 것을 이해하고 인정해줄 수 있다는 소리로 들렸다.

사실 엄마가 되고 나서 느끼는 좌절과 분노, 절망의 대부분은 여전히 엄마 안에서 비롯된 자신의 문제들이었다. 그럼에도 많은 엄마들이 자꾸 아이들에게 핑계를 돌린다는 것을 내가 엄마가 된 다음에야 비로소 깨달았다. 아이들에게 버럭 화를 내거나 감정이 격해져 야단을 치게 될 때도 사실 나 자신에게 화가 나 있었기 때문이다.

이제 딸들과 함께 산에 다니는 일은 거의 없다. 캠핑도 마찬가지다. 과유불급이라고, 사춘기가 되면서 아이들은 산과 캠핑이라면 고개부터 절래절래 흔들었다.

어릴 때 그만큼 따라다녔으면 됐지 더 이상 뭘 더 바라냐는 식이다. 그래도 북한산 탕춘대 능선 아래 있는 고지대의 학교에 다니면서 친구들이 버스를 타고 올라가는 오르막길을 줄기차게 걸어 다니는 모습이나, 교내 CA 활동으로 스스로 등산반을 선택하는 것을 보면 어릴 때 추억이 아주 나쁘지만은 않았던 모양이다.

이제 부모는 걸음마를 도와줄 필요도 없고, 함께 산길을 걷는 길동무가 될 수도 없다. '닫힌 틀이 아니라 너른 울타리'가 되어주는 부모의 역할이란 아이가 자랄수록 울타리를 넓혀, 결국 끝이 보이지 않게 치워버리는 데 있다고 생각한다.

믿고 지켜보면 아이들은 스스로 자기만의 산을 찾아갈 것이다. 알리슨의 아들과 딸도 자라서 이제는 '엄마의 산'이 아닌 자신들의 산을 찾아갔으리라 믿는다.

산은 좌우를
가르지 않는다

... 갈 수 없는 산, 조선 선비들의 『명산답사기』와 『금강산 유람기』

두 동강 난 채로 바다에 가라앉은 해군 함정 때문에 애가 타는데 금강산에 있는 남측 부동산을 동결한다는 뉴스까지 어수선했다. 이상 한파에 꽃들도 더디 피었다. 매서운 봄날 내내 따스한 햇살이 그리웠다. 이러다 다시는 금강산에 못 가게 되는 것은 아닐까. 바다에 색색의 조약돌로 수를 놓았던 구룡폭포 가는 길과 상팔담에서 피어오르던 몽환적인 물안개, 수정봉에서 바라본 운해 속에 솟구쳐 오른 일만이천 봉의 날 선 바위들이 떠올랐다.

나야 고작 다시 산에 갈 수 없을까 하는 아쉬움뿐이지만 이산가족들 심정은 어떠할지. 봄이 되고 날이 풀리면 명을 달리하는 노인들이 부쩍 많아지는데, 북쪽 고향을 그리워하는 이들에게 봄이 몇 번이나 더 찾아와 줄까 싶었다.

세상은 넓고 오를 산이 얼마나 많은데, 굳이 휴전선 넘어 골치 아픈 금강산 타령이냐고 타박하는 사람도 있다. 규제가 많고 절차도 까다로워 수학여행이나 효도관광으로 한 번쯤 가볼까. 금강산을 다시 가고 싶어 하는 사람도 많지 않다. 나도 큰 바위마다 빨간색으로 선전선동 광고판을 만든 것처럼 새겨진 글자들을 보는 게 편안하지 않았다.

하지만 인수봉 정면 벽의 세 배가 넘는다는 900미터 수직 벼랑을 품고 있는 금강산 집선봉의 바위 맛을 아직 보지 못했고, 이 땅의 빼어난 경치마다 '금강'이란 수식을 내거는 명승지들을 돌아다니면서도 진짜 금강산을 제대로 느껴보지는 못했다. 또 향로봉에서 발길을 돌려야 했던 수많은 백두대간 종주자들 가운데 금강산의 내금강과 외금강을 가르는 대간 줄기를 밟아본 사람은 아무도 없다.

그런데도 왜 산 좋아하는 사람들이 먼저 금강산이 활짝 열리기를 바라지 않을까. 혹시 에베레스트보다 더 높고 험한 이념의 산이 우리를 가로막고 있는 것은 아닐까.

난공불락의 그 산은 감히 높이조차 가늠할 수 없는 것 같다. 심지어 이북 정권을 유지시키는 데 도움을 주는 금강산과 백두산 관광을 왜 거부하지 않느냐고 목소리 높이는 사람들도 있다. 하지만 나는 나그네의 외투를 벗기려면 강한 바람이 아니라 햇살이 필요하다는 이솝우화의 편이다. 그래서 금강산의 본모습을 제대로 만나기 위해 어떻게든 그 산을 드나드는 사람부터 많아졌으면 좋겠다.

이념의 장막 너머 백두대간 북쪽의 산을 그리워하는 마음으로, 산으로 가는 길들이 다시 열리면 지금보다는 세상이 더 평화롭지 않을까. 씁쓸한 마음에 괜히 조상들의 금강산 유람기만 뒤적이게 되었다.

길이 온통 괴석과 참대·등넝쿨·칡덩쿨로 얽혀서 지나가기가 어렵다. 가마에서 내려 지팡이를 짚었다. 구불구불한 비탈길을 돌 때마다 넘어지고, 마침 비가 온 뒤라서 돌에 이기가 끼어 더욱 나아갈 수가 없어 엎치락뒤치락 힘겹게 나아갔다. 마치 칼을 세워놓은 듯 삐죽삐죽 솟은 봉우리들이 눈앞에 와 닿을 때마다 가슴이 섬뜩하다.

길이 끝나는가 싶으면 다시 열리고, 아까 본 봉우린가 하면 다시 봉우리가 나타나고, 나타났다 싶으면 바로 사라지는 봉우리를 이루 셀 수가 없고, 열렸다 막혔다 하는 골짜기는 다 꼽을 수가 없으며 굽어 돌면서 흐르는 골짜기의 물은 갈라지고 합류하는 변화를 이루 다 알 수가 없다.

— 『명산답사기』 98쪽

조선 숙종 때 학자 농암 김창협이 장안사 서북쪽 극락암에 올랐다가 시내를 건너 백천동으로 들어서던 금강산 유람의 기록이다. 그는 장안사에서 표훈사를 거쳐 정양사, 원통동, 만폭동에서 마하연까지, 그리고 만경대에 오른 후 반야봉의 여러 암자를 거쳐 유점사에 들르고 고성에서 통천으로 가 총석정과 삼일포를 유람했다. 그리고 "금강산을 처음 보고는 반평생 본 산이란 흙더미와 돌더미에 지나지 않는다고 생각했다"라며 산을 오가는 데 왕복 31일이 걸린 기나긴 여정을 닫았다.

김창협의 「동유기」는 민족문화추진회가 엮은 『명산답사기』에 실린 것을 읽었다. 우리나라 대표적인 유산기 15편을 뽑아 읽기 쉽게 정리해 놓은 책인데, 산에 가지 못할 때 따뜻한 방 안에서 게으름 피우며 내키는 대로 골라 읽는 재미가 쏠쏠했다.

유산기는 사대부들의 명산 원정 보고서인 셈인데, 글쓴이의 인품과 인식의 지평이 드러나는 사상의 정수이다. 알피니즘이 태동한 몽블랑 등정 초기보다 200~300년 앞선 시기에 일상을 떠나 멀리 있는 산을 찾아간 선조들의 기록, 그 가운데 단연 금강산 이야기가 압도적으로 많다. 뒤를 잇는 것이 지리산이고 가야산, 청량산, 삼각산 등의 기록은 드물게 남아 있는데, 전해져 오는 금강산 유산기만 100여 편이 넘는다.

심지어 중국 사람들도 "고려에서 태어나 직접 금강산 보는 것이 소원이다(願生高麗國 親見金剛山)"라고 했고, 『태종실록』에 보면 중국 사신이 오기만 하면 금강산을 보려는 데 대해 임금이 짜증스러워했다는 기록까지 있다.

김창협도 "어려서부터 금강산이 좋다는 말을 듣고 한번 유람하는 것이 소원이었다. 그러나 하늘 위에 있는 산이어서 사람마다 오를 수 있는 산이 아니거니 싶어 항상 우러르기만 하였었다"라는 말로 유산기를 시작했다.

내친김에 금강산 유산기만 따로 모은 『금강산 유람기』까지 찬찬히 읽어보았다. 유산기에 실린 한시와 사진, 옛 그림까지 따로 정리해 놓아서 한 권으로 금강산을 공부하기에 좋았다. 책이 지루해지면 한국콘텐츠진흥원 홈페이지에서 조선시대 유산기 코너를 들춰보기도 했다. 유산기에 소개된 산의 옛 지도와 최신 항공지도까지 볼 수 있었는데 조선시대 '팔도총도' 위에 산행 경로를 표시해 놓기도 했다.

금강산 유산기 가운데 김창협 외에도 고려 말 학자 이곡이 1349년 여름 내 · 외금강산과 해금강 일대를 유람한 「동유기(東遊記)」와 조선 전기인 1485년 봄, 40일간 금강산과 동해안을 여행한 남효온의 「유금강산기(遊金剛山記)」, 그리고 1553년 봄 홍인우가 금강산의 내산을 주로 돌아보며 비로봉까지 올랐던 「관동록(關東錄)」 등이 인상적이다.

모두 김창협보다 먼저 금강산으로 갔던 사람들인데, 시대에 따라 산으로 가는 길과 산을 만나는 태도가 어떻게 달라지는지 알 수 있다.

"하늘에 치솟은 하얀 봉우리 온통 금빛 / 천자께서 해마다 금강산에 향을 내린다 / 한 번만 바라봐도 평생 소원 이루는데 / 깊이 틀어박혀 승상에 앉아 있을 필요없네"라고 노래한 것은 천마령에서 금강산을 첫 대면한 이곡의 감상이다. 그는 고려 말 사람으로 개성에서부터 길을 나서 금강산에 다다르고 배재령을 들머리로 해서 표훈사 – 정양암 – 신림암 – 장안사 – 국도 – 총석정 – 금란굴 – 삼일포까지 유람했다. 이곡은 배재령(절재)에 올라 "금강산에 들어가려면 반드시 이 재를 거쳐야만 하는데, 재에 오르면 산이 보이고 산이 보이면 저절로 고개가 숙여진다"라고 했다.

당시 송도에서 금강산에 이르는 500리 길이 "강이 거듭 가로지르고 산이 겹겹이 가로막아 지세가 깊고 험하여 금강산을 드나드는 것은 매우 어려운 일"이라고 했으니, 산을 만나 엎드려 절을 하고 싶었던 심정을 헤아릴 수 있다.

반면 조선시대 남효온의 행적은 이곡과 달리 한양에서 출발해 총석정과 온정을 거쳐 북쪽에서 금강산으로 들어간다. 그가 금강산을 다녀온 두 달 가까운 여정이 '산길로 485리, 바다로 274리, 평지로 937리'라고 하니 '일상과의 단절, 정계와의 격리'를 의미하는 실로 장대한 결단이었다.

재미있는 것은 불경에서 전하는 대로 금강산을 인간세계의 정토라 보았던 이곡과 달리 조선의 유학자는 『화엄경』에 나오는 금강이란 이름부터 터무니없이 과장된 것이라 지적한다. 유점사의 사찰 창건 기록을 두고도 '부처를 받들기를 군부처럼 받드는' 무지한 세태 탓이라며 조목조목 비판까지 한다. 시종일관 불교에 대해 까칠한 태도를 보이는 유학자의 시선이 흥미롭다.

김창협도 진견성암에서 솔잎에 물 한 그릇만 먹으며 면벽수행하는 승려를 만나 놀라면서도 "그의 고행은 참으로 게으름을 경계하기에는 족할 것 같으나 헛된 불도를 공부하여 죽은 고목의 재가 되는 것을 성취하는 게 아쉽다"라고 했다.

점차 금강산의 절집들이 쇠락해 가면서 중들이 사대부의 유람을 시중 들며 산길을 안내하고 가마까지 메기에 이른다. 조선의 사대부에게는 산중 암자에 기거하는 중들이 히말라야 등반 초기 영국 등산가들이 만나던 셰르파족과 크게 다르지 않아 보였다. 물론 남의 나라 산을 정복하려고 전쟁하듯 달려든 그들보다야 염치가 있었다.

반면 금강산 정상 비로봉까지 올라간 홍인우에게는 자못 등산가의 기상이 느껴진다. 금강산으로 가기가 지금 우리가 히말라야로 가는 것만큼 큰 결단이 필요했던 시절이니 스스로도 얼마나 대견했을까. 특히 홍인우의 「관동록」은 퇴계 이황이 서문을 쓰고, 훗날 율곡 이이가 주(注)를 달기까지 했다. 금강산 원정기 가운데 베스트셀러이자 선비들의 교양 필독서로 인기 있었던 모양이다. 우리가 여행지에서 찍은 사진을 인터넷으로 자랑하듯, 옛사람들은 저마다 유산기를 쓰거나 그림을 그려 못 가본 이들 가슴에 불을 질렀을 것이다.

그러니 조선 후기에 이르러는 서민들에게까지 금강산 유람이 유행할 정도로 산이 활짝 열리게 된다. 이를 두고 문인화로 유명한 학자 강세황은 "산에 다니는 것은 인간으로서 첫째가는 고상한 일이지만 금강산을 구경하는 것은 가장 저속한 일"이라는 비판까지 했을 정도였다.

심지어 훗날 육당 최남선에 이르러서는 '너무 드러나서 마치 길가에서 술 파는 색시 같다'는 소리까지 듣게 된다. 금강산에 비해 오지로 남아 있던 설악산을 깨끗한 처녀지로 칭송하기 위해 쓴 비유였다. 여자로서 듣기 언짢은 말이지만, 찾는 사람이 많아지면 왜 산이 범속해지는 것일까 하는 질문은 가슴에 남는다. 예나 지금이나 금강산이나 히말라야에서도 비슷한 탄식이 들려온다.

그래도 저속한 일이라 불러도 좋으니 다시 금강산에 가고 싶다. 봉래산, 풍악산, 개골산이란 이름처럼, 철 따라 산빛이 어떻게 바뀌는지, 미처 가보지 못한 비로봉과 내금강의 속살도 직접 느껴보고 싶다.

특히 『택리지』에서 이중환의 표현처럼 "만 길 산꼭대기와 백 길 못까지도 온통 한 돌이니 이것은 천하에 둘도 없는 것"이라는 데, 금강산의 그 바위를 우러러 보고라도 싶다. 산사람이 그런 거대한 바위를 보고 가슴이 달아오르지 않는다면 이상한 일 아닐까.

실제로 1941년 10월 백령회의 김정태는 일본 산악인들과 함께 금강산에서 가장 높고 가파른 집선봉의 수직 벽을 올라갔다. 그 뒤로 1995년 재미 산악인들이 구룡폭포 옆 직벽인 구룡대를 등반했고, 2005년에는 서울산악구조대에서 구룡대에 바윗길 두 개를 내기도 했다.

남북 교류의 훈풍이 골골이 스며들어 드디어 금강산에서 암벽 등반까지 할 수 있다는 기대를 품었던 적이 아주 짧게나마 있었다. 그때 인연을 맺은 남과 북의 산악구조대원들은 에베레스트 합동 등반까지 꿈꾸었다. 이제 와 생각하면 정말 한여름 밤의 꿈 같은 일이다.

요즘 같은 처지에서는 짚신 신고 괴나리 봇짐 둘러메고 길을 나서던 때보다 금강산이 더 멀게 느껴진다. 설령 다시 금강산으로 가는 길이 열려도 서로의 차이를 인정하지 않고서는 산의 본모습을 만나기 어려울 것 같다.

그래서 우리에게 정말 필요한 도전은 높고 먼 산에만 있는 것 같지 않다. 뿌리 깊은 분단의 가시덤불을 뛰어넘어, 자연 그대로 북녘의 산을 온전히 만나려는 시도도 의미 있는 것 아닐까. 산은 물을 가른다는 산자분수령의 원리는 있어도 금강산 스스로 좌우를 가르지는 않을 테니까.

생명은 저마다의
하늘을 오른다

... 등산과 죽음, 손재식의 『하늘 오르는 길』

정월에 시어머님께서 영면하셨다. 1926년 호랑이해에 태어나신 분이다. 평생 자식을 위해 살아오셨지만 망구(望九)에 드신 이후, 스스로를 위해 간절히 기도하신 게 하나 있다. 오래 앓지 않고 하늘로 편히 가게 해달라는 것이었다. 해마다 소녀처럼 손톱에 정성껏 봉숭아 꽃물을 들이신 이유도 저승길이 밝아진다는 믿음 때문이었다. 인간으로서의 존엄과 자존심이 무너지지 않고 곱게 떠날 수 있기를 바라는 마음 역시 자식 사랑의 다른 표현이었다. 평생의 마지막 기도마저 자식을 위한 것이었다니.

책이 눈에 들어오지 않는 시간이 오랫동안 이어졌다. 죽음이란 것에 대해 많이 생각했던 탓일까, 섬광처럼 떠오른 것이 『하늘 오르는 길』

이었다. 산에서 죽은 사람들에 대한 기록이라는 사실 때문에 일부러 외면하던 책이다. 2003년 여름에 나왔는데 처음엔 일부러 모른 척하다 보니 어느새 까맣게 잊게 되었다. 책은 그새 절판이 돼 있었다. 어렵게 세상에 나온 책에게 안타깝고 미안한 생각마저 들었다.

'히말라야 탈레이사가르 북벽 등반기'라는 부제가 붙은 『하늘 오르는 길』은 1998년 우리 산악계의 전설이 된 탈레이사가르 북벽 등반에서 죽은 세 사람의 꿈에 대한 기록이다.

김형진, 최승철, 신상만. 나는 생전에 그들을 만나본 적이 없다. 하지만 그들의 선배, 친구, 가족들 가운데는 아는 이들이 적잖아 세 사람의 이야기는 늘 주변 사람들에게서 화제가 되곤 했다. 탈레이사가르를 찾아가는 사람들마다 한결같이 그들의 이름을 되새기다 보니, 세 사람 모두 세상을 떠난 뒤에 오히려 더 친숙해진 느낌마저 들었다.

돌이켜보면 산악 잡지 기자로 밥벌이를 하는 동안 높고 먼 산에서 날아오는 산사람들의 부고를 남보다 많이, 또 생생하게 접하는 게 괴로웠다. 산에서 죽은 사람들의 이야기가 세상의 뉴스거리가 될 때, 그 슬픔을 견뎌야 하는 이들을 가까이에서 지켜봐야 했기 때문이다.

죽음이란 세상 누구에게나 예외 없이 공평하게 찾아온다. 하지만 유독 산사람의 죽음에 대해서는 세간에서는 좀 더 각별하게 받아들이는 것 같다. 모두 불의의 사고이기 때문이라서 그런 것일까. 그들의 죽음은 심한 경우에는 터무니없이 폄훼되기도 한다. 평온한 일상을 벗어나 고난을 자처하다 맞은 죽음의 의미를 저자의 생활인들이 온전히 이해하기가 쉽지는 않을 것이다.

이 때문에 산에서 맞은 죽음을 무모한 자살로 치부하는 이들이 있는가 하면 일행 가운데 살아남은 이들이 있으면 그 사고의 책임을 묻느라 불편한 논쟁이 오가는 일도 종종 있다. 그러면서도 오열과 회환 속에 한바탕 굿판처럼 장례가 치러지기도 한다. 또 다른 시각으로는 가장 좋아하는 일을 하다 행복하게 떠난 사람이라고 망자와 유족을 위로하는 입장도 있다.

『하늘 오르는 길』은 탈레이사가르 원정대에서 살아남은, 사진작가 손재식의 기록이다. 원정대는 김형진을 대장으로 최승철, 신상만, 윤길수, 장기헌, 손재식 등 모두 여섯 명으로 이루어져 있었다. 손재식은 1997년 탈레이사가르 등반 계획을 세우던 김형진과 최승철이 그에게 사진을 배우고 싶다며 찾아오면서 원정대의 일원이 되었다고 했다.

브레히트의 시 「살아남은 자의 슬픔」은 노래한다. 꿈속에서 죽은 친구들이 이야기하는 "강한 자는 살아남는다"는 소리 때문에 "나는 자신이 미워졌다"고. 그러나 산에서 죽은 세 친구들은 약하지 않았다. 누구보다 강했기에 세상을 딛고서 높고 추운 절벽에서 로프에 몸을 묶을 수 있었다. 오히려 그들이라면 살아남은 슬픔 때문에 약해지지 말라고, 더욱 강해지라고 남은 친구들에게 속삭일 것 같다.

등반대 가운데 절반이 죽고 절반이 살아남았다. 남은 세 친구 가운데 한 명은 차마 책을 읽을 수 없어서 슬그머니 길에다 흘리고 돌아왔다는 이야기도 들었다. 얼마나 세월이 흘러야 그들이 친구의 사진을 그냥 범상하게 보아 넘길 수 있게 될지 모르겠다.

탈레이사가르는 인도 가르왈 히말라야의 강고트리 산군에서 다섯 번째로 높은 봉우리다. 히말라야에서는 그리 높지 않은 6,904미터 봉우리지만 사방 어느 쪽에서 보아도 경사가 가팔라 '악마의 성'이라는 별명이 붙을 정도로 위압감을 주는 산이다.

알프스에서 히말라야로 알피니즘의 무대가 옮겨 가고, 히말라야 8,000미터 고봉들의 초등 경쟁에 이어 14좌 완등 레이스까지 마무리되면서, 전위적인 등반가들에게 '높이'에 대한 열망은 무의미해졌다. 그러나 등산은 길이 끝나는 곳에서 비로소 시작된다는 믿음처럼 등반가들은 새로운 모험을 찾아 나선다. 오히려 '낮지만 보다 어려운' 봉우리들이 도전의 대상이 된 것이다.

탈레이사가르는 남미 세로토레(3,128미터)와 함께 지구상에서 가장 오르기 어려운 봉우리의 하나로 손꼽히며 산악인들을 설레게 했다. 1979년 영국과 미국 합동대에 의해 '가장 어려움이 적은 북서쪽 쿨르와르와 암릉 루트'로 초등이 이루어졌다. 이후 사람들의 관심은 그 산의 북동벽 코스로 쏠렸다.

북동벽은 1984년 알파인 스타일로 도전한 폴란드 원정대에게 사투 끝에 길을 내주었고, 이제는 북벽만이 세계 산악인들의 숙제로 남았다. 북벽은 1991년 두 명의 헝가리 등반대가 처음으로 등정에 성공했다. 그러나 이들도 북벽 상단 마지막 부분인 '블랙 타워'를 통과하지 못했고, 500미터 정도를 우회해서 정상에 오르는 데 그쳤다.

사실 수직의 벽을 오르려는 이들에게는 오로지 벽 자체가 목표이기 때문에 정상을 밟는 것은 그다지 의미가 없어 보인다. 그래서 산악인들은 헝가리 팀의 등정에도 불구하고 완벽한 의미의 북벽 등반은 아직

이루어지지 않은 것이라고 생각했다.

김형진, 최승철, 신상만 세 친구의 꿈이 바로 그 탈레이사가르에서도 가장 어려운 북벽에 닿아 있었다. 그들이 남달랐던 것은 한국 산악계가 이미 앞선 등반가들의 관심에서 벗어난 8,000미터 14좌 완등에 몰두해 있을 때, 이들은 전혀 다른 길을 찾고 있었다는 점이다.

손재식은『하늘 오르는 길』서문에서 "탈레이사가르 등반은 눈에 보이는 성과 중심의 등정주의에서 벗어나 등로주의를 실천하려는 대원들의 본격적인 첫 원정 등반이었다. 어려움을 피해 가지 않겠다는 그들의 생각은 등반뿐 아니라 삶에서도 우리들에게 일깨워주는 바가 매우 크다"라고 적어놓았다.

이들은 탈레이사가르로 떠나기 전 자신들의 '등반 5개년 계획서'를 들고 손재식을 찾아왔는데, 모두가 혀를 내두를 만한 것이었다. 첫 번째가 탈레이사가르 북벽의 신루트 개척이었고 곧이어 이듬해 남미 세로토레봉과 히말라야의 랑탕리룽 동벽, 2000년 소련의 악수와 히말라야 마셔브롬 동벽, 2002년 마칼루 서벽에 새로운 길을 내겠다는 야심찬 계획이었다.

산을 좀 안다는 사람들에게조차 생소한 대상지일뿐더러 난이도를 쉽게 가늠하기 어려운 곳들뿐이다. 엄홍길이 세계에서 여덟 번째로 14좌 완등에 성공한 것이 2000년이고, 박영석이 뒤를 이어 아홉 번째 완등자가 된 것이 2001년이었던 것을 생각해 보아도 이들의 지향이 남달랐음을 알 수 있다. 세간의 관심과 스폰서의 지원이 몰리는 산행과는 거리가 멀었다. 그들은 스스로 정한 목표를 향해 묵묵히 나아가려 했을 뿐이다.

그러나 대개의 산악인들은 산에서 원하는 것과 생활의 요구를 모두 충족시키는 일이 버겁다. 최승철의 아내이자 그 역시 출중한 산악인이 기도 한 김점숙도 남편의 계획 앞에 '5년 동안 원 없이 등반하고 이후 부터는 생활에 충실하자는' 다짐을 받아놓았다고 한다. 책에 소개된 김형진의 등반 일기 가운데 유독 눈에 밟혔던 부분도 그런 내용이다.

> 시간은 한정되었고 할 일은 많으니 걱정이다. 정말 원정다운 원정으로 만들어서 여기까지 왔는데, 나 자신이 이 순간에도 갈등하고 있는 사실을 아무도 모를 것이다. 산과 생활 사이에서 벼텨내는 건 정말 고행이다.
>
> —『하늘 오르는 길』 54쪽

카라반 도중 고소 증세로 어려움을 겪는 대원들을 모두 강고트리로 하산시키고 혼자 베이스캠프에 남았을 때, 대장으로서 초조한 심경이 드러나는 부분이다.

설상가상으로 본격적인 등반에 나선 뒤에는 날씨가 정상 공격의 발목을 잡았다. 산 아래 가족과 생활이 있는 현장으로 돌아가야 할 시간이 가까워질수록 그들의 안타까운 초조감은 더해간다. 캠프 1에서 눈때문에 하산을 못 하고 이틀 동안 홀로 고립되어 있던 최승철이 '무료함을 달래기 위해 그가 할 수 있는 일은 라면 겉봉에 적힌 조리법을 되풀이해서 읽거나, 등산화를 부여안고 시간을 죽이는 것이 전부'였다고 털어놓는 대목은 애절하기까지 하다.

캠프에 머문 24일 가운데 무려 15일이나 눈이 내려 대원들 모두 옴짝달싹하지 못했다. '마음을 비우고 내려가는 것도 고려'해 보았고 '포기해도 후회 없을 만큼 눈에 시달린 것도 사실'이었다고 한다.

그러나 다행인지 불행인지 눈은 멈추었고, 세 친구는 벽으로 향했다. 그리고 첫 북벽 등정에 성공한 헝가리 등반대가 '자살 구간'이라며 우회했던 무시무시한 블랙 타워에 도달했다. 하지만 1998년 9월 28일 오후 다섯 시경, 한 시간 가까이 북벽 상단에 구름 띠가 드리워졌다. 그리고 구름이 걷힌 뒤, 세 명의 대원이 감쪽같이 사라진 것이다.

그들은 무려 1,300미터를 추락했다. 온몸으로 한 땀 한 땀 절벽 위에 수를 놓듯이, 자벌레처럼 기어 올라갔을 거대한 벽이지만 추락은 찰나와도 같았을 것이다. 그 순간 차안과 피안 사이의 아득하던 길이 단숨에 열리지 않았을까.

벽 앞에 몸을 맡긴 거벽 등반가들을 떠올릴 때마다 선승들의 면벽수행이 떠오르곤 했다. 높고 추운 벽에 가느다란 로프와 죽음 앞에선 쇠꼬챙이 불과한 장비에 서로의 목숨을 의지했던 세 친구, 그들의 마지막 앞에서 손재식 역시 석가모니의 구도행을 떠올린다.

산에 오르고자 하는, 특히 벽을 오르려는 젊은이들에게서 바로 그와 같은 삶을 떠올리는 것은 반드시 벽에 그들이 찾는 무엇이 있거나 없어서가 아니다. 그들 옆에는 치열하게 같이 고민하고 같은 길을 바라보던 '사람'이 있었다. 생의 마지막을 같이 맞아도 좋은 벗이 있다는 것만으로도 그들의 삶은 결코 가볍지 않다. ─『하늘 오르는 길』 167쪽

탈레이사가르는 우리나라에서만도 1993년부터 1997년까지 여섯 번이나 도전했지만 모두 실패했다. 그들은 탈레이사가르로 간 일곱 번째한국 원정대였다. 실패를 거듭할수록, 죽음을 부를수록, 산은 더욱 강렬하게 사람들을 끌어들인다. 세 사람의 죽음 이후에도 살아남은 사람들을 숙명처럼 탈레이사가르 북벽으로 끌어당긴 것도 그 탓이다.

고 김형진의 형인 김형일은 동생이 죽은 다음 탈레이사가르에 두 번이나 도전했다. 고 최승철의 아내 김점숙도, 고 신상만의 친구이자 함께했던 등반에서 살아남았던 장기헌도 탈레이사가르를 다시 찾았다. 산은 그렇게 전설을 만들고 사람들은 산에 묻혀 스스로 전설이 되기도한다. 결국 2006년 열 번째 한국 도전팀인 서울산악구조대의 구은수, 유상범이 세계에서 세 번째로, 북벽 직등 루트로 탈레이사가르 등정에성공했다.

그러면 끝일까, 아니 탈레이사가르의 북벽을 오르려던 사람들은 또다른 벽을 향해 계속 나아간다. 어느 산에든 정상으로 향하는 수많은 길이 있다면 그중 가장 어렵다고 느껴지는 벽이 반드시 있기 마련이니까.

2011년 고 김형진의 형 김형일은 후배 장지명과 함께 네팔 촐라체의북벽을 오르다가 추락해 사망했다. 등반에 앞서 안나푸르나 남벽에서사고를 당한 박영석과 신동민, 강기석 대원들을 찾기 위해 크레바스수색을 돕다 떠난 길이어서 안타까움이 더했다. 하지만 그들은 죽음이아니라 하늘을 오르는 수많은 갈림길 가운데 하나를 선택했을 뿐이라는 생각, 그것은 너무 감상적인가.

안정된 삶을 추구하다 보면 이런 선택의 기회에서는 자연히 멀어진다. 자신과의 싸움이라는 구태의연한 목적을 뛰어넘게 하는 것은, 의미에 연연하지 않게 만드는 저 무심한 벽일지도 모른다. 그것이 성취감이든 자유든 간에 논리로 찾아가는 것이 아니라, 직접 부딪쳐야 얻을 수 있다는 걸 그들은 경험을 통해 이미 알고 있다. 맹목적으로 보이는 행위의 당위성을 굳이 깨닫거나 반문하지 않아도 되는 이유가 거기 있을 것이다.　　　　　　　　　　　　　　　　　　　　　　—『하늘 오르는 길』 138쪽

삶의 여정은 하루하루가 모두 죽음을 만나러 가는 길일 수 있다. 예외 없이 목적지에 도달하는 그 길에 정해진 순서는 없다. 누구도 피해 갈 방법도 없다. 다만 저마다의 하늘을 오르는 길, 그 길의 갈래를 스스로 선택하게 할 뿐이다. 산악인은 스스로에게 남다른 고난과 빛나는 성취를 선사하는 길을 선택하고, 그것을 달게 받았을 뿐이다.

'저 천상의 일각'에
바람과 구름만 허하라

... 산정에 대한 예의, 조정권의 『산정묘지』

가을비에 나뭇잎들 무거워진다. 차가운 빗줄기는 서둘러 잎사귀를 털어내려는 나무들을 위해 출동한 원군 같다. 단풍은 숲을 가볍게 하려고, 스스로 제 몸을 비워내려는 산의 몸부림처럼 보였기 때문이다. 난생처음 해본 짧은 단식을 마치고 나니 가을 산도 그렇게 보였다. 잘 먹기보다 덜 먹고 굶어서라도 위장을 비워 몸을 가볍게 하는 것이 필요하다는 사실을 절감한 때, 겨울을 준비하는 자연의 이치를 나는 온몸으로 배웠다.

그즈음 '요즘 설악산에 가면 개고생'이란 기사가 포털 사이트 메인을 장식했다. 아무리 이목을 끌기 위해 자극적인 문구를 뽑는다고 해도 품위 없는 단어를 남발하는 언론에 눈살부터 찌푸려졌다.

하지만 '키워드로 보는 2009년'이란 주제로 한 해를 되짚어본다면 '개고생'은 산악계를 가장 시끄럽게 했던 단어였다.

그해 봄 한 인터넷 서비스 업체의 신상품 홍보를 위한 티저 광고에 출연한 산악인 엄홍길 씨가 화제가 된 일이 있었다. 초췌한 몰골로 고산 캠프에서 허겁지겁 라면을 먹으며 '집 나가면 개고생'이라고 말한 광고인데, 히말라야 등반을 희화화했다고 불편하게 생각하는 사람들이 많았다. 산악계가 경직돼 있던 건지, 아니면 그만큼 광고의 파급력이 컸던 건지 두고두고 입방아에 오르내렸다. 설악산에서의 개고생이란 기사 제목도 그 광고를 염두에 두고 뽑은 헤드라인이었을 것이다.

가을 산은 몸을 비우려고 울긋불긋 열꽃을 피워 신음하는 것처럼 보였다. 그런데 그 바람에 사람들을 불러 모아 설악산이 꽉 차버리고 만 것이다. 명절 교통체증보다 더한 정체가 좁은 등산로에서 벌어졌다. 하지만 그 모습을 보니 '개고생'이란 단어는 정작 산이 토해내야 할 신음으로 들렸다. 그날 설악산에만 6만 2,000명의 등산객이 몰렸다고 했다. 도로 정체에는 우회로나 실시간 교통방송이라도 있지만 산에서는 어쩔 도리가 없다. 이쯤 되면 하루 등반 인원을 제한해야 하는 게 아닐까 싶은 생각마저 들었다.

등산 마니아임을 자랑하는 연예인도 많아지고 아이돌 가수들까지 등산복 모델로 나서며 등산 열풍이 불고 있다. 하지만 연예인들의 행보에 우리가 점점 더 비싼 대가를 지불하게 될 것이라는 사실에 씁쓸해진다. '개고생'이란 단어를 불편해했던 사람들도 산악인과 연예인의 경계가 모호해지는 것처럼 보이는 것을 염려한 때문 아닐까.

아무튼 이제는 산에서 사람을 덜어내고 산을 좀 비워두어야 할 때라는 생각마저 들었다. 겨울이 되어도 상황은 크게 달라지지 않을 것 같았다. 고가의 기능성 장비들이 거친 산의 두려움을 걷어낼 것이고, 한번 산에 빠진 사람들은 빠르게 단련돼 시공간의 제약을 뛰어넘을 것이다. 그러니 앞으로 산사람들에게 정말 필요한 덕목은 도전과 용기 같은 개척자 정신이 아니라 절제하는 마음이 아닐까 싶을 정도다.

산에서 제일 먼저 비워야 할 곳이 있다면 정상이다. 좁고 한정된 공간이기 때문에 가장 쉽게 훼손되는 곳이다. 설악산에서의 '개고생'이 기사화된 날, 만일 산을 찾은 6만 2,000여 명이 모두 대청봉을 밟았다고 생각해 보자. 산을 오르는 길은 여러 갈래다. 그러나 모든 길은 정상으로 모인다. 꼭짓점에 머문 사람들이 내디딘 발자국들이 산마루의 흙을 깎아내리지 않았다고 장담할 수 있을까. 고성능 등산화 밑창에 쓸리고 깎인 흙 때문에 몇 밀리미터라도 산은 분명 낮아졌을 것이다.

그런 의미에서 오래전 대청산장이 폐쇄된 것이 얼마나 다행스런 일인지 모르겠다. 대청산장은 용도 폐기된 벙커를 대피소로 개조해 사용하던 것이었는데 1996년 중청대피소가 완공되면서 폐쇄되었다. 산장 철거가 그나마 정상에서 머물 수 있는 시간과 인원을 줄어들게 하는 데 큰 역할을 했을 것이다.

나는 대청산장 좁은 침상에서 새우잠을 자던 설악산과의 첫 밤을 소중한 추억으로 간직하고 있다. 신혼여행 때였다. 설악동에 있는 콘도에 여장을 풀고 도시락까지 만들어서 비선대 희운각을 거쳐 소청을 지나 대청봉에 올랐다. 그때는 대피소 침상에 남녀 구분이 없었는지 부부가 한방에서 잠을 잘 수 있었는데, 한쪽에서 코를 심하게 골던 아저씨들 때문에 괴로웠던 기억이 난다.

그런데 그때 대청봉 정상석 앞에서 찍은 사진을 보면 설악의 정수리는 황량해 보인다. 그 시절에는 산의 정상을 사람 손이 타지 않게 보호해야 한다고까지는 미처 생각하지 못했다. 다만 산이 두렵고 등산이 어렵고 멀게만 느껴지던 때니 서둘러 내려가고 싶은 마음뿐이었다.

산을 깊이 알아갈수록 정상에서는 오래 지체하지 않고 빨리 내려가야 한다는 사실을 알게 되었다. 그것은 높고 큰 산일수록 반드시 지켜야 할 안전 수칙이기도 했다. 8,000미터 위의 고산지대에서는 정상에 머무는 시간이 길어질수록 하산할 때 위험도 커지기 때문이다.

낮은 산이라도 크게 다르지 않다. 아무리 게으름을 피워도 해가 저물기 전에 거뜬히 하산할 수 있는 산이라도 정상에서는 서둘러 떠나야 한다는 강박 같은 게 생겼다.

몇 해 전 여름 속리산 천황봉에서 극성스런 파리 떼를 만났을 때였다. 그 산 가장 높은 곳에 있는 수많은 인파들 속에 내가 있다는 사실이 곤혹스러웠다. 나도 1,058미터나 되는 산정까지 파리 떼를 끌고 올라온 장본인이라는 생각 때문이었다.

그때부터 인적이 드문 낮은 산에서도 정상에서 떡하니 자리 펴고 앉아 도시락을 푸는 일은 산에 대한 예의가 아니라고 느꼈다. 산정에 대한 경외감이 없다면 우리가 애써 높은 곳까지 땀 흘려 올라갈 이유가 없다. 정상에는 수치로 따지는 고도보다 높은, 어떤 무엇이 더 있다고 느끼는 게 나만의 생각일까.

우리나라 산들은 대부분 땅속 깊은 곳에서 솟구쳐 올라와 만들어졌다. 그러므로 산정에는 가장 깊은 곳에서부터 융기한 아득한 과거의 물질들이 모여 있다. 사람들이 함부로 밟고 엉덩이를 들이대기에는 삼가고 두려워해야 할 신성한 기운이 있는 게 아닐까. 그곳에 대해 시인 조정권은 이렇게 썼다.

> 언제 보아도 山頂 위에는 바람 자고
> 오랜 세월 至高한 발길 머물은
> 구름의 묘비명.
> 거기 새겨 있는 가사 없는 노래를
> 내 어찌 전할 수 있으리.
> ……
>
> ─『산정묘지』 32쪽, 「山頂墓地 7」

내가 시집 『산정묘지』를 산으로 가는 배낭 속에 자주 넣게 되는 것도 정상에는 삶과 죽음을 잇는 성스런 무엇이 있다는 생각에 공감했기 때문이다.

'山頂墓地'라는 연작시 30편이 소개된 시집을 처음 산 것은 1992년이었다. 장마가 한창일 때였는지 시집 첫 장에 '칠월 십오일 소나기'라고 적어놓은 게 눈에 띈다. 산을 잘 몰랐을 때이고, 단지 산정 높은 곳에 묘지가 있다는 단어에서 풍기는 아련하고 비감한 이미지 때문에 시집을 골랐을 것이다. 그때까지 내가 올라가 본 최고로 높은 곳은 북한산 백운대가 전부였다.

　그해 여름 처음 지리산으로 갈 때도 배낭 속에 그 시집을 넣어 가지고 갔다. 천왕봉에 올라가 일출까지 보는, 3대가 복을 지어야 누릴 수 있다는 값진 경험까지 했다. 하지만 내가 기념사진을 찍던 자리가 옛날에는 천 년 동안이나 지리산을 지키던 성모석상이 있던 곳이라는 사실은 알지 못했다. 산정에 대한 경외감보다는 그렇게 높은 곳까지 올라갈 수 있던 나를 대견하게 생각하는 마음뿐이었다.

　　겨울 산을 오르면서 나는 본다.
　　가장 높은 것들은 추운 곳에서
　　얼음처럼 빛나고,
　　얼어붙은 폭포의 단호한 침묵.
　　가장 높은 정신은
　　추운 곳에서 살아 움직이며
　　……

—『산정묘지』13쪽, 「山頂墓地 1」

　이런 시구를 머리가 아닌 몸의 언어로 이해할 수 있게 된 것도 한참 뒤였다. 아마도 설악산 갱기폭포에서 난생처음이자 마지막으로 얼어붙은 폭포에 로프를 묶고 아이스바일에 매달려본 다음이었을 것이다. '가장 높은 정신'이란 말 때문에 전율하면서 말이다.

　그때 높고 추운 산정을 외경의 눈으로 바라볼 수 있는 것은 그곳에 이르는 길이 얼마나 어렵고 험난한지 알게 되는 일이라고 느꼈다. 그래서 제 발로 땀 흘려 산을 오른 사람과 케이블카로 오른 사람의 정상이 똑같지 않다고 생각한다.

고개를 숙이는 벼처럼 등산에 대한 경험과 생각이 익어가면서 내가 갈 수 없는 모험과 도전의 길로 나아가는 등반가들을 모두 인생의 선배로 생각하게 된 것이다. 그래서 '개고생'이란 말도 광고를 위해 만들어졌을 뿐, 엄홍길의 본마음은 아니었으리라 믿는다. 그는 누구보다 정상에서 몸과 마음을 삼가고 서둘러 자리를 비우는 것이 산을 오른 사람의 예의라고 생각할 것이다.

그런데 산정에 대한 예의를 따지자면 산이 속해 있는 해당 지역 자치단체들이 지켜야 할 도리도 있을 것이다. 산이 행정구역의 경계가 되는 경우가 많은 탓에 여러 지자체가 경쟁적으로 정상에 표지석을 세운 곳이 있다. 심지어 지역 산악회에서 무분별하게 자신들의 이름을 새긴 표지석을 세워 눈살을 찌푸리게 한 경우도 보았다.

만일 지구의 꼭짓점인 에베레스트 정상을 두고서 네팔과 중국 두 나라가 서로 자기 나라 표지석을 세우려고 한다면 어떨까. 또 그 산을 등정한 원정대마다 자신들의 흔적을 크게 남기고 싶어 한다면 얼마나 산이 우스워질까.

사실 산정에 커다란 표지석이 필요한 이유도 딱히 모르겠다. 더는 올라갈 곳이 없으면 그곳이 정상인데 굳이 이름을 새기고 흔적을 남기려는 것은 허망한 과시욕 아닌지. 북한산 비봉에 신라인이 세운 진흥왕순수비처럼 정복자의 위용을 뽐내기 위한 것과 다르지 않아 보인다.

오늘날에야 국보가 된 물건이지만 그 시절 백제의 유민들에게는 일제가 우리 산 곳곳에 박아놓은 쇠말뚝만큼 치욕스런 낙인 아니었을까.

이제 인파가 몰려드는 표지석 앞에 줄을 서서 기다리는 일이 재미가 없다. 정상 표지석이 과정의 정당성보다는 수단과 방법을 가리지 않고 도달하는 결과와 성취만 주목하는 세태를 반영하는 것처럼 보여 씁쓸하기까지 하다. 만일 표지석이 없다면 정상에 머무는 사람들의 모습은 어떻게 달라질까 하는 상상도 해본다.

> ……
> 만일 내 영혼이 天上의 누각을 꿈꾸어 왔다면
> 나는 신이 거주하는 저 天上의 一角을 그리워하리.
> 가장 높은 정신은 가장 추운 곳을 향하는 법.
> ……
>
> ─『산정묘지』13쪽, 「山頂墓地 1」

산이 단식하듯 제 몸을 비워내고 있는 가을, '가장 높은 정신'이 머무는 산정에 '바람'과 '구름의 묘비명'만 남아 있기를 바라는, 과한 욕심을 부려보았다. 가을과 시집 때문이다.

하늘 아래 눈부시지 않은
삶이 어디 있으랴

... 인생과 크레바스, 조 심슨의 『난, 꼭 살아 돌아간다』

시골에 살 때는 꽤 넓은 다락방을 서재로 썼다. 책 속에 숨어 있기 좋은 아늑한 곳이었다. 서울로 돌아온 뒤로는 집이 좁아 안방에 책장 까지 몰아넣어야 했다. 책 감옥에서 겨우 몸만 눕는 기분이었다. 불면 증 때문에 고생한다는 말을 듣고 친정 엄마는 침실에 가득 찬 책 때문 이라고 한 소리 했다. 어른 말 들으면 자다가도 떡이 생긴다는데 하면 서 책장의 절반을 거실로 들어냈다.

책을 읽지 않아도 책이 말을 건다는 것은 사실이다. 그래서 나름 골 치 아픈 책들을 모두 잠자리 밖으로 몰아내 버렸다. 산과 여행에 대한 책만 한쪽 벽에 남겨두고 책꽂이와 침대 사이로 한 사람이 겨우 드나 들 수 있는 통로를 만들었다. 그런데 이것이 문제였다. 늘 책장 쪽에서 잠을 자는 내가 가위에 눌리면 침대에서 굴러떨어졌다. 몸이 꼭 끼여 혼자 일어서기 힘든 좁은 통로를 나는 크레바스라 불렀다.

그런데 진짜 크레바스에 추락하는 꿈을 꾸었다. 깨어 보니 영락없이 침대에서 떨어져 있었다. 비명 소리를 듣고 달려온 남편이 구조의 손길을 뻗치며 어이없다는 듯 웃었다.

『난, 꼭 살아 돌아간다』를 읽다 잠든 일요일 오후였다. 산책마저 잠을 방해할 줄이야. 50센티미터도 안 되는 높이에서 떨어지는 데도 꽤 긴 시간을 느꼈다. 추락하는 사람들 대부분 짧은 순간 일생이 파노라마처럼 지나가는 체험을 한다는데, 꿈이지만 나 역시 그랬다. 이렇게 죽을 수는 없는데 하는 절망적인 생각도 들었다.

그러고는 바닥에 닿기 직전 크레바스가 아니라 침대 밑으로 떨어진다는 것을 깨닫고 어떻게 하면 부상이 적을까 고민했다. 전에 떨어질 때 어설프게 팔로 몸을 지탱하려다 손목을 삔 적이 있어서 그냥 엉덩이로 부딪히는 게 낫겠다는 계산까지 했다. 짧은 순간 어떻게 그렇게 많은 생각들이 오갔는지 믿어지지 않았다.

『난, 꼭 살아 돌아간다』를 오랜만에 다시 펼쳐 든 것은 역설적이게도 산으로 간 사람들이 살아 돌아오지 못했기 때문이었다. 2011년 가을 김영도 선생의 미수(米壽) 축하연이 열리던 날 박영석 원정대의 사고 소식이 날아들었다. 한자리에 모였던 산악인들은 모두들 침통해했다.

인사를 하러 단상에 올라간 김영도 선생은 이렇게 울먹였다. "『터칭 더 보이드(Touching the Void)』의 조 심슨처럼 꼭 살아서 돌아오라고. 우리 곁엔 살아서 돌아온 『끈』의 박정헌과 최강식도 있지 않냐"라고.

박영석은 네팔로 가는 비행기 안에서 안나푸르나 남벽에서 좋은 소식을 선물로 드리겠다며 선생에게 편지를 썼다고 했다. 그러나 그는 살아 돌아오지 못했다. 잔인한 겨울이었다.

'터칭 더 보이드'는 『난, 꼭 살아 돌아간다』의 원제목이다. 맨 처음 국내에 번역될 때는 『친구의 자일을 끊어라』라는 다소 선정적인 제목으로 소개되었다. 실제로 책을 쓴 조 심슨이 다리가 부러진 채 절벽에 매달려 있을 때 그의 몸을 묶고 있던 자일을 끊어 목숨을 건진 파트너 사이먼 예이츠가 혼자 하산을 했기 때문이다.

조는 뼈가 뭉개지고 손은 동상에 걸린 채로 크레바스에 혼자 남겨졌는데도 살아남아, 72시간에 걸친 사투 끝에 베이스캠프의 친구에게 돌아간다. 1985년 남미 안데스 산맥의 시울라 그란데 서벽을 초등하려던 조와 사이먼 두 사내의 실화다.

『끈』은 2005년 촐라체 등반에 나섰던 박정헌과 최강식의 실제 이야기다. 이들은 촐라체 북벽을 알파인 스타일로 오르는 데 성공하고 하산하던 중 최강식이 크레바스보다 작은 베르그슈른트(만년설원의 상단부에 만들어지는 크레바스)에 추락하는 사고를 당한다.

떨어진 최강식도 조 심슨처럼 다리가 부러졌고, 위쪽에서 제동을 하던 박정헌은 로프에 목과 가슴이 조이며 갈비뼈가 부러졌다. 하지만 박정헌은 최강식을 끌어 올릴 수 있었고, 두 사람은 함께 탈출에 성공해 살아서 산을 내려온다. 『난, 꼭 살아 돌아간다』와 차이가 있다면 이들에게는 서로를 이어주고 있던 로프를 자르는 비극은 없었다는 점이다.

시울라 그란데의 높이는 6,400미터, 촐라체는 6,440미터로 둘 다 그리 높은 산은 아니다. 하지만 조와 사이먼이 도전한 시울라 그란데 서벽은 바닥에서 정상까지만 1,400미터의 위압적인 벽이다. 박정헌과 최강식이 올라간 촐라체 북벽도 마찬가지로 벽 높이만 1,500미터다. 파트너와 단 둘이서 모든 식량과 장비를 짊어지고서 가장 어려운 길을 찾아 알파인 스타일로 벽을 오른다는 게 두 팀의 동일한 목표였다. 무게를 줄여야 하는 알파인 등반에서는 식량이라고 해봐야 한 끼 식사에 초콜렛 바 1개와 말린 자두 몇 알 정도가 고작이다. 무게와의 싸움이다 보니 텐트를 버리고 설동(雪洞)을 택하기도 한다.

촐라체에서는 박정헌을 뒤따라 내려오던 최강식이 추락했고, 시울라 그란데에서는 앞서 내려가던 조의 추락으로 사고가 났다. 『끈』은 크레바스 위쪽에 있던 박정헌이 썼고, 『난, 꼭 살아 돌아간다』는 자일이 잘린 채 크레바스 속에 버려진 조의 기록이다.

하지만 『난, 꼭 살아 돌아간다』는 매 상황마다 파트너인 사이먼과 대화하듯 두 사람이 서로의 이야기를 서술하는 독특한 형식으로 쓰였다. 죽음을 앞에 두고 상반된 처지에 있는 두 사람의 목소리를 모두 들을 수 있다는 것이 이 책의 가장 큰 장점이자 미덕이다. 그리고 악랄할 정도로 솔직한 기록, 결국 그 힘으로 조와 사이먼 모두 고통스런 기억에서 자유로워질 수 있었다고 한다.

반면 박정헌은 최강식과 절대 『끈』을 놓지 않았고 함께 돌아왔다. 하지만 시울라 그란데와 촐라체의 사고를 자일을 끊었나 그렇지 않았나로만 구분하는 것은 옳지 않다. 그것은 결코 문제의 본질이 아니기 때문이다.

죽음만이 기다리고 있던 크레바스의 어둠 속에서 황금빛 햇살이 쏟아지는 설원 위로 몸을 끌어 올리는 데 성공한 조. 그러나 그에게 크레바스의 고통은 단지 시작에 불과했다. 그때부터 부러진 다리로 밤낮으로 구르고 기어서 베이스캠프로 돌아온다. 말 그대로 사투를 벌인 것이다. 가다가 죽더라도 그 방법밖에는 선택할 게 없었던 조는 탈진해 버린 최후의 순간, 가까스로 친구에게 발견된다. 사이먼이 베이스캠프를 철수하고 떠나기 전날 밤이었다. 사이먼의 팔에 안겨 텐트 안으로 무사히 들어왔을 때, 조가 자신을 버렸던 친구에게 처음으로 한 말은 "사이먼, 고마워, 너는 잘한 거야"였다.

나는 왜 하필 이 책을 펼쳤을까. 1991년 처음 나온 『친구의 자일을 끊어라』도 읽었고, 2003년 영화로 만들어진 〈터칭 더 보이드〉도 보았다. 그런데도 또 읽는 이유가 무엇일까. 죽음을 감지하면서부터 미쳐 가는 조와 사이먼의 공포를 고스란히 느끼는 일이 고통스럽다는 것을 잘 알면서도 말이다.

나는 그를 아주 냉정한 마음으로 바라보았다. 나는 조를 도울 수 없는 형편이었고, 저러다가 조는 십중팔구 떨어져 죽을 것이다. 내 생각은 꼬리를 물고 이어졌다. 한편으로는 나는 조가 떨어졌으면 하고 바라고 있었다. ─『난, 꼭 살아 돌아간다』94~95쪽

사이먼이 부상 당한 조를 확보한 채로 힘겹게 버티며 이렇게 독백한다. 그가 그 상태로 하강을 계속하다 결국 로프를 자를 수밖에 없게 상

황이 악화되고 있던 순간, 절벽에 매달린 채로 식어가고 있는 조의 이야기는 더욱 소름이 돋는다.

나는 내가 죽는 데 과연 얼마나 걸릴까 궁금해하며 내 감정이 변하는 것을 흥미롭고 느긋한 마음으로 관찰하고 있었다. 적어도 고통을 느끼며 죽지는 않을 것이다. 그것이 기뻤다. 고통은 나를 지치게 했으며, 그것이 끝난 지금 나는 평온함을 느꼈다. 머리 위로 추위가 서서히 내려와 동맥과 정맥을 따라 살금살금 무자비하게 기어들어 오는 것을 재미있게 지켜보고 있었다. 추위가 무슨 살아 있는 생명체처럼 느껴졌다.

—『난, 꼭 살아 돌아간다』123쪽

자신이 살기 위해 친구가 매달려 있는 팽팽한 로프에 칼을 들이댄 사이먼. 조는 반대로 사이먼이 크레바스 바깥쪽으로 떨어져 죽었으리라 믿었다. 이제 친구의 시체가 튼튼한 확보물이 되어 자신이 올라갈 수 있게 로프를 지탱해 주리라 생각했다. 하지만 그가 잡아당긴 로프는 가볍게 바닥으로 떨어졌다. "끝이 해어져 있었다. 잘린 것이다!" 이렇듯 극한의 상황에서 살아남기 위해 발버둥을 치는 두 사람의 모습은 어쩌면 우리들을 닮아 있는 건 아닐까.

『난, 꼭 살아 돌아간다』끝 부분에는 1997년에 쓴 '10년 후'라는 에필로그와 2003년 다큐멘터리 촬영을 위해 시울라 그란데를 다시 찾은 '그곳에 다시 서다'가 추가로 실려 있다.

사이먼은 그 사건 이후 10년이 지나도록 양심의 문제에 대해 반추했다고 했다. 내가 그의 입장이었더라도 그렇게 했을 것이고, 그것이 나를 구하려던 그 영웅적이었던 노력 끝에 유일하게 남겨진 현명한 길이었기 때문에 그의 양심은 거리낄 것이 없다고 말하는 것을 듣고 나는 무척 마음이 놓였다.

—『난, 꼭 살아 돌아간다』 254쪽

조는 사이먼을 이렇게 이해했다. 그가 '현명한 길'이라고까지 말한 것을 두고 사이먼은 자신의 행위를 '직관의 순간'이라고 서술했다.

나는 여태 조를 구하기 위해 마땅히 기대된 모든 일을 다 했고, 이제 우리 둘의 목숨이 모두 위태롭게 되어 내 목숨을 돌봐야 하는 시점에 이르렀다고 생각했다. 내가 취할 행동이 조를 죽일 수 있다는 것도 알았지만, 나는 순식간에 직관적으로 결정을 내려야 했다. 그건 등반 중에 내렸던 다른 모든 중요한 결정과 마찬가지로 그냥 옳은 일처럼 느껴졌다. 나는 주저 없이 배낭에서 칼을 꺼내 자일을 잘랐다.

—『난, 꼭 살아 돌아간다』 255쪽

사이먼은 고통을 견디면서도 사고 원인을 냉철하게 분석해 내고 있다. "간단히 말해, 우리는 스스로를 너무 돌보지 않았"다는 것이다. 추락 사고가 있기 며칠 전부터 충분히 먹고 마시지도 않았고, 어두워지고도 한참이나 등반을 해서 스스로를 추위, 탈진, 탈수, 그리고 동상으로 몰아넣은 것이 사고를 불러왔다고 보았다.

조는 처음에는 자신들의 등반에 잘못은 없었다고 확신했다. 하지만 나중에는 사이먼이 지적한 '소홀함의 문제'를 인정한다. 충분히 물을 만들 가스가 부족했던 것에서부터 일이 꼬였고, 결국 둘 다 통제 불능 상태에 빠지게 되었다는 점을 받아들인다.

결국 산 위에서건 일상생활에서건 우리는 스스로를 돌봐야 한다. 내 말은 우리가 이기적이어도 된다는 게 아니라, 자기 자신을 잘 돌볼 때만이 남도 도울 수 있다는 말이다. 산을 떠나 복잡한 일상생활에서 이런 책임을 소홀히 한 결과는 결혼의 파탄과 문제아, 사업의 실패, 부동산 차압 등으로 이어지지만, 산에서는 그 벌칙이 죽음이 되는 일이 많다.

— 『난, 꼭 살아 돌아간다』 258쪽

사이먼의 이러한 이야기는 소름 돋을 정도로 냉정하다. 조는 17년 만에 영화 촬영팀들과 함께 다시 시울라 그란데를 찾았을 때 공황 증세를 느끼며 고통스러워했다. 자신이 심각한 외상후스트레스장애를 겪고 있다는 사실을 인정할 수밖에 없었다.

그런 조에게 가장 좋은 치료법은 책이었다. '진짜 자기의 이야기를 하는 것으로 그 경험은 허구가 되고, 다른 사람의 이야기가 되고 그렇게 외상에서 자신을 분리시켜 내게 된다'는 가장 일반적인 심리 치료법대로, 그는 심리치료사를 만나기도 전에 스스로 자기 이야기를 책으로 써낸 것이다.

조 심슨은 자신의 삶을 바꾼 것이 시울라 그란데에서 입은 신체적·정신적 외상이 아니라 『난, 꼭 살아 돌아간다』의 성공이었다고 믿는다. '무척 이상하게 느껴지지만' 그때 생존을 위해 싸웠던 것이 자신을 성공적인 비즈니스맨으로 바꿔놓은 것 같다고도 했다. 그러면서 마지막으로 이렇게 묻는다.

> 삶은 당신에게 깜짝 놀랄 만한 패를 줄 수도 있다. 당신은 그 패를 가지고 안정적인 플레이를 할 것인가, 엄청나게 블러핑을 칠 것인가, 아니면 올인할 것인가? ──『난, 꼭 살아 돌아간다』 270쪽

인생에도 크레바스는 도처에 숨어 있다. 때로 크레바스에 빠지기도 하고 뼈가 부러진 채 눈 덮인 설원 위를 기어서 가야만 할 수도 있다. 끝이 보이지 않는 막막한 그 길을 누군가와 안자일렌을 했든 줄 없이 혼자서 걸어서 갔든, 결국 살아남는 것은 각자의 몫이다.

문득 지금 곁에 있는 이웃들 모두가 저마다의 고난을 견디고서, 스스로 살아남아 존엄성을 지키고 있는 위대한 존재라고 생각해 보라. 하늘 아래 눈부시지 않은 삶이 어디 있으랴.

책이 만들어지는 동안, 함께 산을 오르기도 했던 많은 사람들이 세상을 떠났다. 살아서 내 글 속에 등장했던 산사람들을 고인의 이야기로 다시 써내려가야 한다는 사실은 너무 힘이 들었다. 특히 삶과 시와 산이 어떻게 합일의 경지인지 보여주신 이성부 선생님이 병상에서 더이상 자신의 두 발로 걸어서 산에 갈 수 없게 된 사실 때문에 크게 낙담하셨다는 소식은 아직도 가슴 아프다.

그래서 차라리 산에서 죽음을 맞은 이들은 마지막 순간까지도 가장 행복했던 사람들이라 믿고 싶다. 이제는 '안 가본 산'으로 떠난 그들에게 생전에 못다 한 인사를 올린다.

아울러 새로운 세상으로 한 발짝씩 걸음마를 떼도록 이끌어주신 김영도 선생님과 이용대 선생님 이하 등산학교의 모든 선생님들, 그리고 낭만이 사라진 이 물신의 시대에 목숨을 바쳐서라도 도달해야 하는 이상이 있다는 것을 온몸으로 보여준 감동의 산 사람들과 산책의 주인공들께 감사드린다. 산에서 오래도록 함께 걸었던 사람들, 당신들 모두 아름다운 스승이었다는 것을 고백하며 역시 고마움을 전한다.

게으르게 읽어온 산책들에 대한 기록을 정련해 세상에 내놓을 수 있도록 도와주신 분들, 한기호 선생님과 그들 역시 가슴 뜨거운 산사람인 해냄출판사의 송영석 대표와 이혜진 님 그리고 새롭게 산을 알아가게 된 박신애 님, 또 책에 실을 사진들을 건네주고 히말라야로 잃어버린 친구들을 찾아 길을 떠났던 사진가 이한구 님께도 감사드린다.

물론 등산화 사주고 배낭 사주며 게으른 나를 꼬여서 산을 보여준 사내에게도.

"외롭고 지친 당신, 그래도 우리 곁에 산이 있어 얼마나 다행인지 모릅니다."

김선미

『내 청춘 山에 걸고』

우에무라 나오미 지음 | 곽귀훈·김성진 옮김 | 1994년 5월 | 평화출판사

1984년 마흔네 살의 일본 산악인이 북미 최고봉 매킨리를 세계 최초 동계 단독 등반에 성공하고 하산하던 중 실종된다. 그렇게 전설이 된 모험가 우에무라 나오미가 대학 산악부 시절부터 5대륙 최고봉 등정과 그랑 조라스 북벽 등반까지, 오로지 산만 보고 달려가던 청춘의 10년 세월을 쏟아낸 모험담이다. 아직은 좌절을 모르던 산사나이가 서른 살에 쓴 20대의 회고록이랄까. 2008년 마운틴북스에서 『청춘을 산에 걸고』라는 이름으로 새로 나왔다.

『아내여 나는 죽으러 간다』

우에무라 나오미 지음 | 정난진 옮김 | 2003년 6월 | 신원문화사

이 선정적인 제목은 한국어판에 붙은 것이고, 원제는 '우에무라 나오미, 아내에게 보낸 편지(植村直己 妻への手紙)'다. 1974년 나오미가 개썰매를 끌고 1만 2,000킬로미터의 북극권 여행을 떠나던 해, 그는 노사키 기미코와 결혼했지만 모험은 계속되었다. 달라진 점은 집에서 기다리는 아내에게 계속 편지를 보냈다는 것. 기미코는 1984년 매킨리에서 소식이 끊길 때까지 남편에게 받았던 10년간의 편지들을 실종된 지 18년 만에 공개했다.

『창가방 그 빛나는 벽』

피터 보드맨·조 태스커 지음 | 허긍열 옮김 | 1992년 3월 | 학문사

1976년 '조 태스커와 피터 보드맨' 두 사내가 창가방의 서벽을 초등한 기록이다. 이들 이름으로 '보드맨-태스커 산악문학상'이 생겼을 정도로 사랑받은 작품. 창가

방은 인도 가르왈 히말라야에 있는 6,846미터의 그리 높지 않지만 무시무시한 거벽을 품은 산이다. 눈과 얼음으로 빛나는 벽에 줄을 매단 두 사람이 6주 동안 세상과 고립된 허공에서 '말이 필요 없는 우정'을 가지고 돌아온다. 창가방 너머 인간 내면의 산으로 떠나는 새로운 탐험!

『산문기행: 조선의 선비, 산길을 가다』

심경호 지음 | 2007년 3월 | 이가서

조선의 선비 54명이 다녀온 서른다섯 곳에 대한 유산기가 해설과 함께 실려 있다. 흔히 우리 선조들이 산을 만나는 방법은 등산이 아니라 입산이었다고 구별 지어 말한다. 하지만 알피니즘의 개척자인 영국 신사들이나 조선의 선비 모두, 멀리 있는 산을 찾아 떠나는 데는 똑같은 결단이 필요하다. 안온한 방구석에 눌러앉은 책상물림으로가 아니라 일상의 경계를 넘어 오직 제 발로 걷고 땀을 흘려야만 만날 수 있는 산의 진면목, 예나 지금이나 그곳으로 가는 길은 하나임을 읽는다.

『산악인 박영석 대장의 끝없는 도전』

박영석 지음 | 2003년 11월 | 김영사

2001년 히말라야 8000미터 14좌 완등 이후, 세계 7대륙 최고봉 등정에 이어 남극과 북극점에 도달하는 것을 목표로 산악그랜드슬램이란 새로운 도전을 시작했던 박영석. 그가 까까머리 고등학생시절 운명처럼 산악인이 되겠다는 결심을 하던 순간부터 2003년 말 남극과 북극점 탐험에 도달하기까지의 인생 여정이 담겨있다. 그랜드슬램의 목표를 달성하고는 다시 히말라야로 가 '끝없는 도전'의 길에 나섰던 그가 2011년 안나푸르나에서 대원들과 함께 실종되면서 고 박영석의 유일한 유고작품이 되었다.

『남극일기』

로버트 팰컨 스콧 지음 | 박미경 옮김 | 2005년 2월 | 세상을 여는 창

1910년 테라노바호를 타고 남극대륙 탐험에 나선 해군대령 스콧. 아문센과의 경쟁에서 실패한 비극의 주인공이지만 세상이 기억하는 2등으로 영웅이 된 사내의 마지막 기록. 수색대에 의해 발견된 스콧의 시신 옆에서 찾은 일기와 편지들을 탐험 과정에 대한 상세한 소개와 함께 엮었다. 탐험, 영웅, 리더십 같은 화려한 말들 저편으로 죽음을 기다리는 대장, 아버지, 남편, 그리고 한 인간으로서 스콧의 내면을 읽는다.

『얼어붙은 눈물』

슬라보미르 라비치 지음 | 박민규 옮김 | 2003년 4월 | 지호

1941년, 스물다섯 살에 소련군에게 잡혀 소련 강제수용소로 끌려간 폴란드 중위, 시베리아의 포로수용소를 탈출해 얼어붙은 강물을 건너고 타들어가는 고비 사막을 지나 높고 험한 히말라야까지 넘는다. 장장 7,000킬로미터를 걷는 동안 죽어가는 동료들을 묻고서 걷고 또 걷는다. 이 소름 돋는 실화를 바탕으로 만든 영화 〈웨이 백〉이 2011년 개봉한데 맞추어 같은 이름으로 스크린셀러 출판사에서 책이 다시 나오기도 했다.

『77人에게 묻다』

김영도 미수기념문집 | 2011년 10월 | 이산미디어

1977년 우리나라 첫 에베레스트 등정을 기리는 뜻으로 77명의 산악인과 지인들이 김영도와의 각별한 인연을 글로 엮었다. 미수를 축하하며 만든 헌정 문집인데, 출판기념회 자리에 안나푸르나에서 박영석 원정대의 사고 소식이 전해졌다. 책에는 네팔에서 김영도에게 보낸 박영석의 마지막 편지도 실려 있다(이 책에 실린 필자의 글 일부분이 헌정 문집에 쓴 내용과 중복됩니다).

『영광의 북벽』

정광식 지음 | 2011년 10월 | 이산미디어

우리 산서 출판 시장이 열악하지만, 1989년 수문출판사에서 처음 펴낸 이후, 『지상에서 가장 아름다운 도전: 아이거 북벽』(2003년), 『아이거 북벽 등반 그 극한의 체험: 영광의 북벽』(2011년)이란 이름으로 재출간되며 꾸준히 사랑 받는 책. 정광식, 남선우, 김정원 세 젊은이가 죽은 산 친구의 사진을 가슴에 묻고서 1982년 아이거 북벽을 등반한 기록이다. 사랑한다면 이들처럼.

『사람의 산』

박인식 지음 | 2003년 11월 | 바움

가장 높고 가파른 산은 그 산을 오르는 알피니스트 자신이라고 말하는 책. 국내 내로라하는 산악인들이 산에 바친 청춘과 열정에 대한 찬송가다. 김근원, 강운구, 김상훈의 산 사진도 함께 실려 있다. 사람의 산은 세월과 함께 나이 들고 깊어지는데 산 사나이들의 '이야기'는 늙지를 않는다. 1985년에 처음 책으로 엮인 것이 새롭게 다시 나왔다.

『나는 이렇게 살아왔다』

김영도 지음 | 2007년 4월 | 수문출판사

1977년 한국 에베레스트 원정대 대장인 원로 산악인 김영도의 자서전이다. 그의 인생을 관통하는 두 개의 큰 산은 우리나라 경주 북쪽의 낮고 볼품없는 야산 형제봉과 세계 최고봉 에베레스트다. 그에게는 두 곳 모두 극한 깨달음을 얻게 한 '죽음의 지대'였다. 인생의 갈림길에 설 때마다 운명에 맞서 뚫고 나간 쪽이 산악인의 길이었다고 말하는 담담한 목소리를 통해 산과 인생을 다시 생각한다.

『죽음의 지대』

라인홀트 메스너 지음 | 김영도 옮김 | 2007년 | 한문화

산소가 부족해 인간이 한계에 부딪히게 되는 지점, 해발 8,000미터 위쪽 신들의
영역이라 불리는 고산 등반의 무대를 흔히 죽음의 지대라 부른다. 이 세계의 탁월
한 개척자인 라인홀트 메스너가 동료들로부터 그곳에서의 추락 경험과 죽음에 근
접했던 체험에 대해 직접 묻고 들은 이야기를 정리했다. 죽음의 지대에서 깨닫게
되는 것은 높고 험한 산을 정복하기 위한 등반이 아니라 '존재를 위한 등반'의 길이
다! 1994년 평화출판사의 그린북스 문고판으로 처음 소개 되었던 책.

『하얀 능선에 서면』

남난희 지음 | 1990년 2월 | 수문출판사

백두대간이란 말이 세상에 널리 알려지기도 전, 1984년 1월 1일부터 3월 16일까
지 76일 동안 한겨울의 태백산맥을 혼자서 걸어갔던, 그래서 일찍이 전설이 된 여
자 남난희. 젊은 날 처절한 고독의 무게가 우리 산에 그토록 선명한 발자국이 되어
남을 줄 그 여자 그때 알았을까. 국내 산악문학의 보배.

『낮은 산이 낫다』

남난희 지음 | 2004년 6월 | 학고재

산에서 최초, 최고였던 남난희가 높고 추운 하얀 능선에서 도망치듯 내려와 지
리산 낮은 산자락에 깃들였다. 산을 높이 오르지 않고 그냥 산에 사는 이야기다.
하지만 여자가 아닌 어머니가 된 이에게 인생의 산은 낮아도 지난한, 깊이를 알 수
없는 모험의 길이라는 피할 수 없는 사실과 마주한다.

『맹언니의 백두대간 푸른 일기』

맹명순 지음 | 2000년 10월 | 금토

155센티미터, 46킬로그램의 가녀린 여자가 25킬로그램이 넘는 배낭을 메고 한

여름의 백두대간을 혼자 걸었다. 남난희가 걸었던 산으로 수많은 사람들이 떠나면서 이미 산길이 넓어진 때. "나는 다만 그분들이 닦아놓은 고속도로를 살랑살랑 걸으며 선배들이 느꼈을 고독의 일부를 느꼈을 뿐"이라고 말하는 여자, 솔직하고 유쾌하다. 그래서 읽는 내내 즐겁고 또 뭉클하다.

『안나푸르나의 꿈』

지현옥 지음 | 2008년 4월 | 아웃도어글로벌

남난희가 내려놓은 한국 여성 에베레스트 원정대 대장은 지현옥의 몫이었다. 그는 1993년, 우리나라에서 최초로 에베레스트에 오른 여자가 되었지만 1999년 엄홍길과 함께 오른 안나푸르나에서 끝내 살아 돌아오지 못했다. 청주사범대 산악부 시절부터 써온 고인의 일기를 바탕으로 엮은 추모집이다. 한국 여성 산악인들의 등반 역사도 정리되어 있다.

『사랑해서 함께한 백두대간』

남난희 지음 | 2011년 6월 | 수문출판사

'철부지 여자 어른과 용감한 아들의 57일간의 동행'이란 부제가 붙어 있다. 사춘기 아들과 갱년기를 맞는 엄마가 단 둘이 하루 온종일 산에서 함께 있어야 한다면? 사실 아이 키우는 부모 입장에서는 백두대간 종주라는 거사보다 함께해야 할 그 긴 시간에 대한 걱정이 앞서는데, 이들 모자의 산행을 지켜보면 역시 산은 품이 넓고 속이 깊고 힘이 세다는 생각이······.

『나는 살아서 돌아왔다』

라인홀트 메스너 지음 | 김성진 옮김 | 1991년 11월 | 평화출판사

서른네 살에 시작해 쉰 살에 일단락된 싸움이 있다. 그 싸움터는 높고 눈부시고 소름이 돋는다. 히말라야 8,000미터 위로 솟구친 14개의 봉우리, 라인홀트 메스너는 그곳에 인간에게 한계란 무엇인가에 대해 새로운 역사를 썼다. 그 여정을 담은

16년간의 보고서인데, 자신의 등반기록뿐 아니라 14개 봉에 대한 등반 역사와 함께 유명 산악인들의 글도 함께 실었다. 심지어 메스너 자신에 대한 비판의 글까지도 꼼꼼하게 모았다.

『검은 고독 흰 고독』

라인홀트 메스너 지음 | 김영도 옮김 | 2007년 8월 | 이레

1970년 낭가파르바트에서 눈사태로 동생을 잃어버린 채 혼자 살아 돌아온 라인홀트 메스너가 1978년 다시 그 산을 오른다. 8,000미터에서의 단독 등반이라는 무모한 도전. 그러나 그 끝은 오래전 '지옥'을 경험했던 산에서 '천국'을 느끼고 돌아왔다는 것. 검은 고독과 흰 고독은 그 상징이다. 1989년 평화출판사에서 처음 나왔던 책이 다시 나왔다.

『정상에서』

라인홀트 메스너 지음 | 선근혜 옮김 | 2011년 4월 | 문학세계사

'편견과 한계를 넘어 정상에 선 여성 산악인들'이란 부제가 붙었다. 히말라야 14좌를 오른 최초의 남자, 아니 최초의 인간, 메스너가 '최초의 여자'가 되려고 한 여성들의 도전에 대해 말한다. 오은선의 등정 시비로 한참 시끄러울 때 나온 책이라, 참 오지랖도 넓은 메스너라고 생각했지만 그가 아니면 또 누가 이런 이야기를 할까. "고요히 비어 있던 마지막 오아시스이던 산이 더 이상 존재하지 않게" 되었다는 탄식 말이다.

『셰르파, 히말라야의 전설』

조너선 닐 지음 | 서영철 옮김 | 2006년 10월 | 지호

히말라야 등반이라는 거대한 서사시의 영웅담으로 가슴이 뜨거워졌다면 차갑게 이성의 눈으로 그 세계를 들여다볼 균형 감각도 필요하다. 셰르파 마을에 함께 살면서 그들의 말과 문화를 몸에 익히고 배우면서, 역사적인 등반에 참여했던 이

들과 가족의 이야기로부터 등반 역사를 다시 쓴 책. 새롭게 역사를 읽은 사관은 알피니즘이란 영국 신사들이 만든 거대한 제국주의 놀이 문화라는 자기반성에서부터 출발하고, 결국엔 산으로 간 인간 본성에 대한 탐구로 이어진다.

『한국의 고건축: 내설악 너와집』

사진 강운구·글 김원 | 1978년 11월 | 도서출판 광장

지금은 사라진 내설악의 심마니들과 그 삶의 터전인 너와집들을 두고 건축가 김원이 글을 쓰고 사진가 강운구가 찍었다. 우리 안의 '오래된 미래'에 대한 애절하게 아름다운 기록. 우리가 잃어버린 가치들을 찾아 멀리 히말라야의 오지마을들로 달려가 헤매는 이들에게 먼저 보여주고 싶은 책. 오래전 절판된 이 책에 실린 사진은 강운구의 사진집 『용대리 마을 삼부작』(열화당)에서 다시 볼 수 있다.

『그리움으로 걷는 옛길』

안치운 지음 | 2003년 10월 | 디새집

이제 오지는 남아 있지 않고, 옛길도 이미 옛길이 아니다. 우리 땅의 오지마을들을 찾아가 희미하게 흔적만 남은 길들을 더듬은 기록으로 1999년 『옛길』(학고재)이란 이름으로 처음 나왔던 책이다. 하지만 그새 그 길마저 그리움으로 걸어야 할 '옛' 것들이 되었다. 지금은 거의 모든 옛길들이 지자체의 효자 관광 상품이 되었으니, 때 묻지 않은 길을 걸었던 사람의 숨결로나마 진짜 옛길을 읽을 수밖에.

《山岳》

경북학생산악연맹 | 1961년 5월

대구 지역 고등학생과 대학생들의 모임인 경북학생산악연맹의 회지로 창간호. 하지만 창간호 그대로 마지막 책이 되었다. 등산을 구국운동처럼 여기던 엘리트 산악인들의 눈을 통해 한 시대를 읽는다.

『다큐멘타리 르포 智異山 1·2』

김경렬 지음 | 1987년 10월 | 도서출판 일중사

김종직, 김일손, 조식의 『유두류록(游頭流錄)』을 되짚어 지리산 구석구석 숨겨진 역사를 복기하며 500년 뒤의 산을 올랐던 《부산일보》 기자의 1960년대부터 1980년대까지 기록이다. 낡은 흑백영화 필름을 어렵게 재생해 만나는, 지금은 거기 없는 지리산이라고나 할까. 1964년 부산대륙산악회와 함께했던 칠선계곡 등반로 개척과 학술조사 보고, 지리산 화엄사 일주문 편액의 글자를 따온 책의 제호 등도 인상적이다. 오래전 절판된 희귀본.

『지리산 365일』

최화수 지음 | 1991년 5월 | 다나

1989년 봄부터 《국제신문》에 연재를 시작한 최화수의 지리산 이야기가 네 권의 책으로 엮였는데 지금은 절판된 채로 지리산을 아끼는 사람들 사이에 간혹 복사본이 돌고 있다. 최화수는 출판 시장에 유료 산악잡지가 나오기도 전에 《우리들의 산》이라는 산악 동호인들을 위한 잡지를 85권이나 만들기도 했던, 지리산 광인(狂人)이다. 그런 사람 역시 365일 지리산만 오른다 해도 이 생에 그 큰 산을 다 품을 수 있을까.

『8000미터의 위와 아래』

헤르만 불 지음 | 김영도 옮김 | 1996년 6월 | 수문출판사

1953년 독일과 오스트리아의 합동 등반대 일원으로 낭가파르바트 원정에 참가해 산소통 없이 혼자 초등정에 성공한 헤르만 불이 남긴 유일한 책. 스물여덟의 청년이 8,000미터 위를 다녀온 하루만에 80대의 노인처럼 변해버렸다며, 저 높은 곳의 시공간은 인간의 잣대와 다르게 존재한다는 것을 알렸다. 불은 높고 준엄한 곳에서 압축된 눈부신 삶을 살다 서른세 살 초골리사에서 실종되었는데, 역자 김영도는 2009년 이 책을 새롭게 번역하면서 낭가파르바트에서 죽은 고미영에게 바친다고 했다.

『삼각산』

안승일 사진 | 1990년 5월 | 도서출판 호영

북한산의 역사와 지형에 대한 해설, 그리고 봄·여름·가을·겨울로 담은 산 사진들, 촬영 지도와 짧은 일기 형식의 사진 설명까지 친절하게 실려 있는 사진집이다. 그의 사진을 직접 보고, 언제든 그가 만난 황홀한 순간들을 제 발로 찾아가 만날 수 있기를 기대할 뿐, 달리 무슨 설명이 필요할까.

『산의 영혼』

프랭크 스마이드 지음 | 안정효 옮김 | 2009년 7월 | 수문출판사

1933년부터 세 차례 영국 에베레스트 원정대 대원이었던 히말라야 개척기의 등산가 프랭크 스마이드는 27권이나 되는 산악 저술가로도 이름이 높다. 1935년에 첫 출간된 그의 책 『The sprite of bills』를 국내에 처음 소개한 것은 박성용 번역의 『산과 인생』이다. 스마이드의 『산의 환상』을 먼저 번역했던 소설가 안정효가 『산의 영혼』이라는 제목으로 다시 펴낸 책이다. 등산은 정복이 아니라 명상이고 수련이라는 지극히 당연한 이야기가 남다른 울림으로 전해지는 에세이.

『도둑 산길』

이성부 지음 | 2010년 3월 | 책만드는집

이성부의 통산 아홉 번째 시집이자 마지막이 된 시집. 간암 선고를 받고 치료를 계속해 오는 동안 태어났던 산에 대한 절창들이 모여 있다. 그가 "오히려 산으로 향하는 횟수도 더 많아졌고, 책상머리에 앉아 책을 읽거나 글을 쓰는 시간도 전보다 더 많아졌다"라고 했던 시절의 이야기다.

『야간산행』

이성부 지음 | 1996년 6월 | 창비

침묵을 암울한 시대에 대한 저항이며 스스로에 대한 형벌이라 생각하며 절필과

함께 혼자 산에 오르기 시작했던 시인. 그런데 조용히 산행을 기록하는 일이 시작 (詩作)이 되는 것에 놀라며 다시 시를 쓰게 되었다고. 본격적인 이성부 산행시집의 출발점이다. 특히 암벽 등반에 몰두하던 시절 바위에 가슴이 뜨거워지던 '화강암' 연작시들이 있다.

『지리산』

이성부 지음 | 2001년 6월 | 창비

'내가 걷는 백두대간'이라는 부제를 달고 쓰기 시작한 연작시집. 어느 순간 내가 걸은 만큼 시가 된다고 하던 시인, 틈만 나면 지리산으로 달려가면서 그 산 골짜기와 능선에서 벌어졌던 선인들의 발자취를 되새겨본다. 『산경표』의 눈으로 산줄기를 읽으면서 "사람들 어디에서 와서 / 어디로들 흘러가는지" 노래하면서.

『작은 산이 큰 산을 가린다』

이성부 지음 | 2005년 2월 | 창비

'내가 걷는 백두대간'의 완결편. 시인은 8년 동안 하루나 이틀씩 토막토막 이어간 백두대간 종주를 2005년에야 마쳤다. "백두대간은 이제 하나의 현실이다"라며 시집 말미에 백두대간과 자신의 인연을 소개하는데, 일찍이 『산경표』를 발굴해 백두대간의 존재를 세상에 널리 알린 이우형 씨를 이미 1980년대 중반 일간지 기자 시절 인터뷰해 소개하기도 했다.

『등산』

김영도 외 17인 공동 집필 | 2002년 | 대한산악연맹

등산학교에서 오랫동안 직접 학생들을 가르쳐온 내로라하는 국내 전문 산악인 17인이 함께 집필했다. 2002년 처음 나온 뒤로 꾸준히 전국 등산학교의 표준 교재로 쓰이고 있다. 등산의 기술 외에도 우리나라 등반의 역사와 즐거운 산 생활을 위한 산 사진과 산 노래 등도 함께 소개하고 있다.

『등산: 마운티니어링』

마운티니어스 지음 | 스티븐 M. 콕스 & 크리스 풀 사스 엮음 | 정광식 옮김 | 이용대 외 6인 감수 | 2010년 6월 | 해냄

13개 나라에서 50만 부 이상 팔린 세계 최고의 등산 교과서, 국내에 소개된 것은 제7판의 번역본이고 지금도 변화된 산악 환경과 등반 윤리 등에 맞추어 수정 보완 작업을 계속해 가고 있다. 책을 펴낸 미국의 마운티니어스 클럽은 아웃도어 활동과 자연보호를 목적으로 만들어진 비영리 단체다. 최근에는 산에 흔적을 남기지 않는 깨끗한 등반의 가치를 더욱 강조하고 있다.

『등산백과』

손경석 지음 | 1962년 8월 | 성문각

개인이 만든 국내 첫 등산 교과서. 1975년에는 『최신 종합등산기술백과』라는 이름으로 개정판을 내 오랜 세월 산악인들의 갈증을 해소해 주었다. 당시 한국산악회는 국내에서 '알피니즘을 말하는 첫 번의 책자'라고 소개했다.

『죽음을 부르는 산 K2』

김병준 지음 | 1987년 8월 | 평화출판사

1986년 한국 K2 원정대 대장이었던 김병준의 기록이다. 죽음을 부르는 산이란 제목처럼 당시 K2에 모여든 9개 등반대 가운데 18명이 희생되는데, 한국 원정대는 대원 모두 안전하게 돌아온다. 뿐만 아니라 곤란에 처한 외국 등반대(히말라야 14좌의 전설이 된 폴란드의 예지 쿠크츠카도 한국 등반대가 설치한 고정로프 덕분에 안전하게 하산했다)를 적극적으로 돕는다. 김병준 대장의 말을 빌리면 "K2가 노하면 절대 인간의 힘으로 정상에 오를 수 없다." 『K2 하늘의 절대군주』라는 제목으로 2012년, 수문출판사에서 개정 증보판이 나왔다.

『알피니즘, 도전의 역사』

이용대 지음 | 2007년 8월 | 마운틴북스

18세기 중반 악마가 사는 곳이라 여겨졌던 몽블랑에서 인간의 첫 도전이 있었다. 알피니즘의 출발부터 히말라야 거벽으로 이어진 현대 등반에 이르기까지 인간이 대자연의 한계에 도전한 200여 년의 기록을 한데 정리했다. 코오롱 등산학교 교장으로 산을 찾는 사람들에게 등산의 가치와 본질이 무엇인가에 대해 계속 질문을 던지는 저자의 등산 철학이 담긴 역사책.

『역동의 히말라야』

남선우 지음 | 1998년 5월 | 사람과 산

방대한 사진 자료와 등반 기록을 집대성해 한국 히말라야 원정의 역사를 정리한 책. 저자는 아이거 북벽을 오른 『영광의 북벽』 주인공 중 한 사람으로, 그 역시 한국 히말라야 등반의 역사를 새로 써온 선구자이기도 하다.

『심산의 마운틴 오딧세이』

심산 지음 | 2002년 3월 | 풀빛

산악문학의 전도사임을 자랑스럽게 생각하는 작가 심산이 '산이 만든 책, 책 속에 펼쳐진 산'을 소개한 산서에 대한 첫 서평집. 알피니즘을 보여주는 대표적인 산서들을 한 자리에 모았는데, 산을 모르는 사람들도 등산의 세계에 푹 빠져들게 만드는 역동적인 이야기의 힘이 백미다.

『산』 (1~14권)

원제 『岳 みんなの山』 | 이시즈카 신이치 지음 | 설은미 옮김 | 2006년 12월~ | 학산 코믹스

일본 북알프스에서 산악구조대 자원봉사자로 일하는 시마자키 산포의 구조 활동을 중심으로 펼쳐지는 등산의 에피소드들이 이어지는 만화. 삶과 죽음의 아슬아슬한 경계에서 만나는 산과 산사람들의 인연은 결국 '산에 오길 잘했다!'고 미소

짓게 된다. 설령 죽음으로 마주하더라도 그것은 어차피 인생의 순리임을 담담하게 깨달으며.

『신들의 봉우리』 (전 5권)

유메마쿠라 바쿠 지음 | 다니구치 지로 그림 | 홍구희 옮김 | 2009년 9월~2010년 4월 | 애니북스

유메마쿠라 바쿠의 원작 소설을 만화로 만들었다. 1924년 조지 멜러리의 영국 에베레스트 원정대가 가지고 있던 카메라를 카트만두의 등산용품점에서 발견한 산악사진가 마코토가 전설적인 산 사나이 하부 조지를 만나 동계 에베레스트 남서벽 무산소 단독 등정에 나서게 하는데…… 산포의 『산』이 자유롭고 감성적이라면 『신들의 봉우리』는 남성적.

『꽃향기, 두엄냄새 서로 섞인들』

김홍성 지음 | 2009년 12월 | 효형출판

2007년 봄과 가을 두 차례에 걸쳐 히말라야의 피케를 걸은 시인 김홍성의 치유 여행기. 그가 '가난을 아궁이의 불씨처럼 품고 사는 사람들'이라고 한 셰르파들의 마을로 들어가, 등산가나 관광객의 길이 아닌 원주민의 일상의 길에서 그들과 똑같이 먹고 자고 걸으며 사람들 속으로 들어간다. 봄에는 산 둘레 마을을 반시계방향으로, 가을에는 4,070미터 피케의 정상에 오른 다음 시계방향으로 마을과 마을을 있는 산길을 따라 걸었다.

『우리들의 소풍』

김홍성 지음 | 2008년 9월 | 효형출판

일찍이 히말라야와 티베트, 라다크로 떠났던 시인, 오랜 시간 바람처럼 떠돌던 방랑의 길을 함께하던 길동무 아내와 네팔에 정착했던 시절을 그리며 쓴 이야기다. '소풍'은 그와 아내가 카트만두 타멜 거리에서 운영하던 밥집 이름이고, 그곳에 들른 누구에게나 따스한 밥을 차려주던 아내는 서둘러 하늘나라로 소풍을 떠났다.

『시인 김홍성의 히말라야 기행』

김홍성 지음 | 1996년 9월 | 초당

절판된 책을 『천년 순정의 땅 히말라야를 걷다: 라다크의 마카밸리와 잔스카르 트레킹』이란 이름으로 2006년 세상의 아침에서 다시 냈다. 김홍성이 1991년 무렵 히말라야를 처음 트레킹한 이야기가 담겨 있다.

『알프스 등반기』

에드워드 윔퍼 지음 | 김영도·김창원 옮김 | 1988년 11월 | 평화출판사

마터호른을 초등한 영국인 에드워드 윔퍼는 1840년 런던에서 태어나 1911년 몽블랑이 보이는 샤모니 계곡에 묻혔다. 알프스의 고산 그림을 그려달라는 출판사의 청탁 때문에 알프스에 갔다가 난생처음 산을 만났던 스무 살 청년은 열정적인 등산가로 변신한다. 1860~1869년 사이의 등반 기록으로, 윔퍼가 등산의 황금기라는 한 시대의 막을 내리기까지 여정이 그려진 셈.

『희박한 공기 속으로』

존 크라카우어 지음 | 김훈 옮김 | 2007년 6월 | 황금가지

1996년 5월 미국 상업 등반대의 고객으로 에베레스트 정상에 오른 저자는 당시 4개 팀에서 12명이 한꺼번에 목숨을 잃은, 지구상 가장 높은 곳에서 벌어진 참사 현장을 생생하게 보고한다. 돈으로 모험을 사는 시대에 경종을 울린 책이랄까, 그러나 책이 나온 뒤에도 여전히 에베레스트는 북적인다. 사람들은 값비싼 요금을 치르고서 정체 현상이 빚어지는 천국으로 가는 계단의 티켓을 산 것일까.

『하늘과 땅 사이』

김영도 지음 | 2000년 10월 | 사람과 산

종종 산에 다니는 사람을 산서를 읽는 사람과 그렇지 않은 사람으로 분류한다고 말하는 저자 김영도가 가려 뽑은 '내 인생의 산서들'. 외국 유명 산악문학 작품

가운데서 그가 사랑한 명문들을 한데 엮어놓았다.

『청춘의 샘』
기도 라머 지음 | 임종환 옮김 | 1989년 4월 | 수문출판사

가이드 없이 단독 등반을 즐기던 자연주의자 기도 라머의 산과 사상이 녹아 있는 에세이집. '투쟁적인 등산가'로 불리는 그는 산에 있는 모든 인공구조물을 철거하라고 목소리를 높이고, 산에서 만나는 모든 위험 또한 자연스런 등반의 일부분이라고 여긴다. 또 그것을 실현하는 알피니스트는 자신의 등반 기록을 예술로 승화시키라고까지 한다. "인생을 가볍게 보아서는 안 된다. 펜을 들고도 고생을 해야만 한다."

《산서》

한국산서회에서 매년 펴내는 연회보다. 그해에 발간된 산악 도서들을 소개하고 매년 기획 특집으로 다양한 산서의 세계를 조명하고 있다. "산에 대한 책을 살펴보고 찾아내고 또 널리 드러내고자 합니다. 길은 스스로가 찾을 때 열린다는 옛말에 따라 스스로 실천하고자 합니다." 1986년에 결성된 한국산서회의 회칙 전문에 실린 말이다. 이런 모임의 자긍심이 바로 《산서》다.

『엄마의 마지막 산 K2』
제임스 발라드 지음 | 조광희 옮김 | 2000년 7월 | 눌와

에베레스트 무산소 단독 등정, 알프스 6대 북벽을 알파인 스타일로 오른 바 있는 알리슨 하그리브스, 그녀가 K2 등정 이후 폭풍우에 휩쓸려 죽었다. 그런 엄마의 마지막 산을 찾아 떠난 가족들의 이야기를 알리슨의 남편이 책으로 썼다. '아이들이 좀 더 커서 스스로의 삶의 방식을 결정하고 발을 내디딜 때까지 닫힌 틀이 아닌 너른 울타리가 되어주는 것'을 부모의 역할이라 믿었던 목소리들을 들을 수 있다.

『금강산 유람기』

김동주 편역 | 1999년 4월 | 전통문화연구회

이곡의 「동유기(東遊記)」, 남효온의 「유금강산기(遊金剛山記)」, 이이의 풍악산 시, 김창협의 「동유기(東遊記)」……. 고려에서부터 조선 말까지 선인들의 금강산 기행문 가운데 가려 뽑은 유산기(遊山記)의 수작 열 편이 실려 있다.

『명산답사기』

김창협 외 지음 | 민족문화추진회 엮음 | 1997년 4월 | 솔 출판사

『동문선』이나 선비들의 개인 문집에 실린 유산기 15편을 엮었다. 귀양살이 덕에 백두산에 오르게 된 걸 기뻐하는 서명응의 백두산 기행문을 시작으로 김종직과 김일손의 두류산, 이덕무의 북한산, 최익현의 한라산 등 조선팔도 명산 원정에 나선 선비들의 행장과 속세를 떠나 산으로 들어가는 마음 길을 엿본다.

『하늘 오르는 길』

손재식 지음 | 2003년 7월 | 그물코

사진가 손재식은 1997년 탈레이사가르 북벽 등반 계획을 세우던 김형진과 최승철이 사진을 배우고 싶다고 찾아온 것을 인연으로 원정대의 일원이 되었다. 이들은 정상을 겨우 100미터 남겨놓은 채 사고를 당하고 대원 중 세 명이 하늘로 떠났다. 하지만 책은 살아남은 자의 슬픔에 대한 기록이라기보다 꿈꾸는 사람들에 대한 송가다. 눈 속에 파묻힌 고립무원의 캠프에서 『창가방 그 빛나는 벽』『세비지 아레나』처럼, 같은 꿈을 꾸는 산사람들의 이야기를 읽는 내용에도 오래 눈길이 머문다.

『산정묘지』

조정권 지음 | 1991년 7월 | 민음사

제10회 김수영문학상을 수상한 조정권의 시집은 "가장 높은 정신은 가장 추운

곳을 향하는 법"이라며 산정 높은 곳에 있는 묘지를 노래한다. '바람'과 '구름의 묘비명'만 남는 그곳, 산에서 절대고독을 향해 높고 추운 곳으로 걸어가 본 사람이라면 산정묘지라는 쓸쓸하고도 눈부신 이미지에 응축된 이야기들을 가슴으로 듣게 될 터. 2012년 '지식을만드는지식'에서 '지식을만드는지식 육필시집' 시리즈로 다시 나왔다.

『난, 꼭 살아 돌아간다』

조 심슨 지음 | 정광식 옮김 | 2004년 7월 | 예지

1985년 사이먼 예이츠와 남미 안데스의 시울라 그란데 서벽을 초등하고 하강하는 도중 다리가 부러져 크레바스에 떨어진 조 심슨. 그가 자일에 매달려 삶과 죽음의 경계를 오가는 절체절명의 순간 깨닫게 되는 인간 실존에 대해 쓴 극악하고도 눈물겨운 보고서. 1991년 7월 산악문화에서 『친구의 자일을 끊어라』라는 제목으로 처음 나온 책이 1997년과 2003년 다시 그 산을 찾아간 조와 사이먼의 이야기가 덧붙여져 나왔다. 영화 〈터칭 더 보이드〉의 원작.

『끈』

박정헌 지음 | 2005년 5월 | 열림원

2005년 1월 16일 히말라야 촐라체 북벽에서 조난을 당한 박정헌과 최강식이 9일간의 사투 끝에 함께 살아서 돌아온다. 촐라체 정상에서 하산하는 도중 한 사람이 크레바스에 떨어지면서 추락한 사람은 다리가 부러지고, 끌려 내려가던 사람은 갈비뼈가 부러졌다. 그러나 '우리는 끝내 서로를 놓지 않았다'라는 부제처럼 우정의 끈이 생명의 끈도 놓지 않았다. 박정헌은 사고로 손가락 두 개와 발가락 여덟 개를 자르고도 모험적인 등반을 계속하고 있다.

* 이 책에 사용한 인용문들은 해당 저작권자에게 허락을 구하여 사용한 것입니다. 미처 허락을 얻지 못한 자료들의 경우, 추후 연락을 주시면 사용에 대한 허락을 구하도록 하겠습니다. 협조해 주신 모든 분들께 감사드립니다.

외롭거든 산으로 가라

초판 1쇄 2012년 9월 20일

지은이 | 김선미
펴낸이 | 송영석

편집장 | 이진숙 · 이혜진
기획편집 | 박신애 · 한지혜 · 박은영 · 신량 · 오규원
디자인 | 박윤정 · 박새로미
마케팅 | 이종우 · 한명회 · 김유종
관리 | 송우석 · 황규성 · 전지연 · 황지현

펴낸곳 | (株)해냄출판사
등록번호 | 제10-229호
등록일자 | 1988년 5월 11일(설립연도 | 1983년 6월 24일)

120-210 서울시 마포구 서교동 368-4 해냄빌딩 5 · 6층
대표전화 | 326-1600 **팩스** | 326-1624
홈페이지 | www.hainaim.com

ISBN 978-89-6574-356-9